UNE MAIN
GAGNANTE
SCOTTY CADE

REAMSPINNER
PRESS

UNE MAIN
GAGNANTE
SCOTTY CADE

Publié par
DREAMSPINNER PRESS

5032 Capital Circle SW, Suite 2, PMB# 279, Tallahassee, FL 32305-7886 USA
www.dreamspinnerpress.com

Édition e-book en français : 978-1-64080-917-8
Édition imprimée en français : 978-1-64080-918-5
Première édition française : juillet 2018
v 1.0

Édité aux États-Unis d'Amérique.

Pour mon mari, Kell. Sans ton amour, tes encouragements, ton soutien et ta patience, je ne serais pas capable de faire cela. Mon amour est plus profond que l'océan, et chaque jour je suis heureux que tu aies choisi de passer le reste de ta vie avec moi. Je t'aime.

Je manquerais totalement à mon devoir si je ne remerciais pas Kimberly « Kimmers » Sewald pour m'avoir présenté Annie Maus, qui m'a aidé à toucher au sujet sensible des addictions sexuelles. Merci à vous deux pour votre aide et votre soutien. J'espère avoir touché juste.

Je voudrais également remercier Ned Miller pour avoir enregistré la version originale de « *From a Jack to a King* », qui a inspiré cette histoire. C'était l'une des chansons préférées de ma grand-mère et je me souviens l'avoir si souvent entendue la chanter quand j'étais enfant. Cette chanson a été enregistrée en 1957, mais n'a eu aucun succès avant que Ned réussisse à convaincre son distributeur de la rééditer cinq ans plus tard. Grâce à cette sortie, la chanson est devenue un succès et est montée dans le top 10 de *Billboard US* dans la catégorie country, pop et chansons contemporaines. Merci, Ned Miller, de m'avoir inspiré.

Avant-propos

Une main gagnante est une romance contemporaine légère qui touche brièvement deux sujets très sérieux que je ne prendrais jamais à la légère. Le premier, ce sont les effets du harcèlement scolaire et comment cela affecte les adultes. Kell et moi avons tous deux été harcelés quand nous étions adolescents, alors mes recherches ont constitué à discuter pendant vingt ans de nos expériences et de la manière dont nous avons géré cela, et comment cela nous affecte encore aujourd'hui. Nous avons tous les deux de profondes cicatrices émotionnelles et de puissantes émotions qui les accompagnent. Le harcèlement est une épidémie, bien que l'on y fasse plus attention depuis ces dernières années – quoique pas assez à notre goût, pour y mettre fin.

En second lieu, l'un des personnages principaux de cette histoire est touché par une addiction au sexe. Voilà sur quoi s'est porté le plus gros de mes recherches. J'ai lu tout ce que je pouvais trouver sur Internet, j'ai communiqué avec des spécialistes dans ce domaine, et j'ai fait de mon mieux pour illustrer de manière précise les effets de cette addiction, les Sex Addicts Anonymes (SAA), leur programme en 12 étapes et le processus de rétablissement.

N'oubliez pas que je ne fais que survoler ces sujets, et si j'ai écrit quelque chose de mal, je m'excuse du fond de mon cœur. Ce n'était pas intentionnel, et j'ai le plus grand respect pour toutes les personnes qui doivent gérer les effets du harcèlement ou des addictions au sexe.

Une dernière chose. Si après avoir lu ce livre, vous reconnaissez des signes de comportement pouvant être liés à une addiction au sexe, que ce soit sur vous ou un de vos proches, il y a toujours de l'aide disponible.

PROLOGUE

LA SUEUR coulait sur le corps de King Slater pendant qu'il pistonnait l'orifice étroit de l'homme couché sur le capot de la Jaguar noire. L'inconnu gémissait bruyamment, les yeux fermés, la tête rejetée en arrière, et les bras étendus sur la voiture presque comme s'il se faisait crucifier. King sourit mentalement en entendant ces bruits étranges. Le pauvre homme ressemblait plus à un animal blessé qu'à quelqu'un qui savourait la baise incroyable qui lui était accordée.

King soupira. Il faisait cela depuis longtemps, et en général à cette étape de la scène, il commençait à perdre tout intérêt. Ce film ne fit pas exception, mais il était un professionnel, il savait qu'il devait donner l'impression d'aimer cela pour les caméras. Il repositionna ses genoux, les pressa contre le parechoc pour avoir une plus grande marge de manœuvre, et ouvrit la bouche pour parler, mais se tut avant d'avoir prononcé le moindre mot. Comment s'appelait ce type, déjà ? Jim ? Jared ? *Bon sang, King, réfléchis !* Il allait dire quelque chose de totalement futile quand le nom du type lui revint tout à coup. *Josh ? Oui, Josh. C'est ça.*

D'une voix profonde, sensuelle et voluptueuse, King prit la parole :

— Prends ça. Prends ça, Josh. Prends ma grosse queue bien profondément.

— Oui, gémit Josh. Plus fort.

King lui prit les chevilles et écarta largement ses jambes afin d'offrir une vue parfaite à la caméra sur son sexe qui pilonnait les fesses de Josh. Crucifié ou non, King devait admettre que son partenaire prenait chaque coup de reins comme un pro.

Dans une tentative de chasser son ennui et de ne plus penser au soleil qui lui cuisait la peau, King se concentra sur la pomme d'Adam de Josh, qui montait et descendait tandis qu'il déglutissait. Lorsque cela ne suffit plus à maintenir son attention, il compta les gouttes de sueur qui glissaient de son nez sur le torse de Josh. *Encore quelques minutes et c'est fini, King. Encore quelques minutes.*

Il avait fait ça des centaines de fois, et il n'y avait rien de romantique ou de sentimental dans tout ça. Le secret de son succès, c'était de faire

1

croire à la caméra que c'était le cas. Qu'il était vraiment « à fond » dans l'acte. Bien entendu, il ne faisait rien de plus que baiser un étranger sur le capot d'une voiture, mais il pouvait compter sur ses années de théâtre au lycée et à l'université. Depuis le son de sa voix jusqu'aux expressions de son visage, et surtout son langage corporel, il maîtrisait tout à la perfection. Au moment voulu, il invoqua son orgasme comme s'il appelait un vieil ami. Pour s'y préparer, il rejeta la tête en arrière dans un faux mouvement de béatitude.

Bien que la voiture soit garée à l'ombre d'un cactus de quatre mètres de haut, celui-ci ne suffisait pas à apaiser la chaleur de l'après-midi. Ils haletaient tous deux de façon incontrôlable. Josh se masturba avec enthousiasme pendant que King frappait en lui, puis lâcha un gémissement plus bruyant encore lorsqu'il jouit sur son abdomen.

Si ce gosse doit devenir une star du porno, il a intérêt à travailler sur les bruits qu'il fait.

King se retira, enleva le préservatif, se masturba une fois ou deux et mêla sa semence à celle de Josh. Une fois repu et en mode automatique, il s'effondra sur son partenaire et l'embrassa passionnément pour la caméra.

— Coupez ! Bon travail, messieurs.

King mit fin au baiser, se redressa et s'étira, le sperme toujours collé à lui. Il avait l'impression qu'il n'allait pas tarder à tomber de déshydratation ou d'insolation, voire les deux.

— Tous tes orgasmes sont aussi intenses ? demanda Josh en le regardant avec des yeux de cocker.

— En général oui, répondit King en tremblant toujours un peu.

— Je veux dire, je l'ai remarqué dans tes vidéos en ligne, continua Josh. Mais voir ça en vrai… Mince, j'aurais aimé que le mien dure aussi longtemps.

King sourit, essuya la sueur sur son front avec le dos de sa main, puis regarda autour de lui.

— Qui a eu la super idée de tourner à quatorze heures dans le putain de désert du Nevada ? demanda-t-il d'un ton moqueur en haletant.

— Désolé, mec, dit le réalisateur. C'était le seul moment où nous pouvions rassembler l'équipe de tournage.

King et son collègue acceptèrent des bouteilles d'eau fraîche et des serviettes humides que l'assistant leur donna. Ils vidèrent les bouteilles puis s'essuyèrent le visage, la nuque, et le reste de sperme sur leur ventre.

King jeta sa serviette souillée à l'assistant et tendit la main au type qu'il venait de sauter devant une caméra, acceptant ainsi d'être un invité spécial pour *Falcon Studios*.

Josh accepta la main et King le tira pour qu'il s'assoie, puis le fit lever de la voiture. Les fesses de Josh crissèrent, rebondirent et dérapèrent sur le capot.

— Aïe ! cria-t-il quand ses pieds touchèrent le sable brûlant. Putain, c'est chaud.

King ouvrit les bras.

— Attends, je vais t'aider.

— Merci, mec. Au moins toi, tu as des bottes.

King regarda ses pieds.

— Oui, quelle chance.

King, avec son mètre quatre-vingt-treize, le souleva sans difficulté et le porta jusqu'au van de la production, où leurs vêtements les attendaient.

— C'est mieux ?

— Bien mieux, merci encore.

King sourit.

— Tu as fait du très bon travail, au fait.

Josh le regarda avec ses mêmes yeux de cocker.

— Merci. C'était un honneur de travailler avec une telle légende.

King fronça les sourcils.

— Hé ! Légende, on dirait que je suis vieux. Et mort !

— Eh bien, tu es une légende pour moi, assura Josh. Et, crois-moi, tu n'es pas vieux… ni mort. Comment fais-tu pour tenir aussi longtemps ? J'ai cru que tu ne jouirais jamais !

King sourit.

— Les secrets du métier, mon jeune ami.

Il ne lui avoua pas que c'était à cause de l'ennui, ou en tout cas du manque d'intérêt, qu'il mettait tant de temps à jouir. *Il le découvrira seul bien assez tôt.*

— Combien de films as-tu faits, au fait ?

— En comptant celui-ci ?

King opina.

— Deux.

— Deux ?

King regarda le réalisateur, qui lui sourit.

— Hé ! Il a des notes incroyables pour un petit nouveau, alors lâche-lui les baskets ! On commence tous quelque part.

King secoua la tête. Il devait admettre que ce type était canon et bâti comme une armoire à glace, mais c'était très difficile d'apprécier le sexe quand un réalisateur orchestrait leurs moindres mouvements. Cependant, il recevait un très bon salaire pour ces films, et de plus, ils avaient payé tous ses frais pour qu'il vienne à Las Vegas et en reparte. Alors s'ils voulaient qu'il se tape un petit nouveau d'une vingtaine d'années, il n'allait pas se plaindre.

Son collègue se glissa dans son short et grimaça.

— Mince, je crois que je ne vais plus marcher droit pendant une semaine.

— J'espère que ça en valait la peine.

— Oh que oui ! Franchement. En fait, si jamais tu reviens dans le coin et que tu veux… euh, tu sais, t'amuser un peu, appelle-moi.

King savait qu'il n'y avait aucune chance, mais il resta poli.

— Pas de souci.

Il enfila son caleçon et allait attraper son jean quand son téléphone sonna. Il sortit son portable personnel de sa poche, le regarda, et le rangea. Impatient, il sortit le deuxième, celui qu'il utilisait pour ses services d'escort.

Plus tôt dans la journée, il avait tweeté et dit sur ses réseaux sociaux qu'il serait à Las Vegas pendant quelques jours pour un tournage, si jamais quelqu'un voulait de sa compagnie.

— Désolé, je dois répondre.

Il s'écarta du van de la production et répondit.

— King Slater.

— Bonjour. Euh. Je m'appelle Paul, et je me demandais si vous étiez libre ce soir.

King pouffa.

— Je suis disponible, en effet.

— Super ! Enfin, désolé, je suis un peu nerveux.

— Je prends cinq cents dollars de l'heure, continua King. Alors si tu as cet argent et que tu veux t'amuser un peu, il n'y a pas à être nerveux.

— Euh, oui, dit l'homme. J'ai vu ça sur votre profil. Et pas de souci, j'ai l'argent.

— Je ne m'inquiète pas, dit King. Il faut payer d'avance en me donnant les informations de ta carte de crédit avant notre rencontre.

— Vous prenez les espèces ? demanda l'autre.

4

— Lorsque nous nous verrons, oui, expliqua King. Mais je prends une assurance avec la carte de crédit au cas où tu n'aurais pas l'argent une fois sur place.

— D'accord. On peut faire ça.

— Donc. C'est bon ?

— C'est bon.

— D'accord. Ne raccroche pas, j'ouvre mon application, dit King.

— Dès que vous êtes prêt.

Paul lui donna ses informations et King les entra dans son téléphone.

— Bien. Ce sera deux heures à cinq cents dollars l'heure. Où nous retrouvons-nous ?

— Mon hôtel ?

— Bien sûr. Lequel ?

— MGM Grand. Je n'y suis pas encore, mais je vous enverrai le numéro de ma chambre dès que je l'aurai. À minuit, ça ira ?

— Minuit, parfait, dit King. Hé, tu aimes des trucs inhabituels, quelque chose que je devrais savoir ?

— Nan, dit Paul. Juste, normal.

— Actif ou passif ? demanda King avec nonchalance. Au fait, je prends plus si je suis passif.

Les secondes passèrent dans le silence. King allait répéter la question quand Paul reprit finalement :

— Je serai passif.

— Parfait. C'est ce que je préfère. On se voit à minuit.

I

BAY WHITMAN se trouvait dans l'entrée de sa suite au MGM Grand Las Vegas Hotel & Casino, et regardait dans le miroir cerclé d'or. D'une main tremblante, il réajusta son nœud papillon et enfila sa veste bleu nuit Armani taillée sur mesure. Il tira sur ses manches de façon à ne montrer que quelques millimètres de blanc, et une pointe de ses boutons de manchettes noirs incrustés de diamants.

L'adrénaline courait dans ses veines, comme avant une grande partie de poker, et il adorait ça. Les jeux étaient comme de la cocaïne pour lui, et le sang qui courait dans ses veines était aussi rapide et puissant que l'eau des chutes du Niagara. À ses débuts, quand il n'avait pas beaucoup d'argent de côté, les jetons lui donnaient la chair de poule, mais même si les règles avaient changé et que les mises étaient bien plus grandes, le frisson était aussi intense. Jouer était la seule chose qui l'aidait à se sentir en vie. Et comme un addict, il avait désespérément besoin de cette sensation qu'il ressentait lorsqu'il regardait son adversaire et bluffait jusqu'à gagner.

Bay s'écarta du miroir, prit une inspiration nerveuse avant de la retenir et de fermer les yeux. Il se concentra sur l'intérieur de ses paupières jusqu'à ce que ses poumons soient prêts à éclater. Il souffla, sifflant entre ses lèvres. C'était ce qu'il faisait chaque fois qu'il se retrouvait en public. Une sorte de mantra, pour l'aider à affronter la vie qu'il s'était créé par inadvertance. *On ne peut pas bluffer avec les sourcils froncés, la sueur au front et les mains tremblantes, mon garçon. Tu dois être sûr de toi. Toujours !*

Quand Bay rouvrit les yeux, il commençait enfin à sentir arriver son alter ego calme, sûr de lui, serein.

— Pas trop moche pour un nerd.

Il pouffa de rire. *Un nerd ?* Ce n'était qu'en partie vrai. Oui, il était incontestablement un nerd, mais il était aussi auteur de best-sellers pour le *New York Times* et avait pas mal de romans de mystère et de crimes à son actif.

Après sa dernière parution, Bay avait été invité à beaucoup de séances de dédicaces et d'interviews à Las Vegas, alors il avait décidé de prendre l'avion un jour plus tôt pour aller s'amuser à son aire de jeux préférée.

Ce petit voyage n'était pas gratuit. C'était un cadeau de félicitation, car non seulement il avait respecté une deadline très importante, mais en plus il avait terminé avant la date. Hier après-midi, un jour avant celle-ci, il avait écrit « Fin » sur le second tome d'une trilogie signée avec son éditeur, avec son personnage principal fétiche : Jack Robbins, détective privé et expert en séduction. Il avait rapidement compris à quel point il était difficile de suivre les exigences d'une tournée promotionnelle pendant que son esprit était plongé dans un travail en cours, alors il avait fait de son mieux pour s'imposer une deadline un peu prématurée, ce qui lui permettait de garder les idées claires devant l'avalanche d'attentions de la presse qui accompagnait chaque nouveau livre. Les trois romans avaient déjà été rachetés pour une trilogie de films, et les studios présentaient Jack Robbins comme un mélange de Jason Bourne et d'une version américaine de James Bond. *Mais ça va, pas de pression !*

Un frisson remonta le long de sa colonne vertébrale devant cette perspective. Le grand écran. *Jack Robbins va être sur grand écran.* Un média auquel Bay ne connaissait rien, et où il ne pourrait pas se cacher. Dès que les mots « tu n'es pas assez doué » lui vinrent en tête, il les repoussa, avec son sentiment de ne pas être à la hauteur, et tenta de se concentrer sur autre chose. Par exemple, le jeu aux mises exceptionnelles auquel il allait participer. Avec de gros joueurs. Bay savait qu'il *devait* participer.

Il se regarda une dernière fois dans le miroir et se concentra sur ses yeux. Il soupira de soulagement quand il ne vit aucun signe de l'écrivain à succès un peu nerd sur les bords qui croulait sous le poids de ses doutes et de ses anxiétés paralysantes chaque jour de sa vie.

Dans sa tête, il ne voyait que Jack Robbins. La personnalité à laquelle ses fans étaient habitués, et qui intimidait ses adversaires à la table de poker. *Je suis prêt.*

Il regarda sa montre. Seize heures quarante-cinq. *Je ferais mieux d'y aller. Nous jouons dans quinze minutes, je ne veux pas être en retard.*

Bay quitta sa suite et se dirigea vers l'ascenseur. Lorsque les portes s'ouvrirent, Bay Whitman avait quitté sa personnalité de geek timide au profit de celle d'un play-boy élégant. Il était devenu sophistiqué, expérimenté, charmant, parfaitement imparfait dans tous les sens du terme. Un véritable homme, avec une démarche arrogante, mélange de celle de Tom Cruise, James Bond et George Clooney. Bay Whitman n'était plus, il était désormais Jack Robbins.

Bien sûr, Bay ne se faisait pas d'illusion. Déjà, il ne ressemblait en rien à son personnage. Jack était très séduisant. Un mètre quatre-vingt-treize, cent kilos de muscles, les yeux d'un vert presque émeraude, une barbe nette et bien taillée, des cheveux châtains avec des mèches blondes.

Mais en public, Bay empruntait la personnalité hors du commun de Jack. Et pourquoi pas, après tout ? Il avait inventé le personnage, et il pouvait se cacher derrière celui-ci s'il le désirait. C'était l'unique manière qu'il avait de survivre à l'extérieur de son appartement à New York.

Les portes de l'ascenseur s'ouvrirent et Bay monta. Il adressa un large sourire aux personnes qui s'y trouvaient déjà, son regard s'attarda de façon presque imperceptible sur une femme séduisante qui semblait être seule, et lorsqu'il se tourna pour regarder vers les portes, il observa les visages à travers le reflet. Un homme donna un coup de coude à une femme âgée à côté de lui – probablement sa mère – puis un autre chuchota à son ami lorsqu'ils reconnurent l'auteur célèbre. Ce n'était pas agréable pour Bay. Au contraire, il détestait quand les gens le reconnaissaient. Il était stupéfait de voir que les gens savaient qui il était. Bay Whitman, le nerd timide.

Son malaise grandit à mesure que les gens comprenaient qu'ils étaient dans le même ascenseur qu'une célébrité, faisant le lien entre le reflet de son visage sur la paroi et la photo sur sa biographie d'auteur. Il sentait leurs yeux sur lui et leur plaisir à le voir – ou à voir l'homme qu'ils le croyaient être.

Alors que l'ascenseur commençait à descendre, Bay se compara à la personnalité qu'il avait temporairement adoptée. Si ces gens savaient la vérité, admireraient-ils le vrai Bay Whitman : timide, peu sûr de lui, antisocial, introverti ? Le reclus qui était plus à l'aise seul dans son bureau mal éclairé à écrire ses romans policiers, plutôt qu'à voyager dans un jet, faire des interviews et des émissions télé, être le centre de l'attention de tous pendant les interminables séances de dédicaces ?

Bay avait créé Jack Robbins, cet homme séduisant, sûr de lui, fort, tel qu'il aurait aimé être lui-même. C'était son exutoire. Une façon d'être… *plus que ce qu'il était.* Quand le premier roman de Jack Robbins avait été – contre toute attente – un véritable succès, il s'était retrouvé jeté sous le regard du public. Le personnage de Jack était devenu nécessaire pour la survie de Bay. La seule manière qu'il avait trouvée pour affronter sa nouvelle notoriété et surmonter sa timidité. Un masque, pour ainsi dire… presque une seconde peau. Il s'était convaincu qu'il n'était pas différent d'un clown ou d'une Drag Queen qui se cachait derrière un costume ou du maquillage.

Il regarda son propre reflet dans les portes de l'ascenseur. Plus d'une fois, il avait entendu dire qu'il était séduisant, mais il ne le voyait pas. Il ne voyait qu'un grand introverti maigrichon et très maladroit. Le nerd aux grandes oreilles, aux lunettes écaillées et aux cheveux indomptables qui se faisait pourchasser par de grosses brutes chaque jour à l'école. Le gamin qui avait fui la réalité en lisant Sherlock Holmes et Lew Archer, ou en s'asseyant devant la télévision pour regarder les rediffusions d'*Ironside* et de *Perry Mason*.

Mais ce soir, étrangement, Bay sentait comme une rare bouffée de confiance en lui qui lui permit de voir, au moins l'espace d'un instant, ce que le reste du monde disait voir. Il étudia sa carrure grande et fine – presque un mètre quatre-vingt-deux –, ses muscles, ses yeux bleu clair renforcés par des lentilles de couleur. La lumière refléta une pointe d'argenté sur ses tempes et attira son attention. L'effet créait un contraste dramatique contre ses cheveux noir de jais, soigneusement coiffés grâce à l'expertise de LeDoux Kesling, le coiffeur célèbre des stars. Tout cela ajouté à son bronzage en spray et son superbe costume de designer, porté sous l'insistance de son styliste, et il avait une apparence sublime. Même si ce n'était qu'une façade.

L'ascenseur ralentit pour s'arrêter et Bay prit une autre profonde inspiration avant de souffler. Lorsqu'il entendit la sonnette et que les portes s'ouvrirent, il entra en jeu.

Il traversa le casino en tentant de ne pas prêter attention aux têtes qui se tournaient. Il n'avait pas un grain de vanité en lui, et toute cette attention le mettait terriblement mal à l'aise. C'était vraiment incroyable. Mais au fond, il savait que rien de tout cela n'était pour lui. C'était pour l'homme qu'ils le pensaient être. On lui avait dit qu'il avait une contenance qui imposait le respect et que sa confiance en lui était admirée par les autres hommes et que les femmes en tombaient en pâmoison. Sa démarche assurée était inratable. Malgré tout, ce n'était pas lui. Rien de tout cela n'était pour lui.

Bay alla vers le cordon en velours, montra sa carte d'identité à l'agent de sécurité, et fut escorté dans une salle privée où attendaient trois hommes et un croupier. Le cœur de Bay battit plus vite lorsqu'il passa la porte. La première chose qu'il vit fut l'homme très séduisant qu'il approcha pour le saluer.

— Bonsoir, M. Whitman, dit celui-ci. Bienvenue à MGM Grand. Je suis Marco Tonucci, et je serai votre croupier pour la soirée. Heureux de vous voir vous joindre à nous.

Bay lui fit un clin d'œil et un sourire chaleureux.

— Je ne raterais ça pour rien au monde. Merci.

Il reconnut Rich Devlin et Zeke Cambridge, des acteurs qui avaient gagné un Academy Award pour les films des Hawkins Boys, et qui étaient également meilleurs amis dans la vraie vie et tournaient actuellement leur prochain film à Vegas. Les deux hommes parlaient près du bar, mais un troisième était au téléphone, dos tourné. Quand Zeke et Rich le virent, ils arrêtèrent de parler, sourirent et approchèrent.

Zeke fut le premier devant lui et tendit la main.

— Je suis Zeke Cambridge. J'adore ce que vous faites. Jack Robbins est le *meilleur*.

Bay prit la main tendue et lui rendit son sourire.

— Merci beaucoup. Je suis fan également.

Rich tendit la main à son tour.

— Et moi, alors, je compte pour du beurre ? Et c'est quoi ces rumeurs sur des films de Jack Robbins en production ? Si cela se produit, je pense que nous allons en avoir pour notre argent.

— J'en doute vraiment, dit Bay en pouffant de rire avant de le saluer fermement. Et en passant, j'aime également votre travail.

Rich lui donna une claque dans le dos.

Quand le troisième homme raccrocha et se rapprocha, Bay pensa le reconnaître.

— Je suis Paul Gilman, dit-il en souriant.

Bay le regarda de haut en bas, réalisant qu'il avait raison.

— *Le* joueur de poker professionnel ?

Paul pouffa.

— En chair et en os.

— Vous êtes une légende par ici, se moqua Bay.

— Je ne sais pas, répondit Paul. En tout cas, je suis un *véritable* fan de votre travail. J'aime Jack, mais j'adore encore plus vos premiers romans.

Bay avait écrit et autopublié une demi-douzaine de romans policiers et dramatiques avant de toucher le gros lot avec Jack Robbins. Et bien entendu, ils avaient tous été republiés entre les romans de Robbins et étaient également devenus très populaires.

— Merci, dit Bay. C'est agréable de savoir que quelqu'un apprécie mon vieux travail.

Avant que Paul puisse répondre, Zeke recula et regarda Bay.

— Beau costume, au fait.

Bay lissa sa veste.

— Ce vieux truc ?

Zeke sourit.

— Hé ! Que quelqu'un lui serve un verre avant que nous commencions.

Bay regarda par-dessus son épaule.

— Un Flanagan avec des glaçons, s'il vous plaît.

— Hugo Boss ? continua Zeke, qui admirait encore son costume.

— Armani, le corrigea Bay.

— Bon goût en matière de vêtements et de scotch, ajouta Rich. Voilà mon type d'homme.

— Nous commençons ? demanda le croupier avec un geste vers la table.

Bay hocha la tête en regardant ses comparses.

— Je veux bien.

Il s'installa tout à gauche avec Rich à côté de lui, puis Zeke, et Paul tout à droite.

La serveuse déposa son verre devant Bay, lui sourit, lui fit un clin d'œil et disparut.

— Quel jeu voulez-vous ? demanda le croupier.

Rich se frotta les mains.

— Un petit Texas hold'em ?

— J'en suis, dit Zeke.

— Moi aussi, ajouta Bay.

Paul se contenta de hocher la tête.

— Allons-y, messieurs.

Le croupier étala un jeu de cartes devant eux et ils en prirent tous une au hasard avant de la retourner. Rich avait la plus forte, alors le croupier lui fit glisser le bouton dealer.

— M. Devlin sera notre donneur pour la première manche. M. Whitman aura le *small blind* et M. Gilman le *big*.

Le croupier récupéra les cartes, les rangea et sortit un autre jeu.

— Messieurs, nous avons déjà décidé que la plus petite mise sera de deux mille cinq cents dollars et la plus grande de cinq mille. Bonne chance.

11

Le croupier passa au flop, et tous se retrouvèrent avec les premières cartes, puis les autres. Bay garda les mains sur ses cartes et leva légèrement les yeux. Il regarda autour de la table alors que Rich, Zeke et Paul observaient leurs cartes. Aucun d'eux ne laissait échapper d'émotion notable, alors il souleva le coin de sa première carte et jeta un coup d'œil. *Pas trop mal !* Un as de pique.

Bay regarda sa seconde carte et sourit intérieurement. *Oui !* Un dix de pique. Il regarda à nouveau les autres joueurs et tous affichaient la même expression neutre. Le croupier lança un coup d'œil à Bay, mais ne dit rien. Comme il était à la gauche de celui avec le bouton dealer, c'était à lui de relancer, se coucher ou suivre.

— Je relance, dit-il, ce qui signifiait qu'il était d'accord pour deux fois la grosse mise, soit dix mille dollars.

Il glissa le nombre approprié de jetons au centre de la table et s'adossa à sa chaise.

— Merde, Bay, dit Rich. D'entrée de jeu ?

Bay sourit, sûr de lui.

C'était ensuite à Paul, qui regarda ses cartes.

— Je suis.

Il glissa le même nombre de jetons vers le croupier et se tourna vers Zeke qui regarda autour de la table.

— Je suis.

Ce qui voulait dire qu'il était aussi d'accord pour dix mille.

— M. Devlin ? demanda le croupier.

Rich eut un rictus amusé.

— Je suis.

Il y avait désormais quarante mille dollars, et le cœur de Bay se mit à papillonner d'excitation – il pouvait presque sentir les poils sur ses bras se redresser.

Bay regarda le croupier qui commença le flop en s'occupant de la carte au-dessus de la pile, placée face contre la table. Il s'occupa ensuite de placer trois cartes, cette fois à l'endroit. La première était un neuf de pique, puis un as de cœur, et enfin un six de pique. Les joueurs devaient désormais composer leur meilleure main avec les deux cartes qu'ils avaient déjà et les trois cartes du flop. C'était le moment de miser une seconde fois.

Avec une facilité due à l'expérience, Bay n'afficha aucune émotion. Il avait une bonne chance de terminer avec un flush, puisqu'il avait déjà deux piques et qu'il y en avait deux autres dans le flop.

Le croupier regarda à nouveau Bay. Comme ils étaient encore tous les quatre dans le jeu et qu'il était à gauche du donneur, c'était à nouveau à lui de relancer, se coucher ou suivre.

— Je relance, dit-il avec confiance.

Rich pouffa nerveusement de rire pendant que Zeke et Paul le regardaient, le visage neutre, cherchant de toute évidence une fissure dans son armure. Bay fit glisser les jetons au centre de la table et s'adossa à nouveau à sa chaise.

Le croupier se tourna vers Paul.

— À vous, M. Gilman.

Paul regarda à nouveau ses cartes et étudia le flop.

— Je suis.

Bay sourit alors que Paul glissait ses jetons vers le croupier.

— M. Cambridge ?

Zeke poussa ses jetons vers le centre de la table.

— Je suis aussi.

Avant que le croupier puisse poser la question, Rich frappa la table.

— Je me couche. J'ai que dalle.

C'était le moment de tourner. Le croupier posa à nouveau la carte brûlée à l'envers et une carte à l'endroit à côté des trois autres.

Merde ! Deux de cœur.

Mais Bay se sentait toujours en confiance. Et il avait un bon jeu, alors il était temps de mettre ses talents pour le bluff à l'épreuve.

— Je relance.

— Oh, merde, dit Rich. Je suis heureux de m'être couché.

Paul et Zeke regardèrent à nouveau Bay, mais ne dirent rien.

Bay glissa à nouveau dix mille dollars en jetons sur la table.

— Je suis, dit Paul.

— Moi aussi, ajouta Zeke en suivant le mouvement des jetons.

Bay sourit intérieurement. *Oui. Allez, Madame la Chance.*

Il était temps de tourner la dernière carte. Le croupier posa la carte brûlée et retourna une dernière carte à côté des quatre autres.

Sept de pique. *Hallelujah* !

— Je relance, dit Bay en glissant dix mille autres dollars vers le croupier.

— Je suis, dit Paul en faisant de même.

— Merde, dit Zeke. Je me couche.

13

Bay leva le coin de sa première carte, le regard sur Paul, et la retourna lentement. C'était le moment où cela devenait toujours intéressant. Alors que Paul regardait à tour de rôle la carte de Bay et le flop, son expression – ou manque d'expression – n'était pas ce qui intéressait Bay. Ce qui se passait au fond du regard de Paul, en revanche, était une autre histoire, et ce soir, ce dernier ne le déçut pas. Dès que Paul vit la carte de Bay et réalisa les possibilités, Bay remarqua quelque chose dans ses yeux. Et ce petit *quelque chose* lui donna la chair de poule et les battements de son cœur s'accélérèrent.

Bay sourit, sûr de lui, et retourna la seconde carte, le regard toujours sur Paul. Il aurait pu jouir dans son pantalon à l'instant où ce dernier comprenait qu'il avait perdu.

— Flush, dit Bay.

Paul eut un faible sourire.

— Pas mal.

Il glissa ses cartes vers le croupier sans même les retourner.

Un joueur qui cachait son jeu n'était pas obligé de montrer ses cartes, mais Bay aurait aimé pouvoir voir ce qu'il venait de battre. Il aurait pu parier que Paul avait un trois ou même un flush, mais celui de Bay avait un as, alors il gagnait malgré tout. Dans tous les cas, cela n'avait pas d'importance. Il avait gagné quarante mille dollars.

— Merde, c'était intense, dit Zeke.

— Trop, confirma Rich.

Le croupier rassembla les jetons et les déposa devant Bay. Ce dernier en prit un de cinq cents dollars et le jeta vers l'homme.

— Merci.

Le croupier hocha la tête, sourit, et distribua le jeu suivant.

IL ÉTAIT un peu moins de vingt-trois heures et ils jouaient depuis presque six heures. Rich et Zeke étaient partis depuis un petit moment, et Bay et Paul étaient tombés d'accord pour jouer encore une fois. La nuit avait plutôt été en faveur de Bay, et il avait plus d'un demi-million de dollars en jetons devant lui. En revanche, la nuit n'avait pas été très plaisante pour Paul. S'il calculait bien, le pauvre homme avait perdu presque autant que Bay avait gagné, et il ne lui restait que quatre mille dollars.

Bay et Paul en étaient au moment de la river de leur dernier jeu. Il y avait quatre-vingt mille dollars dans le pot, et Bay savait que Paul devait avoir une très bonne main s'il continuait à parier alors qu'il n'avait presque plus rien. Mais Bay en avait une bonne également. Vraiment bonne.

Bay le regarda dans les yeux pendant que le croupier enlevait la carte brûlée et se préparait à retourner la river pour l'ajouter au flop. Il y avait déjà sur la table un six de trèfle, un sept de pique, un dix de trèfle et un trois de cœur. Bay vit les prémices d'une quinte et comprit que c'était ce que Paul tentait d'obtenir. Le croupier retourna la carte et la posa sur la table. Trois de trèfle. Bay vit sans équivoque une lueur dans le regard de Paul et comprit qu'il avait sa quinte.

Il était temps pour Paul de relancer, suivre ou se coucher. Bay était certain qu'il ne se coucherait pas, parce que Paul était arrivé loin, mais pour relancer, il avait besoin de cinq mille. Il n'avait que quatre mille sur la table, et à moins qu'il cache des jetons dans ses poches, il ne pouvait pas suivre.

— Je relance, dit Paul.

Le croupier le regarda.

— Désolé, M. Gilman, mais il faut cinq mille dollars pour relancer.

Paul glissa quatre jetons sur la table et regarda Bay.

— J'attends mon escort, qui vaut mille dollars et doit venir dans ma chambre dans une heure. Vous voulez bien ça pour compenser les mille dollars manquants ?

Bay y réfléchit un instant. Il n'avait pas besoin d'une escorte. Il n'avait pas vraiment d'expérience dans ce domaine, mais pourquoi pas ? Il était à Vegas, et ce qui arrivait à Vegas restait à Vegas, pas vrai ? De plus, il ne se souvenait pas de la dernière fois où il avait eu un rapport sexuel. Il avait eu des propositions, bien sûr, mais il les avait presque toutes refusées, parce qu'il ne savait jamais si elles étaient faites parce qu'il était une célébrité, ou, pire, si c'était pour sa personnalité de Jack Robbins. Une rencontre avec l'escorte serait pratique. *Bam, bam, bam, merci, madame.*

— Bien sûr, dit Bay avant de pouvoir s'arrêter.

Comme Paul n'avait plus de jetons, Bay n'avait aucune raison de relancer, alors il suivit.

Paul retourna ses deux cartes. Un neuf de trèfle et un huit de pique.

— Quinte, dit-il en souriant.

Bay sourit en retour et retourna ses cartes.

— Quatre trois.

Le sang quitta le visage de Paul et il baissa brièvement la tête. Lorsqu'il la leva à nouveau, il souriait.

— Ce n'est vraiment pas ma nuit, dit-il en se levant. Mais, hé. Parfois on gagne, parfois on perd.

Il tendit la main à Bay, qui l'accepta.

— C'était un plaisir, Paul. J'espère que nous pourrons à nouveau jouer ensemble.

— De même, dit Paul. Oh, j'ai presque oublié ! Quel est le numéro de votre chambre ?

— C'est la 3001. Pourquoi ?

— L'escort sera là à minuit.

Bay allait protester, mais changea d'avis. Il n'était toujours pas certain de le vouloir, mais il dit simplement :

— Merci.

Paul se tourna et quitta la salle de jeu sans un mot.

— Pouvez-vous vérifier ce que vous avez gagné avec moi, M. Whitman, avant que j'appelle le caissier pour un chèque ? Ou préférez-vous un virement ?

— Bien sûr. Et un chèque sera parfait.

BAY REVENAIT dans sa suite et déposait son énorme chèque dans le coffre-fort quand il entendit frapper à sa porte. Il traversa le couloir et se figea tout à coup. *Merde ! L'escorte.* Il lissa nerveusement le devant de sa veste et ouvrit la porte. Quand il vit qui se tenait de l'autre côté de celle-ci, sa bouche s'ouvrit et il resta ainsi. Il cligna deux fois des yeux pour s'assurer qu'il n'imaginait pas des choses. Il n'imaginait rien, et il ne pouvait ni bouger ni parler.

II

C'EST QUOI ce délire ? Jack ? Jack Robbins ? L'homme de l'autre côté de la porte était le portrait craché du personnage que Bay avait créé. Il était appuyé contre le mur en face de la porte de Bay, dans un costume sombre à la mode, les bras croisés sur sa poitrine, les pieds croisés, un sourire étincelant sur son visage. *Ce doit être une blague. Jack n'existe pas.*

Bay étudia l'homme sans y croire. Il était bien sûr très séduisant. Et vu comme il devait lever la tête pour croiser son regard, il faisait sans doute la même taille que Jack. Sans parler du fait qu'ils avaient les mêmes cheveux, les mêmes yeux, la même barbe bien taillée, la même carrure musclée que Bay avait décrite. Et ce sourire ? C'était le sourire sexy et espiègle qu'il avait créé pour Jack quand il tentait de séduire ses nouvelles conquêtes. *Ce type est Jack Robbins. Attends ! Une nouvelle conquête ? Je suis une conquête ?*

Le visiteur s'éclaircit la gorge, ce qui ramena un peu Bay à la réalité. Il n'arrêtait pas de le dévisager, mais il tenta aussi de parler.

— Euh, je peux vous aider ?

— Merde, tu es canon. Dis-moi que tu t'appelles Paul ?

Paul ?

— Ah, non, désolé, dit Bay.

Le sourire de l'homme retomba.

— Merde.

Il vérifia son portable, regarda le numéro de la porte et secoua la tête d'un air dégoûté.

— Désolé, mec. J'ai dû me faire poser un lapin.

Bay allait fermer la porte quand il réalisa quelque chose. *Paul. Paul Gilman. L'escorte. Merde !*

— Attendez ! lança-t-il. Vous aviez rendez-vous avec Paul à minuit ?

L'homme s'arrêta et le regarda, intrigué.

— En effet. Et si tu n'es pas Paul… comment sais-tu cela ?

Toujours choqué de voir Jack Robbins en chair et en os, Bay le fit revenir, nerveux.

— Parce que je vous ai gagné à un jeu de poker.

L'homme fit un petit sourire en coin et son regard brilla de malice. Il recula un peu et reprit sa position contre le mur.

— Vraiment ? C'est amusant. Je ne savais pas que j'étais transférable.

— Oh, bon sang.

Bay réalisa ce qu'il venait de dire.

— Je suis vraiment désolé. Je parle de vous comme si vous étiez un bout de viande ou un truc comme ça.

Le type se mit à rire et son visage s'éclaira.

— Ah, je ne suis pas offensé. On m'a traité de bout de viande à plus d'une occasion.

Bay souhaita tout à coup être en sécurité dans son appartement, à écrire sur Jack, au lieu d'être dans ce couloir d'hôtel à Las Vegas, à parler avec son sosie.

— Alors, avec qui aurai-je le plaisir de passer mes deux prochaines heures ? Si je peux demander ?

— Oh, désolé. Je suis Bay.

Il tendit la main.

— Bay ?

Il hocha la tête.

— Bizarre, mais charmant.

— Merci. C'est un prénom de famille. Écoutez, vous n'avez pas à rester. Le type pensait qu'il allait gagner, mais j'ai relancé et il n'avait plus d'argent, alors il vous a misé pour combler la différence.

Au lieu d'accepter la main de Bay, l'homme croisa à nouveau les bras sur son torse, sourit, et le regarda de haut en bas.

— Et c'est moi qui ai gagné le gros lot.

Bay eut un faible sourire et la chaleur remonta dans son visage.

— Oui. Non. Je veux dire…

Il réalisa que l'homme flirtait avec lui, comme Jack le faisait avec ses conquêtes. *C'est trop bizarre !*

Bay retira sa main et l'homme s'approcha de lui.

— Je m'appelle King Slater.

Il était désormais si proche que Bay pouvait sentir son parfum épicé.

— Ravi de vous rencontrer, King.

Ils se regardèrent et King sembla attendre qu'il le reconnaisse d'une manière ou d'une autre. Mais le nom ne lui disait rien.

King semblait amusé de le voir aussi nerveux et mal à l'aise.

18

— Je me permets d'entrer, dit-il en lui adressant toujours son sourire séducteur.

Bay le regarda, émerveillé, alors que King passait devant lui. Il avait même la démarche de Jack.

Après un coup d'œil rapide dans les deux directions du couloir, Bay le suivit dans le salon. King s'arrêta tout à coup et Bay faillit lui rentrer dans le dos. Quand il se tourna, souriant toujours, il regarda dans ses yeux, prit sa nuque en coupe et l'attira à lui pour presser un baiser tendre et doux sur ses lèvres.

Tout un tas de pensées passèrent par la tête de Bay. *Arrête-le,* fut sa première. Mais avant qu'il puisse bouger, King approfondit son baiser. Ses lèvres étaient humides et chaudes, et l'entrejambe de Bay le picota. Il se figea, mentalement et physiquement. *Quoi ?* Il n'avait jamais été embrassé par un homme. Il n'avait rien contre ça, mais ce n'était jamais arrivé. Le sexe n'avait jamais eu de véritable place dans sa vie. Il avait toujours pensé que personne ne voudrait de lui, alors pourquoi se fatiguer ? Depuis qu'il était devenu célèbre, il n'avait eu de rapports qu'avec deux femmes, et elles avaient couché avec Jack Robbins, pas avec Bay Whitman. Il ne pensait pas que ses partenaires ou lui auraient pu survivre à *cette* expérience.

Quand le baiser prit fin, King recula, l'air fier de lui, et Bay en resta sans voix. Il toucha instinctivement ses lèvres et se souvint de la pression qu'il avait ressentie.

King sourit à nouveau.

— Ne sois pas gêné, je fais tout le temps cet effet sur les hommes.

Merde, Bay ! Réfléchis ! Que ferait Jack ? C'était plus facile à dire qu'à faire alors que Jack se tenait devant lui. En chair et en os.

Bay baissa la main et la plongea dans la poche de son pantalon en tentant d'avoir l'air cool.

King passa un bras autour de son torse, porta ses doigts à son menton et regarda Bay avec curiosité.

— Bay, tu es vraiment séduisant. Tu es certain que je suis dans la bonne chambre ? La plupart de mes clients sont âgés, gros, et très peu attirants.

— Je suis désolé, King, je suis…

Les mots lui échappèrent avant qu'il puisse les arrêter.

— Hétéro ? termina King. Beaucoup de mes clients sont « hétéros ».

19

Il marqua les guillemets avec les doigts, puis se rapprocha si près de Bay que ce dernier put à nouveau sentir son parfum. Il lui empoigna ensuite les fesses et les serra, puis pencha la tête, se rapprocha et lui mordilla le cou.

Un frisson remonta l'échine de Bay alors qu'il sentait les dents sur sa peau, ses lèvres chaudes et fermes. Il savait qu'il devait l'arrêter, mais le contact était merveilleux.

Finalement, il leva les mains, les posa sur son torse et le poussa doucement.

— Sérieusement.

— Sérieusement quoi ? demanda King, à bout de souffle, un peu choqué.

— Sérieusement, je suis hétéro, dit à nouveau Bay.

— Sérieusement ?

King recula, l'air confus.

D'accord, pour être honnête, Bay ne s'était jamais identifié avec le terme gay ou hétéro. Mais avec ce qui venait de se passer, la manière dont les caresses de King l'affectaient, il était probablement bisexuel. Il devrait y penser plus tard. Par le passé, ses relations sexuelles, bien que rares, avaient été uniquement avec des femmes. Elles avaient aussi été très agréables, mais désormais un homme se tenait devant lui, l'embrassait, lui mordillait le cou, et c'était franchement agréable.

— Quelle chance, dit King en baissant les mains, comme s'il en avait fini avec cette mascarade. J'ai enfin un client canon, et il ne veut pas de moi.

— Tu me trouves canon ? demanda Bay, entendant la surprise dans sa propre voix.

— Tu t'es regardé dans un miroir ? demanda King. Tu *es* séduisant.

Bay savait qu'il devait le laisser partir, mais il était intrigué. Tout à coup, il voulut en savoir plus sur lui. Jack Robbins était un personnage issu de son imagination, et Bay ne pouvait pas aller plus loin que ça. S'il voulait passer plus de temps avec le vrai Jack Robbins, sous la forme d'un escort nommé King Slater, les possibilités n'avaient pas de limite. Merde, il pouvait totalement transformer son personnage !

— Écoute, dit Bay avant de pouvoir y réfléchir un peu plus. Ne pars pas. Je t'ai pour deux heures, non ?

King le regarda avec soupçon.

— Oui… techniquement.

— Alors je veux en avoir pour mon argent.

— Nous y voilà, dit King en agitant les sourcils d'un air lubrique.

— Attends, non, pas pour le sexe.

La déception de King fut évidente.

— Pour quoi, alors ? Une partie de cartes ?

— Peut-être.

King lui lança un sourire séducteur à la Jack Robbins.

— Uniquement si c'est du strip-poker.

— Marché conclu.

Bay était certain de pouvoir gagner une partie de poker avec un escort gay.

— Un vêtement par mise, sinon je refuse, ajouta King.

Bay sourit.

— Je crois que je vais avoir besoin de plus de scotch.

— Faut que j'aille aux toilettes

Bay désigna la salle de bain tout en se dirigeant vers le téléphone pour commander une bouteille de Flanagan au service de chambre.

Une heure plus tard, King y avait littéralement laissé sa chemise. Avec son manteau, son nœud papillon, ses boutons de manchettes et son maillot de corps. Bay avait toujours tout sur lui, en dehors de sa veste de costume, qu'il avait fait semblant de perdre parce qu'il avait chaud.

— Je te suis pour une chaussure, et je relance d'une chaussure, dit King.

— Je te suis.

Bay étala ses quatre deux.

— Merde, dit King en jetant ses cartes sur la table.

Il défit sa chaussure gauche, puis la droite, et les ajouta aux vêtements qu'il avait déjà retirés.

— Elles coûtent huit cents dollars.

— Tu as eu ton compte ? demanda Bay.

— Tu te fous de moi, hein ?

King regarda ses chaussettes et se mit à compter.

— J'ai deux chaussettes, mon pantalon et mon caleçon. J'ai donc au moins quatre mises avant d'être ruiné.

Bay devait admettre que King était vraiment séduisant, et il avait du mal à garder les yeux sur ses cartes. C'était un choc pour lui de se sentir attiré par un autre homme, mais il s'en préoccuperait plus tard. Pour le moment, il admirait la tablette de chocolat de King, son torse bien dessiné, ses bras musclés. Chaque fois que King retirait un autre vêtement, Bay

21

l'étudiait, espérant se souvenir de chaque détail de son corps pour pouvoir ajouter une autre dimension à Jack. Il était particulièrement intrigué par les tatouages sur les bras et le torse de King. *Je crois que Jack va très bientôt avoir des tatouages.*

— Ça a fait mal ? demanda Bay tout en remuant les cartes.

King suivit son regard.

— Les tatouages ?

Bay opina.

— Un peu. Surtout le tribal. La peau sous le bras est très sensible.

— Tu en as d'autres ? demanda Bay timidement.

King lui lança un nouveau sourire.

— Un gentilhomme ne se révèle jamais. Je pense que tu vas devoir attendre pour le savoir.

Il regarda ses cartes et en jeta trois sur la table.

— J'en prends trois.

Bay lui donna trois cartes et en prit deux pour lui.

— Le dealer en prend deux.

King regarda ses cartes.

— Je mise une chaussette.

Bay regarda les cartes dans ses mains et les étudia.

— Je te suis et je relance d'une chaussette, dit-il, les yeux sur King.

— Je suis.

King fit un large sourire et montra ses trois reines.

— C'est une bonne main, convint Bay. Mais pas assez.

Il posa ses dix sur la table.

King retira ses chaussettes et les posa sur la pile.

— Ce n'est pas de chance.

Il vida son verre de scotch et le claqua sur la table.

— D'accord, Bay. On dirait qu'il me reste encore un tour pour me rattraper. Alors, jouons !

Dix minutes plus tard, King était devant lui, aussi nu que le jour de sa naissance. Il avait les bras croisés sur son torse et semblait attendre que Bay fasse quelque chose.

Et il avait bien d'autres tatouages. Un qui entourait son nombril, un sur sa cuisse, un sur chaque cheville, et un dernier dans le bas de son dos, juste au-dessus de la raie de ses fesses.

— Et maintenant ? demanda Bay en faisant de son mieux pour ne pas regarder le membre impressionnant de King.

— J'ai encore une chose à miser, dit King.

— Vraiment ?

Bay étudia son corps et lui fit signe du doigt de tourner sur lui-même. Quand King eut terminé, prouvant qu'il n'avait pas le moindre vêtement, Bay reprit la parole.

— J'ai du mal à voir quoi.

— Tu oublies que je suis un escort, dit King en agitant les sourcils. J'ai des talents.

Bay pouffa quand il réalisa que la réponse de King aurait pu avoir été prononcée par Jack s'il s'était trouvé dans la même situation.

— Touché, dit Bay. Mais je vais garder ces talents pour une personne qui pourra plus les apprécier que moi.

Le sourire de King retomba.

— Va te faire foutre, Bay. Je me casse.

Il se baissa et commença à fouiller dans sa pile de vêtements.

— Et tu comptes porter quoi pour rentrer ?

— Quoi ? Mes vêtements… oh, je vois ce que tu veux dire. Rien à foutre. J'ai quitté des hôtels bien plus beaux que celui-ci complètement nu.

Il fouilla dans ses poches, prit son portefeuille, ses clefs et deux portables, se leva, carra les épaules et se dirigea vers la porte.

— Bonne nuit.

Bay se leva d'un bond et fut devant l'entrée avant lui.

— Attends ! Je te taquinais, c'est tout. Et puis, tes vêtements seraient bien trop grands pour moi. Va t'habiller.

King sembla se ratatiner un peu et Bay vit un autre côté de l'escort si moqueur. *Une nouvelle dimension.*

Il semblait désormais mal à l'aise dans sa nudité pendant qu'il fouillait dans ses vêtements et enfilait son caleçon et son pantalon. Il mit sa chemise, passa son nœud papillon autour de son cou, et s'assit sur le canapé avec ses chaussures et chaussettes à ses pieds. Soupirant, il se prit la tête entre ses mains.

King regarda finalement Bay d'un œil prudent et passa les mains dans ses cheveux.

— Je te dégoûte à ce point ?

— Bien sûr que non, dit Bay. Tu es un homme très attirant.

Il n'avait pas voulu lui faire du mal. Il s'approcha et s'installa à côté de lui.

— Il se passe beaucoup de choses que tu ignores.

23

King croisa son regard.

— Alors, raconte-moi.

— Quels sont tes tarifs déjà ?

— Cinq cents de l'heure.

— Je crois que je serai ruiné au milieu de mon histoire.

King ne répondit pas, mais enfila silencieusement ses chaussettes et chaussures, puis traversa la chambre, Bay sur les talons. Quand il arriva à la porte, il s'arrêta et se tourna.

— C'était amusant… jusqu'au moment où tu m'as rejeté.

Bay posa une main sur son bras.

— Ne le prends pas mal. Comme je l'ai dit, tu es vraiment séduisant. Je suis seulement… enfin, pour être honnête, je suis une catastrophe.

— Tu n'as pas l'air d'une catastrophe à mes yeux.

— Oui, eh bien… certaines choses ne sont pas ce qu'elles semblent être.

King regarda la main sur son bras, que Bay retira rapidement.

— Bonne nuit, alors, dit King en ouvrant la porte.

Il donna une carte à Bay.

— Au cas où tu changerais d'avis.

Il se tourna pour partir.

— Attends, dit Bay en le suivant dans le couloir sans trop savoir pourquoi.

King s'arrêta et se tourna.

— Tu es libre demain soir ? Même heure, même endroit ?

— Bien sûr, dit-il. Je pourrais m'asseoir et jouer au strip-poker avec un mec hétéro pour cinq cents dollars de l'heure tous les jours. Pas de souci. Bonne nuit, Bay.

Bay le regarda jusqu'à ce qu'il disparaisse au coin du couloir. Il retourna à l'intérieur, ferma la porte et s'appuya contre celle-ci pendant que les événements de cette nuit étrange lui revenaient en tête. Le fait qu'il ait gagné un escort était déjà bien étrange. Mais qu'en plus, cet escort soit un homme gay qui ressemblait à Jack Robbins… enfin, c'était la cerise sur le gâteau. Et s'il était entièrement honnête, il était très intrigué par King et, étrangement, très attiré par lui.

Bay chassa ses pensées de sa tête et alla dans le salon. Il vida la bouteille de scotch et les deux verres, puis les rangea sur le bar. Il retourna ensuite vers la table où se trouvaient les cartes. La dernière main de King était couchée sur la table et la curiosité l'emporta. Il les tourna une à une.

— Eh bien, putain.

King s'était couché alors qu'il avait l'avantage. *Il voulait vraiment se mettre nu devant moi. Je lui plaisais vraiment.*

III

KING POUVAIT sentir le regard de Bay sur lui alors qu'il longeait le couloir, furieux et roulant plus que jamais des mécaniques. Il soupira enfin et se détendit quand il tourna à l'angle et se mit devant les portes des ascenseurs. Il appuya sur le bouton pour les appeler et attendit que l'un d'entre eux s'ouvre, tout en songeant qu'il voulait retourner dans la chambre de Bay et lui dire sa façon de penser. Il était nerveux en présence de cet homme, et il ignorait pourquoi. Et à cet instant, il était furieux contre lui. De plus, qu'est-ce que ça lui apporterait ? Pourquoi prendre le risque de perdre le millier de dollars pour son travail de demain soir ? Et pourquoi était-il furieux ? Mille dollars pour deux heures de strip-poker ? Et c'était *lui* qui avait proposé ça. *Merde. À une époque, je faisais bien plus que ça pour bien moins d'argent.*

Sa colère s'apaisa. Il réalisa qu'il devrait remercier Bay. Après tout, cela aurait pu être bien pire. Bay aurait pu être un type chauve et obèse qui mourait d'envie de se faire sauter par une star du porno. Ou l'habituel hétéro dans le placard en voyage d'affaires, avec une femme et des enfants à la maison. Ou, pire encore, une répétition de son dernier travail. Une célébrité de Vegas, obèse, dans le placard, qui portait un soutien-gorge et une culotte et voulait se masturber tout en léchant et savourant les pieds de King dans leurs chaussettes.

King avait tout vu. Merde, il avait même tout fait. Mais ça n'avait été rien de plus qu'une partie de poker. De l'argent facile. Malgré tout, l'ironie de la situation ne lui échappait pas. Bay était séduisant, éduqué et semblait intelligent. Il était en forme et avait très bon goût en matière de vêtements. Ce costume lui allait comme une seconde peau, et avec sa veine, tout ce qu'il avait voulu faire, c'était de jouer aux cartes. La vie était une vraie garce parfois.

L'ascenseur sonna et le tira de ses pensées. Les portes s'ouvrirent, il entra dans la cabine vide et pressa le bouton pour le rez-de-chaussée. Quand les portes s'ouvrirent à nouveau, il était dans le hall. Vu le nombre de gens qui s'y trouvait, on aurait pu croire qu'il était six heures du matin et non deux heures et demi.

Alors qu'il se dirigeait vers le parking, il réalisa qu'il n'était plus fâché contre Bay. Oui, il avait été agacé, mais il devait reconnaître que son ego – et ses sentiments – en avait pris un coup. C'était la première fois qu'on le rejetait depuis qu'il était entré dans l'industrie du porno, et cela avait fait remonter en lui le sentiment de ne pas être à la hauteur qu'il avait cru avoir surmonté depuis longtemps. Bien sûr, il avait déjà eu des clients qui ne voulaient que parler ou apprendre à connaître une star du porno, mais c'était rare. Il ne s'était jamais fait rejeter, avant. Et il détestait l'admettre, mais ça faisait mal. Probablement parce que Bay lui plaisait vraiment. Il avait été attiré par lui, ce qui était déjà étrange en soi. *Fais attention, King. Un type comme Bay pourrait ruiner ta guérison.*

Mais Bay ne l'avait pas voulu, et ça l'avait vraiment pris par surprise. *Est-ce que je perds la main ?*

King fit le calcul. Ça faisait plus de trois ans qu'il n'avait pas regardé un autre homme comme autre chose qu'un cul à lécher, un trou à baiser ou une queue à sucer. Et tout ça soit pour le plaisir d'une caméra, soit pour son affaire d'escort : un moyen de gagner sa vie. Quand le sexe était le domaine professionnel d'une personne, les choses du domaine de la romance pouvaient être faussées. Et en ajoutant la guérison de King dans l'équation, le résultat pouvait être un gros bordel.

Aussi populaire que King soit en ce moment, il devait admettre que le simple fait que Bay ne le trouvait pas du tout attirant était douloureux pour son ego. *Rien de mieux qu'un rejet pour te faire descendre de ton piédestal.* Mais pour être juste, Bay avait dit être hétéro. *Peut-être que c'est pour ça qu'il n'a pas reconnu mon nom.* Le gaydar de King était en général précis et n'avait pas réagi, alors peut-être que Bay *était* hétéro, mais il avait également lancé des ondes qui partaient dans l'autre direction. *Peut-être qu'il* croit *être hétéro.*

Alors qu'il sortait du parking et s'engageait sur Las Vegas Strip, King se souvint comme Bay l'avait étudié avec intensité à mesure qu'il enlevait ses vêtements. Presque comme s'il essayait de mémoriser les détails. Les hétéros ne faisaient pas ça, si ? King sourit intérieurement. Est-ce qu'il mémorisait ça pour une utilisation ultérieure ? *Peut-être. Ou peut-être qu'il commence à peine à comprendre sa sexualité et a besoin d'une petite poussée dans la bonne direction.*

Alors peut-être que King n'avait pas du tout perdu la main. Il savait qu'il n'y avait aucune preuve de quoi que ce soit, mais ça l'aidait à se sentir mieux et plus optimiste pour leur prochaine rencontre. Il était intrigué, et il

27

avait une chance de le faire craquer. Il sourit. Demain soir, il ferait de son mieux pour séduire Bay Whitman.

King s'arrêta à un feu rouge sur Sahara Avenue. Le moral remonté, il leva les yeux et vit un panneau publicitaire d'un bar gay du nom de *Badlands Saloon*, avec une flèche pointant à droite. L'affiche annonçait « Buvez, dansez, faites la folle ! Two-step avec des cow-boys canon, sur les dernières chansons à la mode ! »

Sous le texte, deux hommes séduisants avec des Stetsons s'enlaçaient avec un large sourire. Penser à des cow-boys canon lui envoya des frissons dans l'échine. Il avait toujours eu un faible pour les cow-boys. Et il adorait le two-step. Mais quand le feu passa au vert, King serra le volant des deux mains avec force, appuya sur l'accélérateur et passa l'intersection sans tourner. *C'est un déclencheur. Souviens-toi du programme. Reste loin des déclencheurs.*

Quand il entra dans le parking du *Caesar's Palace*, il prit l'ascenseur pour monter à sa chambre, verrouilla derrière lui et soupira de soulagement. Il avait à nouveau évité de replonger, et il était franchement fier de lui.

Il se déshabilla et déposa ses vêtements sur la chaise près du lit. Sa chambre n'était pas une suite comme celle de Bay, mais elle était belle. Assez belle pour un gosse grand, timide et dégingandé de l'Ohio avec une mauvaise coupe de cheveux et sans ami qui s'était finalement fait un nom et était tombé dans l'industrie du porno.

Tu dois te lever tôt demain matin et travailler encore dans l'après-midi, alors il vaut mieux dormir. Je ne veux pas donner l'impression d'avoir pris dix ans en une nuit.

King ferma les yeux et vit le beau visage de Bay qui le dévisageait. Il sourit.

Demain soir, mon ami. Attends demain soir.

BAY SE glissa dans le lit, s'allongea sur le dos et tira les couvertures jusqu'à son cou. Comme d'habitude, son assurance avait disparu avec son costume Armani, et c'était le bon vieux Bay Whitman qui se trouvait dans sa chambre d'hôtel plongée dans le noir, dans la ville de Las Vegas. Mais ce soir, son esprit était plongé dans l'excitation en plus de ses peurs habituelles, de ses doutes et de ses insécurités. Il avait demandé à King Slater de revenir le lendemain soir. Mais pourquoi ?

28

Quand il y réfléchissait de manière rationnelle, il réalisait qu'il avait plusieurs raisons. Pour commencer, Bay connaissait beaucoup d'écrivains qui s'inspiraient de personnes réelles pour leurs personnages, mais il avait créé Jack avec la simple aide de son imagination. Jack était l'homme qu'il aurait voulu être. Mais comme Bay ne pouvait qu'imaginer ce que ressentait Jack, ça le rendait un peu plat dans son imagination. Ça voulait dire qu'il ne pouvait pas mener Jack trop loin. Mais si tout se passait bien demain soir, il allait pouvoir apporter une autre facette à son personnage juste en passant du temps avec King, en apprenant à le connaître, en comprenant sa manière de penser. S'il avait de la chance, il pourrait trouver des tas d'opinions autres que les siennes à exploiter. Des opinions qu'il pourrait utiliser pour améliorer Jack Robbins. King était peut-être un escort, mais Bay sentait bien qu'il n'était pas stupide. Et Bay avait hâte de voir ce qui se cachait derrière cet escort. Ce qui faisait qu'il était lui.

D'un autre côté, il appréciait vraiment King. Et il était stupéfait de voir que King semblait l'apprécier *lui*.

King affichait une telle assurance, c'était déjà en soi un trait très attirant pour Bay. Il était séduisant, futé, charmant : tout ce que lui n'était pas. Toutes les qualités que Bay avait écrites pour son personnage. Mais si Bay était honnête, il devait admettre qu'il était également très sexy. Il serra un peu plus les couvertures sur lui. Être attiré par un autre homme était une chose à laquelle il ne s'était pas attendu, et c'était assez perturbant. Il avait besoin de temps pour comprendre, alors il décida que pour le moment, il se contenterait d'apprendre à connaître King Slater. Alias Jack Robbins.

Cependant, alors qu'il restait couché là, cette question au sujet de son attirance l'asticotait. Il avait bien ressenti *quelque chose* quand King l'avait embrassé, quand il lui avait attrapé les fesses et mordillé le cou. Il n'avait même pas essayé de l'arrêter. Mais que ressentait-il ? Était-ce l'excitation de rencontrer en personne son personnage ? Le fait que cet homme qui personnifiait la création de Bay puisse l'apprécier, qu'il ait flirté avec lui et lui ait fait des avances ?

Là encore, il n'y avait pas de réponse facile. Est-ce qu'être attiré par King signifiait qu'il était gay, ou en tout cas bisexuel ? L'idée ne le dégoûtait pas. Il n'y avait simplement jamais pensé. Il avait eu des rapports sexuels une fois ou deux, mais il n'avait jamais réfléchi à ça comme à une part importante de son identité.

Il se tourna, tira les couvertures sur sa tête et ferma les yeux dans l'espoir de faire taire son cerveau. Mais après quelques minutes à se battre avec ses pensées, il réalisa que cela n'arriverait pas. En soufflant, il repoussa les couvertures et se leva. Il traversa la chambre plongée dans la pénombre et tira les rideaux. Les lumières de Las Vegas Trip étaient vivantes et dansaient fièrement dans le ciel nocturne.

Une nouvelle image de King lui traversa l'esprit, et au lieu de la bloquer, il la savoura. King lui souriait, d'un sourire grand et sincère. Il réalisa que passer du temps avec sa nouvelle connaissance allait probablement avoir un prix. Et il ne parlait pas des cinq cents dollars de l'heure que King demandait. C'était pour ses recherches, et ça en valait le coût. Mais si la seule manière de faire revenir King était de coucher avec lui ? Est-ce qu'il voulait ça ? Et si King remettait les pièces en place et réalisait que Bay l'utilisait pour trouver de l'inspiration pour son personnage ? Ça pouvait très mal tourner.

Le soleil perçait l'horizon quand Bay retourna finalement au lit. Il n'avait pas plus de réponses maintenant qu'il en avait eues des heures auparavant, mais il était trop épuisé pour combattre le sommeil. Ce dernier l'importa immédiatement.

Bay courait aussi vite qu'il le pouvait, jetant parfois des regards par-dessus son épaule pour compter le nombre de garçons qui le pourchassaient. Ils étaient au moins quatre, peut-être cinq, et semblaient être prêts à lui faire passer un sale quart d'heure. Il courait si vite que son cœur envoyait de l'adrénaline dans ses veines, mais ses poumons allaient le trahir. Plus il courait vite, plus il ralentissait malgré lui. Un dernier tournant, et il se retrouva piégé dans un cul-de-sac entre le gymnase et le bâtiment de mathématiques. Il tenta d'ouvrir le portail, mais celui-ci était fermé. Dans un dernier sursaut pour fuir, il tenta d'escalader le portail de trois mètres cinquante.

Il leva la jambe aussi haut que possible et posa la pointe de son pied sur la barre. Il se souleva et fit de même avec l'autre pied. Puis l'autre, et encore un pas. Il pouvait voir le sommet. Il pouvait presque le toucher. Je vais y arriver. *Puis, tout à coup, des mains lui attrapèrent les chevilles et le firent tomber sur le sol.*

— Tu vas où, Baybénou ? cria un des garçons pendant que Bay se prenait un coup de pied dans les côtes.

— Haha ! On devrait l'appeler Baypette, cria un autre garçon, parce que c'est une vraie tapette !

Quand ils en eurent fini avec lui, Bay avait un œil au beurre noir, sa lèvre était ouverte, et il avait des bleus sur les côtes. C'était la troisième fois cette semaine. Un gamin avait dit que c'était parce qu'il était un pleurnicheur et qu'il n'aimait pas le sport ni les filles. Un autre s'était moqué de lui parce qu'il avait droit aux repas gratuits et portait des vêtements de seconde main. Mais rien de tout ça n'importait. La torture à l'école, même si elle était plus physique, n'était rien comparée à la torture à la maison. Quand il rentra en boitant chez lui, ses parents étaient trop occupés à se disputer et ne le remarquèrent pas : ni ses bleus, ni sa lèvre ouverte.

Bay se précipita dans son lit, seul, si insignifiant qu'il avait du mal à respirer. Il tira les couvertures jusqu'à son cou et pria pour que quelqu'un réponde à son souhait de dormir et de ne jamais plus se réveiller.

Bay ouvrit les yeux et essuya les larmes sur ses joues. Il regarda le plafond, incapable de bouger, et attendit que son cœur se calme enfin. Ces cauchemars revenaient environ deux fois par mois, et il ne pouvait que se recroqueviller et attendre que la tempête passe avant de pouvoir gérer la peur et le sentiment d'être insignifiant qui envahissaient chaque fibre de son être. *Un jour à la fois, Bay. Un jour à la fois.*

IV

MÊME SI Bay avait perdu un peu plus de dix mille dollars à la table de poker, il sautillait quand même sur place et avait un sourire aux lèvres alors qu'il traversait le hall de l'hôtel en direction des ascenseurs. Après tout, ce n'était rien comparé à ce qu'il avait gagné la veille. Il appuya sur le bouton d'appel et tapota du pied en attendant nerveusement la sonnerie de l'arrivée de l'ascenseur.

Même s'il avait perdu de l'argent ce soir, le jeu avait été aussi amusant que celui de la veille, mais il avait pris fin sur un retournement de situation. La nuit avait commencé de manière assez innocente. Rich et Zeke étaient dans une forme rare et très animés, à plaisanter et se taquiner sans merci. Quand le quatrième joueur était arrivé, Bay était presque mort de rire. Quand la porte s'était ouverte, trois grands gardes du corps baraqués étaient entrés, suivis par le prince de Dubaï, rien que ça, qui était à la fois flamboyant et très séduisant. Ils avaient bu un verre avant de jouer, et le prince s'était avéré non seulement séduisant, mais aussi très agréable, futé, charmant, bien qu'un peu nerveux. Dans une tentative d'apaiser l'anxiété du prince, Bay avait un peu discuté avec lui, lui avait posé des questions sur son pays d'origine, l'avait complimenté sur son costume si bien taillé, s'était intéressé à lui de manière générale, pendant que Rich et Zeke continuaient leurs plaisanteries. Et c'est là que les choses étaient devenues intéressantes.

Quand ils s'étaient installés pour jouer, le prince s'était assis à côté de Bay. Il avait levé la main, et l'un de ses gardes du corps avait apporté une bouteille de champagne Boërl & Kroff Brut et quatre flûtes. Bay avait fait des recherches sur ce champagne pour un de ses romans, et bien qu'il ne l'ait jamais goûté, il savait que c'était une bouteille à pas moins de deux cent cinquante dollars. Dès que les verres furent distribués, ils portèrent un toast, puis une autre bouteille fut apportée sur la table, que le prince termina avant la fin du second jeu de cartes.

À ce moment, le prince avait commencé à effleurer à l'occasion le genou de Bay avec le sien, ce qu'il avait d'abord pris pour une coïncidence. Mais après avoir bu la bouteille de champagne suivante, ces effleurements s'étaient transformés et le prince s'était mis à frotter son pied nu contre sa cheville. Et comme si cela n'avait pas suffi, alors que la nuit continuait, le prince s'était mis à être très *tactile*.

Entre chaque nouveau jeu, le prince battait des cils et faisait des sourires séducteurs à Bay, pendant que sa main trouvait son genou sous la table et le pressait et le pétrissait comme de la pâte.

Durant toutes ces années, aucun homme n'avait fait des avances à Bay. Et là, en vingt-quatre heures, pas un mais deux l'avaient fait. Bay pouffa. *Un baiser d'un homme et c'est bon.*

Après avoir gagné le dernier round, Bay n'avait pas perdu de temps pour remonter dans sa chambre. Il attendit l'ascenseur avec anticipation, et enfin, la sonnette retentit et la porte s'ouvrit. Bay entra dans la cabine vide couverte de miroirs et étudia son reflet. Il redressa son fin nœud papillon et épousseta une ligne de poussière sur son épaule gauche. Ce soir, il portait un costume trois-pièces Dolce & Gabbana, encore un autre achat de son styliste, avec une chemise ivoire. Satisfait de son apparence, Bay se tourna, croisa les mains devant lui et leva instinctivement les yeux pour regarder les numéros des étages qui défilaient. Son esprit repartit sur la soirée. Oui, ça avait été amusant. Le prince avait finalement remarqué que Bay ne répondait pas à ses avances et avait abandonné. Mais s'il devait dire la vérité, même avec toutes ces distractions, Bay n'avait pas été à fond dans les cartes, et il avait une idée du pourquoi.

Quand les portes s'ouvrirent, Bay sortit de l'ascenseur et tourna dans le couloir. Il s'arrêta tout à coup. L'idée était devenue une certitude.

King Slater attendait devant sa chambre d'hôtel, une épaule appuyée contre le mur, les bras croisés sur sa poitrine, les pieds croisés aussi, tout comme la nuit précédente. *Ce doit être sa position fétiche.*

King portait une belle veste blanche, un pantalon de costume et une chemise blanche ouverte au col, avec un nœud papillon noir défait autour de son cou. *C'est stupéfiant. C'est exactement ce que Jack Robbins portait sur la couverture de* Vengeance à Monte-Carlo.

Bay glissa ses mains tremblantes dans ses poches dans une tentative de cacher sa nervosité et marcha tranquillement en direction de King.

— Salut toi, dit-il. J'espère que tu n'as pas attendu trop longtemps ?

King s'écarta du mur, se redressa et lui tendit la main.

— Je suis arrivé il y a quelques minutes. Ravi de te voir, Bay.

— Moi aussi.

Bay lui serra la main avant de la plonger dans sa poche pour prendre la clef de la chambre, qu'il glissa dans la serrure. Il ouvrit la porte et la tint pour inviter King à entrer.

— Jolie table, dit King.

Bay le suivit dans le salon où le service de chambre dressait un buffet. Un peu plus tôt, ne sachant pas si King aurait faim ou non, il avait commandé un bar plein et un dîner.

— Tout est prêt, M….

— Merci.

Bay le coupa dans ses paroles, car il n'était pas prêt à ce que King connaisse son nom de famille. Il signa le reçu et laissa un pourboire très généreux au serveur.

King s'appuya contre le mur, sourit et glissa sa main droite dans sa poche, puis prit la pose, que ce soit volontaire ou non. Bay n'avait aucune idée de la réponse, mais ça n'avait aucune importance. Il le regarda simplement, émerveillé. *Être tranquille et décontracté semble lui venir naturellement. Comme s'il était prêt pour un shooting photo.*

King regarda Bay, avec ce sourire en coin qu'il devait admettre trouver absolument adorable.

— Tu sais que tu n'as pas à payer le dîner à un escort quand tu le paies pour du sexe, pas vrai ?

Une fine couche de sueur commença à se former sur le front de Bay. *Prends une grande inspiration et joue le jeu, Bay. Comment Jack se débrouillerait-il ?*

Bay lui adressa un sourire aussi éclatant que le sien.

— C'est ce que je fais ? demanda-t-il finalement. Je paie pour du sexe ?

— Je l'espère bien, répondit rapidement King, le regard fixe.

— Je croyais qu'on était déjà tombés d'accord sur le fait que je suis hétéro.

Le sourire de King s'élargit.

— Si j'avais reçu un dollar pour tous les hommes qui m'ont affirmé être hétéro pendant que je les sautais, je serais un homme riche.

Bay ne répondit pas. Il alla vers le bar, remplit deux verres de glace, et ajouta deux doigts de scotch malt dans chacun, puis il en donna un à King. Levant le verre, il dit :

— Touché.

Le sourire de King se mua en une expression pleine d'espoir.

— Est-ce que ça veut dire que j'ai une chance d'être le premier à te conduire dans une folle chevauchée ?

Bay commençait à se sentir un peu plus confiant. Les choses tournaient en sa faveur et il prenait la main.

— Qui a dit que tu serais le premier ? J'ai dit que j'étais hétéro. Je n'ai jamais dit que je n'avais jamais fait de chevauchée sauvage.

D'où tu sors ça, Bay ?

King écarquilla les yeux, puis fit un petit sourire curieux.

Bay se détendit un peu. Bien sûr, il avait bluffé pour avoir le dessus, mais bluff ou non, il avait quand même gagné, et il n'avait même pas à révéler ses cartes.

— Dans ce cas, dit King en se plaçant devant lui, ça ne te dérangera pas si je fais ça.

Bay n'avait aucune idée de ce qu'il préparait, mais tout à coup il n'était plus du tout détendu.

King lui défit sa veste de costume, se pencha en avant juste assez pour que sa joue effleure la sienne, puis il la fit glisser de ses épaules. Il la plia avec soin et la déposa sur le canapé. Bay inspira profondément et huma l'odeur désormais familière de King et de son eau de Cologne. Mince, que cette odeur était enivrante !

— C'est mieux, souffla King. Et maintenant ça.

Il défit lentement les boutons du gilet de Bay et l'ouvrit, exposant sa chemise crème et les bretelles qui se trouvaient dessous. Il leva la main vers son col, lui défit son nœud papillon et le fit doucement glisser de son cou. Il le déposa ensuite avec le gilet. Il regarda Bay dans les yeux et sourit.

— Maintenant, tu dois être plus à l'aise, chuchota-t-il.

Enfoiré ! King se jouait de lui avec facilité. *Au temps pour avoir la main. Merde. Jack Robbins ne perd jamais, et je ne perdrai jamais.* Il rassembla ses pensées, sourit et regarda King.

— En fait, je suis bien plus à l'aise. Merci, King.

L'expression séductrice de King s'effaça rapidement et fut remplacée par de l'incrédulité. Bay ignora la transformation et se tourna vers la nourriture.

— Regarde ce festin. Je ne savais pas ce que tu aimais, alors j'ai pris un peu de tout. Viens, mangeons.

À nouveau aux commandes !

35

— EH BIEN, j'ai bien mangé.

Bay s'essuya la bouche avec la serviette de table et la reposa.

— Je n'avais même pas réalisé que j'avais aussi faim.

— C'était très gentil de ta part, Bay. Et délicieux. Merci.

King avait été plutôt silencieux pendant qu'ils mangeaient, et pour être honnête, Bay lui en était reconnaissant. Il avait besoin de temps pour se reprendre. King l'*avait* chamboulé, non pas qu'il l'admettrait à voix haute. Mais il devait trouver un moyen de garder King intéressé sans trop en dévoiler. Jack adorait les challenges, alors il allait parier sur le fait que King était pareil. Il était temps que Bay se la joue difficile à avoir.

— Où sont mes manières ? demanda Bay en lui faisant signe de se lever.

King sembla confus, mais il se leva avec hésitation, le regard dans celui de Bay.

Ils étaient désormais face à face et Bay se leva sur la pointe des pieds, fit glisser la veste de King sur ses larges épaules et la plia en deux. À nouveau, le parfum discret et masculin de King envahit l'air alors que Bay la posait sur la chaise. *Pourquoi son odeur est-elle si enivrante ?* Quand King se pencha légèrement en avant, Bay sentit son souffle chaud dans son cou et, ajouté à l'odeur de son parfum, il sentit un petit éclair quelque part dans son entrejambe.

Ne voulant pas perdre la face, Bay ignora la sensation et enleva le nœud papillon de King, comme ce dernier avait fait avec le sien un peu plus tôt. Il le laissa tomber sur la veste et posa les mains sur ses hanches.

— Maintenant, assis.

— Écoute, Bay…

— Assis, répéta Bay.

King ne bougea pas.

— Tu es à moi pour… encore une heure et demie, dit Bay après avoir regardé sa montre. Alors, assis.

King sourit, mais obéit. Bay contourna la chaise pour passer derrière lui, posa les mains sur les épaules de King et commença à les masser ainsi que sa nuque. Les muscles durs de King lui causèrent une réaction qu'il n'avait pas anticipée.

King regardait devant lui, ce qui était une très bonne chose. Le visage sérieux de Bay retombait couche après couche, et si King voyait son visage à cet instant, il saurait exactement l'effet qu'il lui faisait. C'était impensable.

King émettait désormais de petits bruits et bougeait la tête d'un côté à l'autre, appréciant de toute évidence la situation. Savoir qu'il apportait du plaisir à King lui fit battre le cœur. Après quelques autres minutes, la résolution de Bay s'évanouit rapidement et il sut qu'il devait arrêter. Il pressa une dernière fois et tapota le haut des bras de King.

— C'était bien ?

King lui jeta un regard paresseux par-dessus son épaule.

— C'était génial. Mais je ne comprends pas pourquoi ?

— Pourquoi quoi ?

King leva les yeux au ciel.

— N'essaie pas de berner un expert. Tu sais très bien de quoi je parle.

Bay y réfléchit brièvement. Il devait admettre qu'au début, c'était pour perturber son compagnon, mais il avait fini par être celui qui était perturbé. *Bon sang, Bay ! Tu as vraiment aimé faire ça.*

Bay entendit son nom, ce qui le tira de ses pensées.

— Ah. Eh bien… dans ton travail, j'imagine que tu es toujours celui qui prend soin de l'autre, alors je me suis dit que tu méritais qu'on prenne soin de toi.

King lui jeta un coup d'œil par-dessus son épaule et il y avait comme une lueur de panique dans son regard. Bay ne comprenait pas, mais l'expression de King changea à nouveau, se fit plus détendue.

— Merci, dit-il d'un air sincère.

— Tout le plaisir est pour moi. Maintenant, j'ai besoin d'un verre.

Bay se dirigea vers le bar.

Quelques minutes plus tard, chacun un verre à la main, assis côte à côte sur le petit canapé, leurs cuisses s'effleuraient avec légèreté quand l'un d'entre eux bougeait.

Bay prit une gorgée et parla avec prudence :

— Parle-moi un peu de toi.

— Que veux-tu savoir ?

— Oh, je ne sais pas. Peut-être, comment es-tu devenu escort ?

— Alors tu ignores vraiment qui je suis ? demanda King.

Bay lui jeta un regard interrogateur.

— Je devrais savoir ?

— Hum. Tu n'es vraiment pas gay.

Bay faisait de son mieux pour suivre la conversation, mais il avait vraiment du mal.

— En quoi ma sexualité a quoi que ce soit à voir avec ça ?

King secoua la tête et pouffa de rire.

— Parce que si je peux le dire moi-même, je suis très célèbre dans le porno gay.

— Sans rire, vraiment ?

— Vraiment.

Bordel ! Le sosie de Jack Robbins est une star du porno gay.

Bay sourit.

— Je ne sais pas quoi dire.

— Pourquoi devrais-tu dire quoi que ce soit ? À moins que tu veuilles me juger.

— Bien sûr que non, dit Bay. Qui suis-je pour juger ?

Bay se leva et leur versa un second verre de scotch. Quand il fut à nouveau confortablement installé, il s'étira, s'appuya contre le dossier et posa les pieds sur la table. Le scotch commençait à faire son effet sur lui, il se sentait plus détendu et très curieux.

— Alors, dis-moi…

Avant que Bay puisse finir sa question, King était à genoux, à lui défaire ses lacets. Il lui retira ensuite ses chaussures une par une, retourna sur le canapé, et attrapa les pieds de Bay de manière à ce qu'ils soient sur ses cuisses. Bay en fut d'abord surpris. Personne n'avait jamais touché ses pieds. Mais quand King commença à les masser, toute son hésitation fondit comme neige au soleil. S'il devait être honnête, c'était franchement agréable. Le massage le calmait autant que l'alcool, il se détendait de minute en minute. Les mains fortes de King semblaient instinctivement trouver les endroits qui avaient besoin de son attention et Bay dut se retenir plusieurs fois de gémir. La sensation de se faire masser les pieds par une autre personne était étrange, mais très plaisante.

— Tu voulais me demander quelque chose ?

— Oh, oui, dit Bay tandis que King continuait ses attentions. Comment es-tu devenu une star du porno ? Est-ce qu'il y a une école pour ça ?

King arrêta le massage et le regarda.

— Tu te moques de moi ?

— Non. Vraiment. Je n'ai jamais connu d'acteur porno et je n'ai même jamais regardé de films, alors je ne sais pas comment ça marche.

King reprit son massage.

— Eh bien, si tu veux savoir, un ami m'y a fait entrer.

— Un ami t'a peut-être fait entrer, mais je suis certain que ce sont ton assurance, ton physique avantageux et ton charme qui ont fait ton succès.

Le visage de King s'éclaira.

— Tu me trouves beau ?

— Allez, King. Je n'ai pas besoin de te dire à quel point tu es séduisant. Je veux dire… Je ne connais rien au porno, mais je suis certain que ton monde peut devenir fou. Et tu n'as pas l'air fou à mes yeux. Tu me sembles même être un type très terre-à-terre, intelligent et plutôt normal.

King arrêta le massage et lui pressa le pied.

— Mais tu n'as pas répondu à ma question. Est-ce que *toi* tu me trouves séduisant ? demanda-t-il avec un sourire joueur tout en lui pinçant le gros orteil.

Bay s'agita nerveusement et tenta d'écarter les pieds, mais King le tenait fermement.

— Il faudrait être aveugle pour ne pas voir à quel point tu es séduisant. Je suis certain que tu as des tonnes de fans.

King recommença à le masser et Bay retint un grognement de plaisir.

— Maintenant, oui, reprit King. Je veux dire… les gens me reconnaissent, la plupart du temps ils veulent me saluer ou prendre une photo avec moi, mais ça me fait bizarre parce que je ne comprends pas. Je n'ai pas toujours eu ce physique, alors quand je me regarde dans un miroir, je crois que je vois celui que j'étais.

— Comment ça, celui que tu étais ?

King ne répondit pas tout de suite, presque comme s'il réfléchissait à sa réponse. Mais son expression se mua en celle de l'innocence d'un petit garçon, mêlé avec de la douleur. Une expression que Bay ne connaissait que trop bien, et une qui lui en disait bien plus que les mots ne le pouvaient.

— Avant la puberté, dit King, j'étais grand et maladroit. À treize ans, je faisais plus d'un mètre quatre-vingt-dix. J'étais un monstre et impossible de ne pas me voir. Ce n'était pas une bonne chose.

Bay se sentait désolé pour lui.

— Tu te faisais harceler ?

— Oh, bien sûr, beaucoup. Et le pire, c'était que j'étais en pleine puberté et ma voix muait, alors je couinais quand je parlais. C'était abominable.

Il pourrait raconter mon histoire. Pourquoi ne suis-je pas devenu comme lui ?

— Je parie que tu attires beaucoup l'attention maintenant. De façon positive.

— Le plus bizarre, c'est que pour moi, l'attention est le pire côté de mon travail.

— Alors pourquoi tu le fais ?

King hésita, seulement une seconde. Il regarda Bay.

— L'argent.

— Tu gagnes tant que ça ?

— Dans le porno ? Pas tellement, dit King. Mais la visibilité que je tire du porno fait remonter ma popularité et fait fonctionner mon affaire d'escort, ce qui me permet en retour de demander cinq cents dollars ou plus de l'heure.

Bay prit une gorgée de scotch, avala et savoura la brûlure qui accompagnait le goût. Cette fois quand King toucha une zone sensible, il fut incapable de ravaler le gémissement de plaisir qui lui échappa des lèvres, ce à quoi King sourit de satisfaction.

La chaleur lui monta au visage, mais il ignora la sensation.

— Je peux te poser une autre question ?

— Bien sûr.

— Est-ce que ça te dérange quand les gens ne te veulent que pour le sexe ?

King pouffa.

— Comme toi ?

Bay déglutit la boule dans sa gorge, mais ne répondit pas.

— Tu serais surpris de savoir combien de gens ne veulent pas de sexe, dit King. Les types qui veulent du sexe sont faciles. Pour la plupart des gens qui m'appellent, le sexe n'est pas le plus important. Ils veulent surtout être importants. Ils veulent qu'on les désire, se sentir attirants et désirables. Comme toi. Tu fais partie des difficiles.

Bay leva un sourcil.

— C'est donc ce que tu crois que je fais ?

— Je crois que je lis en toi parfaitement bien. Alors oui, c'est ce que je pense.

Bay réfléchit au résumé de King et en conclut qu'il avait raison. Il aimait se sentir attirant et savoir que quelqu'un le voulait. C'était drôle de voir que jamais ça ne lui avait importé avant. Mais à cet instant, le massage, l'attirance que l'on sentait dans l'air, tout avait un effet étrange sur lui. *Mais on ne parle pas de toi. Fais-le parler.*

40

— Écoute, dit King. Le truc n'est pas de faire prendre leur pied aux gens, le plus important c'est l'expérience, s'assurer qu'ils aient ce dont ils ont besoin. Tu dis que tu n'es pas gay, alors je m'assure que tu en aies pour ton argent tout en respectant les limites que tu imposes.

— Comme le massage de pieds, dit Bay en agitant les orteils.

— Exactement, dit King. Tu as dit que tu ne voulais pas de sexe, alors je t'apporterai du plaisir d'une autre façon.

OK. Ils parlent à nouveau. Maintenant, il faut qu'il continue.

— Donc. Tu as été à la fac ? Tu as un diplôme ?

King hocha la tête.

— Oui. Commerce et marketing.

— Et ça t'a été utile ?

— Un peu. J'ai été dans le commerce pendant un moment, et je me débrouillais très bien, mais quand l'économie a coulé, j'avais encore des factures à payer, alors j'ai commencé le porno. Puis ça a commencé à se passer très bien, alors j'ai décidé de mettre une annonce pour de l'escorte. Je prévoyais de faire les deux pour me remettre sur pied et me faire un petit pécule, mais j'ai découvert que j'étais doué pour ça.

King eut une expression attristée.

— Qui aurait pu croire que coucher avec des tas de types pouvait être une bonne chose ?

— Après avoir commencé l'escorte ?

King hocha la tête.

— Et avant aussi.

Bay pencha la tête sur le côté, attendant qu'il développe. King sourit.

— Disons juste que j'ai quelques démons à vaincre de ce côté-là et passons à autre chose. C'est un sujet pour un autre soir.

Bay ne protesta pas même s'il en avait envie. Il voulait connaître tous les détails de la vie de King, mais il attendrait que ce soit le bon moment de poser la question. *Il y a une histoire là-dessous.*

King continua :

— J'ai découvert que savoir écouter et déchiffrer les gens étaient les plus grosses parties du travail. Comme dans le commerce. Merde, je suis toujours dans le commerce, c'est juste que je vends autre chose : moi.

Ça paraissait sensé aux yeux de Bay.

— Tu as toujours eu autant d'intuition ?

— Qui sait ? Si c'est le cas, je tiens ça de ma grand-mère. J'ai passé beaucoup de temps avec elle quand j'étais gosse et elle déchiffrait très bien les gens. Elle m'a appris à lire le langage corporel et à quel point c'était important de le faire.

— Comment ça ?

— Oh, je ne sais pas… genre, si une personne te regarde dans les yeux ou non. Ou ce qu'elle fait de ses mains. Ma grand-mère disait que ces petites choses révélaient beaucoup.

— Je crois qu'elle était très sage, dit Bay.

— En effet.

King toucha une zone chatouilleuse sur le pied de Bay, qui le retira vivement en gloussant.

— On a tous ce point, dit King en riant. Et je vais mémoriser le tien pour plus tard.

Bay lui fit un sourire nerveux. « Plus tard », c'était à la fois effrayant et intrigant.

— Alors, dit Bay. Que fais-tu pour t'amuser ?

— Maintenant ?

Bay hocha la tête.

— Je fais ça, répondit King. Mais au lycée et à la fac, je faisais du théâtre.

— Tu jouais la comédie ? demanda Bay avec surprise.

— Oui. Et n'aie pas l'air surpris, le taquina King. C'est comme ça que j'ai pu me débarrasser de ma personnalité de grand nerd maigrichon et suis devenu moi.

— Tu étais doué ?

— Il paraît que oui. J'ai gagné quelques prix.

— Et ça te plaisait ?

— Oui.

King regarda au loin, comme s'il se remémorait cette étape de sa vie.

Bay avait un million de questions, mais il ne voulait pas l'interrompre dans ses souvenirs ni l'effrayer avec une session de questions-réponses endiablée, alors il prit une pause et but une gorgée de son verre.

— Hé, dit King. Assez parlé de moi. Il est temps que tu me dises quelque chose sur toi.

Merde. J'aurais dû continuer mes questions. Bay ! Ne lui demande pas ce qu'il veut savoir, parce que tu seras obligé de répondre. Choisis quelque chose.

— Eh bien, je crois que nous étions très similaires en étant gosses. Moi aussi j'étais grand et maigre. J'étais un pauvre gosse. Un vrai nerd.

Quand mes camarades ne dépassaient pas le mètre cinquante, je faisais presque trente centimètres de plus qu'eux et pesais soixante kilos.

— On t'embêtait ? demanda King.

— On me torturait, dit Bay. Je veux dire... à treize ans, je faisais un mètre quatre-vingt, j'étais un nerd, je portais des vêtements de friperie et j'avais des repas gratuits. J'aurais tout aussi bien pu avoir une cible tatouée sur le front. Mais le plus drôle, c'est que...

Bay se tut un instant, à son tour perdu dans ses pensées.

— Si j'avais eu la moindre confiance en moi, j'aurais pu tabasser mes harceleurs. Je faisais deux fois leur taille, mais au lieu de ça, je courais.

Un frisson remonta l'échine de Bay alors qu'il revivait mentalement la torture.

— Mais Dieu merci, au moins j'ai arrêté de grandir.

King serra son pied une dernière fois et s'adossa au canapé, le bras le long du dossier, et posa une main sur celle de Bay.

— Je suis désolé. Je me souviens un peu trop bien de ce que ça fait.

La sensation était étrangement réconfortante. Bay avait rarement des contacts humains et il parlait encore plus rarement de lui-même, parce que les gens sauraient alors que la personnalité qu'il affichait en public était bien loin de la réalité. Mais il était là, à parler librement avec un escort gay.

Malgré tout, il devinait que cela valait la peine d'en parler au moins pour éviter de parler des choses qu'il ne voulait vraiment pas évoquer avec King.

La voix de King le tira de son débat interne.

— Tu étais un bon élève ?

— Des B et des C, dit Bay. Je crois que j'étais plutôt intelligent, mais j'étais très introverti, alors je n'avais pas le courage de participer en classe ou de poser des questions... et je ne voulais pas attirer l'attention sur moi, alors je restais silencieux. Et puis, je n'avais pas les capacités sociales pour me faire des amis, alors j'étais souvent seul.

— Ça a dû être dur, dit King avec compassion, caressant tendrement sa main.

Bay pencha la tête en arrière, ferma les yeux et se permit de retourner en arrière. C'était une chose qu'il faisait rarement. La douleur et les regrets l'envahirent alors qu'il se souvenait d'une époque avec laquelle il pensait être en paix.

— Quand j'y repense, oui, c'était dur. Mais à l'époque, je n'avais pas réalisé à quel point c'était difficile et ce que ça me ferait. Je sais que c'est bizarre, mais après avoir lutté toute la journée à l'école, je rentrais à la maison et je m'enfermais dans ma chambre pour fuir le monde et mes parents qui se disputaient, et je ne parlais à personne. Ma mère est finalement partie et mon père était incohérent quand il y avait de la bière à la maison, c'est-à-dire tout le temps, alors les livres et la télé sont devenus mes compagnons. J'aimais les émissions sur les crimes et je me plongeais en elles. Et quand j'avais vu toutes les émissions, je lisais, beaucoup. Mais à la télé comme dans les livres, il y avait une constance : je ne trouvais jamais des personnages avec lesquels je pouvais m'identifier. À la télévision, tout le monde était macho et séduisant, et ils semblaient également tous l'être dans les livres que je lisais, alors par dépit, j'ai commencé à écrire mes propres histoires. Dans mes histoires, je pouvais écrire des héros grands, maigres, un peu nerd, laids, qui gagnaient toujours à la fin et s'en sortaient toujours. Puis mes personnages ont commencé à avoir leur propre vie et à grandir, comme j'aurais aimé le faire. Puis j'ai commencé à écrire comme j'aurais voulu être. Séduisant, intelligent, amusant et avenant. Je pouvais même voyager dans le monde si je le voulais. Vaincre les méchants, sauver l'héroïne, le tout sans même froisser mon costume. La transformation est venue de manière inconsciente. Un jour un héros nerd, le lendemain Jack Robbins.

La solitude, la peur et l'isolation revinrent lentement dans l'esprit de Bay. Il n'avait pas pensé à tout ça depuis des années, et il était surpris de voir combien en parler l'affectait. Quand il ouvrit les yeux, une larme lui échappa et coula sur sa joue. Mais avant que Bay puisse l'essuyer, King se pencha en avant, posa la main sur son torse, lui fit pencher la tête en arrière et essuya la larme sur sa joue avec le pouce. Puis il pressa les lèvres à l'endroit exact où celle-ci s'était trouvée et les laissa là. Personne n'avait jamais essuyé les nombreuses larmes de Bay quand il était un jeune garçon, et il était là, à être réconforté par un étranger. C'était probablement la chose la plus attentionnée qu'on ait pu faire pour lui.

Quand King s'écarta, Bay le regarda dans les yeux et son vis-à-vis semblait véritablement inquiet pour lui. Bay perdit le contrôle de ses actes, l'attrapa par la nuque et l'attira à lui jusqu'à ce que leurs lèvres se touchent. King fondit contre ses lèvres et approfondit le baiser. Toutes sortes de pensées traversaient le cerveau de Bay, mais il était incapable de s'arrêter. King avait un goût de scotch et de chewing-gum, et la combinaison était si douce. King commença à lui déboutonner la chemise, mais quand il arriva à sa taille, Bay commença à paniquer, à revenir à la raison, et il l'arrêta. Il le repoussa doucement.

— Je suis désolé. Je ne peux pas faire ça.

L'expression de King était incontestablement blessée, et il se détourna, mais avant que l'un d'entre eux puisse parler, on frappa à la porte.

V

KING DÉTOURNA le regard pendant que Bay se levait d'un bond, semblant heureux de cette interruption. Il se dirigea vers le hall et King resta sur le canapé, se sentant comme un chien battu.

Merde, King ! Il ne veut pas de toi. Tire-toi de là.

Mais il ne bougea pas.

Tu n'as aucune idée de ce qui se passe avec ce type. Il dit qu'il est hétéro, mais ses actions disent le contraire. Et le plus important : pourquoi tu t'en préoccupes ? Il ne te veut pas !

King se pencha en avant, les coudes sur les genoux, et passa les doigts dans ses cheveux. Mais il ne se leva pas.

Pourquoi je m'en préoccupe ? Peut-être parce qu'on a vécu la même chose. Nous avons tous les deux été harcelés, et ça nous a laissé des cicatrices. Peut-être que je me sens juste désolé pour lui ? Non, allez. Tu l'apprécies, King.

Cette réalisation lui envoya une alarme dans sa tête. Une alarme qui tournoyait et l'avertissait : *un déclencheur. Pas d'implication émotionnelle ! C'est un déclencheur. Tire-toi de là !*

Prêt à se lever, King fut arrêté par des voix. Il regarda par-dessus son épaule et vit Bay qui parlait à un homme séduisant en costume avec une sorte de turban sur la tête. Un keffieh, lui semblait-il. Et derrière lui, il y avait trois grands types baraqués.

L'homme regarda par-dessus l'épaule de Bay et dut remarquer King assis sur le canapé. Il s'arrêta de parler et eut un petit sourire entendu. Mains sur les hanches, son regard passa de King à Bay.

Bay semblait nerveux et gêné, et cela le blessait plus qu'il aurait voulu l'admettre. Même à lui-même.

— Je sais de quoi ça a l'air, dit Bay en regardant sa chemise ouverte et ses chaussettes.

Il essuya une trace de sueur sur ses sourcils et se dandina d'un pied sur l'autre, de toute évidence très mal à l'aise.

— Voilà pourquoi vous avez repoussé mes avances tout à l'heure, petit coquin, dit l'homme en regardant Bay de haut en bas. Vous aviez de toute évidence d'autres plans.

— Je suis désolé, oui j'avais des plans, dit Bay. Mais pas le genre que vous insinuez. King, voici mon partenaire de poker, le prince royal de Dubaï. Majesté, voici King Slater.

King était toujours sur le canapé, penché en avant sur ses coudes, mais ça n'empêcha pas le prince de le déshabiller ostentatoirement du regard.

— Nul besoin de nous présenter, dit le prince. Je sais qui est cet homme. Et nul besoin de vous excuser, Bay. Moi aussi, je vous aurais éconduis si j'avais cet homme qui m'attendait dans ma suite.

Le prince porta son doigt sous le menton.

— Vous êtes un homme très chanceux. Je suis un grand fan de M. Slater, et si j'avais su qu'il était en ville, je vous aurais coiffé au poteau.

— Oh, non ! s'exclama Bay, presque sur la défensive. Ce n'est pas ça !

— Hum-hum, dit le prince. Je vais vous laisser retourner à vos occupations. À moins que... peut-être qu'un plan à trois ne vous dérangerait pas ?

Bay en fut stupéfait.

— Je, euh...

King ne le supportait plus. C'était déjà assez risqué pour sa guérison en étant encore ici, mais Bay l'avait allumé et rejeté, et maintenant il était gêné d'être vu avec lui.

Puis King vit comment échapper à tout ça. Il se leva et traversa la pièce pour rejoindre Bay.

— Pas de plan à trois, dit King doucement en fusillant Bay du regard, avant de se tourner vers le prince. Mais j'ai une meilleure proposition. Pour cinq cents dollars de l'heure, vous pouvez m'avoir pour vous tout seul.

Le prince écarquilla les yeux et jeta un coup d'œil à Bay.

— Vous êtes sûr ?

— Pas la peine de lui demander sa permission, dit King. Mes services ne sont plus nécessaires ici.

Il regarda Bay dans les yeux.

— C'est terminé.

— Le travail bâclé ne me dérange pas, dit le prince. Et j'ai mieux. Pourquoi pas dix mille dollars pour le reste de la nuit ?

— Non ! dit Bay. Ce n'est pas...

— Marché conclu, dit King. Je vous suis.

La porte claqua derrière eux.

BAY ÉTAIT sous le choc. *Est-ce que ça vient réellement de se passer ?*

Il ne savait pas quoi faire. Il n'avait pas voulu que King parte, surtout comme ça, mais il n'avait aucun droit de l'arrêter. Et il ne voulait surtout pas que King se vende au prince juste parce qu'il l'avait blessé.

Bay ouvrit la porte et se précipita dans le couloir.

— Attends ! King !

King regarda par-dessus son épaule.

— Tu en avais fini avec moi, non ? Et puis, tu es hétéro, tu te rappelles ?

— Hétéro ? dit le prince avec un sourire. Sérieusement ?

— C'est ce qu'il dit, dit King, assez fort pour que Bay entende.

Bay leva les yeux au ciel.

— Laisse-moi au moins te payer.

— Garde ton argent, cria King.

Il se pencha et embrassa le prince profondément, là, dans le couloir. Quand le baiser prit fin, il regarda Bay.

— Le prince est heureux de ma compagnie, et *lui* prendra soin de moi. Allons-y.

Et comme ça, ils tournèrent à l'angle du couloir, le laissant bouche bée.

Il secoua la tête, interdit.

— Qu'est-ce qui vient de se passer ?

BAY REGARDA l'horloge sur la table de chevet pour ce qui devait être la vingtième fois. Les lumières vertes affichaient 9 h 46. Alors que l'aube approchait, il était resté éveillé à regarder la lumière passer à travers le rideau.

Dans le lit depuis plus de six heures maintenant, Bay n'avait pas dormi une seule minute. Les événements de la nuit ne cessaient de se rejouer dans son esprit. À quel point King avait été gentil et sensible. Le massage de pieds. Le baiser. La panique de Bay quand les choses s'étaient un peu échauffées. Et surtout, combien il s'était senti coupable après avoir rejeté King, surtout qu'il avait lui-même donné ce baiser. Ça l'avait de toute évidence blessé, mais Bay ne comprenait pas pourquoi. King avait dit que la plupart de ses clients ne demandaient pas du sexe, alors pourquoi ce devrait

48

être important cette fois ? L'idée lui vint que peut-être King l'appréciait vraiment, mais il décida que non. King faisait son travail, tout simplement. Et il était doué pour ça. De plus, il avait déjà dit qu'il faisait ça pour l'argent.

Après que Bay eut analysé toute la soirée sous tous les angles, il passa à ses sentiments pour King. Il tenta au moins d'être honnête avec lui-même tandis qu'il réalisait ce qu'il *ressentait* et ne ressentait *pas*. Le problème, c'était qu'il ressentait beaucoup de choses. King n'était peut-être pas intéressé par lui, mais lui l'était beaucoup. Il avait apprécié ses caresses et ses baisers. C'était pour *ça* que ça le tracassait. Il était vraiment attiré sexuellement par King, une chose avec laquelle il n'était pas familier. Était-ce parce qu'il lui rappelait tellement Jack ? Était-ce parce que King était sûr de lui et plein d'assurance, tout ce que lui n'était pas ? Ou était-ce de la simple attirance ?

Bay se fichait de savoir s'il était hétéro, gay ou bisexuel. Au fil des années, il n'avait pas tellement pensé à sa sexualité. Il n'était pas fait comme ça. Il se fichait de choisir le genre par lequel il était attiré. Il n'avait couché qu'avec des femmes à quelques occasions parce qu'il en avait eu la possibilité. Il n'était pas allé chercher le sexe, il avait juste eu l'opportunité et il avait eu le sentiment qu'il devait maintenir sa façade, il avait donc suivi le mouvement. Il ne dirait pas que c'était de mauvaises expériences, mais il n'avait pas ressenti ce qu'il ressentait avec King. Intrigué. Intéressé. Fasciné. Excité. Toutes ces choses qui n'avaient jamais fait partie de sa vie. Surtout sur ce dernier point.

Bay soupira et sortit de son lit, traversa la chambre en trottinant, prit son ordinateur portable et se remit sous les couvertures. Il allait faire une chose qu'il s'était empêché de faire toute la nuit. Il alluma son ordinateur et la lumière de l'écran éclaira la chambre plongée dans l'obscurité. Les doigts tremblants, il tapa *King Slater* dans la barre de recherche Google et en quelques secondes, le beau visage de King le regardait. Alors qu'il faisait défiler la page, toutes sortes de photos emplirent l'écran. King qui posait avec des tonnes de fans dont la plupart bavaient sur lui. King qui avait un large sourire alors qu'il portait une sorte de récompense. King qui posait avec d'autres types en petite tenue qui devaient être des stars du porno. Mais celle qui attira son attention fut King qui portait une tenue de gladiateur. Son corps était bien plus musclé que dans les souvenirs de Bay de leur partie de strip-poker. Les vêtements ne lui rendaient pas justice. Son corps était une véritable œuvre d'art, taillé et sculpté à la perfection.

À nouveau, Bay se demanda comment quelqu'un comme King pourrait vouloir quelqu'un comme lui. Ce *devait* être pour l'argent, non ? Cependant, King avait rejeté son argent la veille. Bien sûr, il allait avoir bien plus avec le prince que ce que Bay avait accepté de lui payer, alors il gagnait au change. Mais si ce n'était pas pour l'argent, cela ne laissait qu'une autre possibilité : King le voyait comme un défi. Est-ce qu'il y avait déjà eu quelqu'un qui avait pris rendez-vous avec King avant de le rejeter ? Est-ce que son ego en avait pris un coup ? Ou… une autre possibilité lui vint en tête. Bay avait vite dit être hétéro parce que, eh bien, il croyait l'être. Peut-être que King voulait lui prouver le contraire ?

Le doigt toujours tremblant, Bay cliqua sur un site du nom de *RedTube* qui faisait la publicité d'un accès illimité aux vidéos de King Slater. Une page remplie de photos miniatures avec divers autres hommes emplit l'écran. Il passa une bonne heure à fouiller dans les vidéos, à cliquer sur chacune d'entre elles, à regarder King baiser un bel homme après l'autre. Une vidéo en particulier attira son attention, intitulée *La Baise Renversée de King et Jared*. Curieux de savoir ce qu'était une baise renversée, Bay cliqua sur la vidéo.

La scène s'ouvrit sur King avec un type, assis sur le canapé d'une très belle suite, habillés et semblant très détendus. Quelqu'un hors caméra présenta King et son camarade, Jared Walker. Il interviewa brièvement les deux hommes et Bay trouva que King était particulièrement assuré et charismatique. Jared, en revanche, semblait intimidé et un peu réservé.

Après avoir un peu parlé, King tendit finalement le bras, tira Jared à lui et l'embrassa doucement. Puis il approfondit le baiser et la timidité de Jared sembla s'envoler rapidement. Jared l'attrapa par la nuque, le tira à lui et passa les bras dans son dos. Pendant une seconde, Bay se souvint du baiser de King et ressentit un élan de jalousie qui le surprit. Il le repoussa au fond de son esprit et garda les yeux sur l'écran. King et Jared retirèrent chacun le tee-shirt de l'autre sans interrompre leur baiser pendant que Bay continuait à regarder. Jared défit la ceinture de King et lui défit rapidement le pantalon. Celui-ci tomba au sol et King se retrouva en caleçon.

Jared arrêta de l'embrasser assez longtemps pour tomber à genoux et retira les chaussures et les chaussettes de King. Ce dernier sortit les pieds de ses vêtements tombés au sol et, d'un mouvement fluide, Jared leva les mains et lui enleva son caleçon. Bay hoqueta de surprise quand le membre de King jaillit et que Jared le prit dans sa bouche. Il bougeait lentement, tirant des gémissements longs et continus à King, et la taille impressionnante de son membre semblait grossir chaque fois que Jared se retirait avant de l'engloutir à nouveau. Encore quelques mouvements, et la peau de King était si tendue qu'on aurait dit qu'il allait exploser d'une seconde à l'autre. King tira Jared à lui et termina de le déshabiller, puis Jared se retrouva sur le canapé.

King le prit dans sa bouche et répéta ce que Jared lui avait fait. Puis, avec une facilité déconcertante, King passa les jambes de Jared par-dessus sa tête et le lécha dans des endroits que Bay n'aurait jamais imaginé lécher ou être léché. Bay eut tout à coup le sentiment qu'il avait vécu dans une grotte toute sa vie, avant de réaliser que c'était pratiquement la réalité.

Pendant que King léchait et taquinait Jared avec la langue, ce dernier rejeta la tête en arrière et ferma les yeux, mais il s'agitait sous King, tremblant presque. Dans la scène suivante, apparemment coupée et éditée, King positionnait son sexe devant l'entrée de Jared avant de pousser doucement.

Jared tenait fermement les cuisses de King, semblant le guider. Quand King fut totalement installé, il tint cette position quelques secondes avant de commencer doucement à entrer et sortir en lui. Bay avait du mal à croire, même si ça se déroulait sous ses yeux, que Jared pouvait prendre son membre en lui. Il ignorait que le corps pouvait s'étirer à ce point. King accéléra peu à peu jusqu'à se mouvoir avec vigueur et prendre Jared sans merci. Celui-ci, en retour, semblait apprécier et répondait avec des grognements et des gémissements.

King se retira finalement de Jared, enleva le préservatif et se leva. Il se pencha et l'embrassa passionnément, puis contourna le canapé, grimpa sur le dossier et se mit à genoux, jambes écartées, retenant le haut de son corps sur les coussins du canapé avec ses bras. Il offrait ainsi ses fesses à Jared et tout à coup, Bay n'eut plus envie de regarder, mais il n'arrivait pas à détourner les yeux.

King tourna la tête et Jared l'embrassa tout en enfilant un préservatif. Il se plaça derrière King et entra doucement en lui. King gémit et courba le dos pendant que Jared le pénétrait. Il y avait quelque chose dans la position de King – le dos courbé, soumis à Jared et faisant ces bruits – qui fit jaillir le sang dans l'entrejambe de Bay.

Jared s'assit et sortit à nouveau. Il se pencha et passa la langue sur l'entrée de King comme s'il tentait d'apaiser une douleur due à la pénétration. King gémit quand Jared le pénétra à nouveau. Cette fois-ci, il ne se retira pas. Il recula et entra à nouveau. King pencha la tête et grogna pendant que Jared le prenait.

Bay s'imagina dans la position de Jared. Avec chaque coup de reins, le membre de Bay durcissait jusqu'à devenir plus dur qu'il ne l'avait jamais été. Jared se retira tout à coup, contourna le canapé et se coucha. King grimpa sur lui et s'empala sur le membre en érection.

King le chevaucha, bougeant dans un rythme endiablé, en osmose avec les mouvements de Jared. Ce dernier masturbait son sexe avec des mouvements lents et réguliers, et avant que Bay le réalise, il avait son propre membre en main et se caressait en rythme avec King et Jared. King rejeta finalement la tête en arrière et grogna plusieurs fois tout en jouissant sur le torse de son amant. Bay se masturba plus fort et bientôt, il jouissait en même temps que lui. Pourtant, quand l'orgasme de Bay fut terminé, celui de King continua. Celui-ci ferma les yeux, frissonna et trembla pendant encore deux minutes, avec Jared qui bougeait toujours en lui.

Quand les effets de l'orgasme de King se terminèrent enfin, il souleva Jared, lui enleva le préservatif et le masturba jusqu'à ce qu'il jouisse. King se pencha et l'embrassa passionnément, puis la scène devint noire.

Bay alla dans la salle de bain pour se nettoyer. Quand il revint, il s'assit au bord du lit et prit sa tête entre ses mains. Il était désormais encore plus confus. Il venait de se masturber devant une vidéo porno gay en regardant King Slater. *Ouaip, Bay. Tu es très certainement bisexuel.*

Après de longues minutes de torture, Bay regarda à nouveau l'horloge. Il était presque midi et il devait retrouver Rachel, son assistante, en bas dans une heure pour une séance de dédicaces à quatorze heures au Barnes & Noble du Caesars Palace. *Au moins, les dédicaces m'aideront à me distraire.*

Bay alla dans la salle de bain et ouvrit le robinet de la douche. Pendant qu'il attendait que l'eau chauffe, il regarda son reflet dans le miroir. *Merde, Bay, tu as une sale tête.* Il tâtonna les cernes sous ses yeux et soupira. *Peut-être qu'une douche aidera.*

Une heure plus tard, Bay était habillé et se trouvait dans l'entrée, se regardait dans le miroir à se répéter son mantra. Malheureusement, la douche n'aida pas son apparence, et après avoir essayé toutes les crèmes pour le visage que son styliste lui avait ordonné de prendre, il renonça. Il était pourtant temps de transformer Bay Whitman le nerd en Jack Robbins le confiant avant de s'aventurer à l'extérieur de sa suite. *Respire, Bay. Tu peux le faire.*

Quand il arriva en bas, son assistante l'attendait.

— Mais qu'est-ce qui t'est arrivé ? s'enquit Rachel.

— La nuit a été longue. Ne pose pas de question.

VI

KING SE réveilla avec les lèvres du prince toujours autour de son sexe mou. Il tenta de chasser le brouillard de sa tête afin de pouvoir décider comment il allait se tirer de là sans trop de conséquences, mais après quelques minutes à délibérer, il laissa tomber et se tourna lentement, se courba légèrement pour éloigner son entrejambe du prince. Ce dernier bougea et King se figea. Heureusement, le prince ne se réveilla pas. King sortit doucement du lit, rassembla ses vêtements et chaussures et traversa la pièce sur la pointe des pieds. Il ouvrit la porte de la chambre en silence, ferma derrière lui et cligna des yeux sous la lumière agressive de la grande suite.

Après s'être habillé, King ouvrit la porte du couloir, et bien sûr les trois armoires à glace montaient la garde. Ils le regardèrent, soupçonneux, le fouillèrent et le laissèrent partir sans sommation. C'était un travail que King était heureux de voir se terminer.

Le prince s'était avéré être un amant vorace – pas mauvais, mais presque affamé –, et il avait mis King à rude épreuve jusqu'à tôt le matin. Son plan de base avait été de partir le plus vite possible une fois que le prince en aurait terminé avec lui et que ses obligations auraient été remplies, mais il semblait désormais évident qu'ils s'étaient tous deux endormis d'épuisement en pleine action.

Il était quatorze heures passées et King luttait pour garder les yeux ouverts alors qu'il descendait Las Vegas Strip. Pour empirer les choses, il devait encore tourner avant de repartir à New York le lendemain après-midi. La partie sexuelle du tournage était prévue à dix-huit heures, et la dernière scène devait être tournée dans un petit parc reculé à quelques kilomètres de Vegas le lendemain vers dix heures.

Peut-être, juste peut-être, s'il se dépêchait, il pourrait dormir pendant deux heures avant que l'équipe de tournage arrive.

King se gara devant le Caesars Palace, tendit sa clé au voiturier et prit la carte de retour en échange. Alors qu'il traversait le casino en direction de l'ascenseur, son estomac gronda avec force, lui rappelant qu'il n'avait pas mangé depuis la nuit dernière dans la suite de Bay… et qu'il ne lui restait plus rien depuis six heures du matin.

Penser à Bay lui noua l'estomac. Il était toujours un peu énervé et sincèrement blessé par la manière dont Bay l'avait allumé puis rejeté. *Le culot de ce type.* Il était évident aux yeux de King que Bay était attiré par lui. Bay ne voulait peut-être pas être gay et avait rejeté King à cause de ça, mais il était certainement bisexuel, qu'il ait ou non déjà couché avec un homme. King n'avait aucun doute là-dessus.

S'il fallait dire la vérité, pourtant, rien de tout ça n'était la raison pour laquelle il était parti avec le prince. Il était parti pour se protéger. Il s'était lié à Bay d'une manière qu'il n'avait pas expérimentée avec un client. Il le laissait l'atteindre, s'infiltrer en lui. Quand il avait réalisé ça, il avait compris que Bay pouvait être dangereux pour sa guérison et avait dû partir de là.

Sur un plan émotionnel, King n'avait pas aimé ce qu'il avait ressenti quand il avait réalisé que Bay était gêné d'être vu avec lui. Pour la première fois depuis qu'il était enfant, il s'était senti petit et indésirable, comme avec ces grosses brutes à l'école. King accéléra le pas pour mettre de la distance avec ses émotions. *Les gens paient beaucoup d'argent pour avoir ta compagnie. Tu n'as pas besoin de ce type, King. Qu'il aille se faire foutre.*

— Prends-toi un sandwich et va au lit, marmonna-t-il dans sa barbe. Peut-être que quand tu te réveilleras, tout te semblera avoir été un mauvais rêve.

En direction du buffet au Forum Shops du Caesars, King ralentit quand il vit une foule de personnes qui entouraient plusieurs statues grecques posées au milieu de la fontaine. Les gens regardaient la statue comme s'ils attendaient que quelque chose arrive. La curiosité l'emporta et il s'arrêta pour attendre avec eux.

À cet instant, les lumières du forum baissèrent et les statues, une à une, semblèrent prendre vie. Puis il se souvint où il était. *The Fall of Atlantis.* La chute de l'Atlantide. *Tu as lu quelque chose à ce sujet dans les magazines touristiques de la chambre d'hôtel.*

Alors que les statues commençaient à parler et bouger, il se fascina pour les animatroniques. Quand d'autres statues s'élevèrent des profondeurs de la fontaine, entourées de brume et de brouillard, les épées enflammées et des boules de feu explosant, il poussa des petits cris impressionnés avec le reste de la foule.

Le spectacle se termina dix minutes plus tard et King se sentit un peu mieux. Il zigzagua à travers la foule, passant des bijouteries et des magasins de vêtements, jusqu'à se trouver devant un épais mur de personnes qui s'étaient rassemblées devant le Barnes & Noble. Ils se tenaient tous en ligne qui s'étendait jusqu'au centre des allées commerciales et King réalisa qu'une célébrité devait signer des autographes ou un truc comme ça. En plus de tous ces gens, trois équipes de journalistes filmaient tout l'événement.

Il traversa la foule et s'arrêta tout à coup quand il vit un grand poster sur un chevalet devant les portes extérieures... avec une photo de Bay. « Venez rencontrer Bay Whitman, auteur de best-sellers pour le *New York Times*, de quatorze à seize heures aujourd'hui ».

— Bay *Whitman* ? murmura King.

C'est quoi ce délire ? King chercha au fond de sa mémoire et se souvint vaguement d'avoir lu ou vu quelque chose au sujet de Bay et de ses romans il y avait longtemps. Pourquoi n'avait-il pas fait le lien ?

La curiosité l'emporta sur King. Il passa devant les colonnes qui retenaient les centaines de personnes qui attendaient et entra dans la librairie. Au centre de la boutique se tenait une grande table couverte des livres de Bay. King prit le premier qu'il trouva et regarda la couverture. Le titre était *Midnight Run*, et il y avait la photo d'un type au loin qui courait dans le noir, une arme à la main, regardant derrière son épaule comme si quelqu'un le pourchassait. Le type semblait vaguement familier, mais son visage était masqué par la pénombre. En bas, on pouvait lire *Les enquêtes de Jack Robbins*.

King se dirigea vers les caisses, paya le livre et le coinça sous un bras tout en cherchant un endroit où il pourrait bien observer Bay sans que celui-ci ne le voie. Bay était de toute évidence en mode personnalité publique. Il était très animé : souriant, discutant avec ses fans, prenant des photos, signant des livres. Il portait un costume gris sombre avec une chemise gris clair et sa cravate grise et argent accentuait ses tempes grisonnantes. Il était magnifique, et il était évident vu les visages adorateurs de ses fans qu'il n'était pas le seul à le penser.

Mais King ouvrit la bouche et hoqueta quand il remarqua une grande pancarte en taille réelle montrant une personne qui lui ressemblait énormément, juste à côté de la table de Bay. Alors que King l'étudiait, il réalisait qu'il y avait quelques différences subtiles, mais la couleur des cheveux, la taille, les yeux, les fossettes, la barbe, même la tenue vestimentaire, tout était comme lui. C'était troublant. Est-ce que Bay l'avait dupé ? Toutes sortes de scénarios traversèrent sa tête, et il était de plus en plus furieux. Est-ce que Bay Whitman avait volé l'identité de King pour créer un personnage de roman ? Est-ce que leur rencontre avait été arrangée ? Est-ce que Bay lui avait menti depuis le début ?

Tous les fans adorateurs et les autres disparurent du Barnes & Noble, il ne restait plus que lui et Bay. Les mains de King tremblèrent et il serra les poings avec force pendant que son cœur accélérait.

Il redressa les épaules et ses pieds commencèrent à bouger avant même qu'il ait pris la décision de marcher. Avant qu'il comprenne, il était devant la table de Bay. Quand celui-ci leva les yeux et le vit, il se figea en pleine signature et pâlit à toute allure. La femme qui se faisait dédicacer son livre regarda à deux fois. Elle jeta un coup d'œil au carton, puis à King, et à l'affiche à nouveau. La surprise et le choc l'envahirent, mais avant que King puisse dire le moindre mot, elle cria :

— Oh, mon Dieu ! C'est Jack Robbins !

En une fraction de seconde, tout le monde se mit à regarder King. Un autre fan cria :

— Elle a raison. Jack Robbins est bien ici !

En un instant, King fut entouré d'hommes et de femmes qui agitaient leurs livres et leurs stylos sous son nez.

— Signez mon livre s'il vous plaît, Jack.

— Non, dit une autre fan. Signez le mien. Je suis votre plus grande fan.

King regarda la foule, puis Bay, et ce dernier était aussi choqué que lui.

C'est quoi ce bordel ?

Bay sembla le supplier du regard de jouer le jeu avec lui, et tout à coup King ne sut plus ce qu'il devait faire. Il ne savait pas pourquoi, mais stupidement, il sympathisait avec Bay. De plus, ces fans étaient un peu fous, et s'ils se retournaient contre lui, ça pourrait être moche. Pour lui et pour Bay.

Il n'avait pas laissé à Bay une chance de s'expliquer, alors il ne voulait pas lui sauter à la gorge, mais il était furieux. Il soupira finalement de défaite et se tourna vers la foule. Il leur adressa un large sourire et leva les mains.

— OK, tout le monde. Pas la peine de se presser. Vous aurez tous droit à votre Jack Robbins.

Il croisa brièvement le regard de Bay, qui eut un sourire nerveux. Il semblait être coincé entre *joue le jeu* et *sauve-toi en courant*, et King ne savait pas ce qu'il allait choisir. Mais il était trop tard. King s'était déjà impliqué. Oh, il le laissait vraiment se tirer d'affaire trop facilement. Il faudrait que Bay s'explique quand tout serait terminé.

Une femme à l'air professionnel qui était derrière la table tira une seconde chaise et King s'assit près de Bay. Il signa le nom de Jack Robbins livre après livre, jusqu'à en avoir les doigts en compote. Quand le dernier homme arriva devant la table, il tendit le livre à Bay, qui le signa et le glissa vers King.

— Salut, les gars, dit l'homme en regardant King. Vous me sembliez très familier quand vous êtes entré dans la boutique. Je n'arrivais pas à vous replacer, mais maintenant je sais.

King lança un regard nerveux à Bay. Ce dernier semblait autant au bord de la panique que King. Il était évident pour King que ce type était gay, et qu'il allait le griller.

— Je croyais que Jack Robbins était inventé, continua l'homme. Mais dès que vous vous êtes retrouvé à côté de l'affiche, j'ai compris exactement qui vous étiez. Savoir que vous êtes réel va rendre ma lecture bien plus agréable. Si vous voyez ce que je veux dire.

L'homme lui fit un clin d'œil. King *savait* ce qu'il voulait dire, mais Bay ne semblait pas comprendre. *Bay doit être hétéro, et aveugle s'il ne comprend pas ça.*

Il était seize heures passées quand la femme qui avait installé King remercia tout le monde d'être venu et conduisit King et Bay jusqu'à la salle de repos.

— C'était quoi, ça, Bay ? demanda-t-elle en souriant à King. Qui est-ce, et pourquoi me l'as-tu caché ? J'aurais pu faire une publicité monstre !

— Rachel, voici King Slate.

Bay regarda King.

— King, mon assistante, Rachel Leonard. Je suis désolé, Rachel, mais… je… enfin… Oh, laisse tomber. Je t'expliquerai plus tard. Est-ce que tu pourrais me laisser parler à King en privé une minute ?

Rachel les regarda tour à tour, une expression confuse sur le visage, mais hocha la tête et quitta la pièce une seconde plus tard, fermant la porte derrière elle.

King croisa les bras et attendit.

— King, commença Bay. Je sais de quoi ça a l'air.

Il ne répondit pas, mais garda le regard sur Bay, attendant son explication. Bay regarda autour de lui avant de parler.

— Je n'ai vraiment pas envie d'en parler ici, mais je veux que tu saches que j'ignorais qui tu étais jusqu'à il y a deux jours, quand tu es arrivé dans ma suite. Je t'ai vraiment gagné à une partie de poker.

King se sentit un peu soulagé devant cet aveu, mais son côté sceptique ne lui permettait pas de le croire sur parole. *Je veux dire... allez. C'est une grosse coïncidence.*

— On peut partir de là ? demanda Bay. J'aimerais mieux m'expliquer.

King regarda sa montre et réalisa qu'il n'avait que deux heures avant le tournage. *Au temps pour ma sieste.* Il soupira.

— Viens.

Il ouvrit la porte et Bay eut un faible sourire de soulagement. Bay échangea quelques mots avec Rachel, puis fit un signe de la tête à King, qui le suivit hors de la boutique et dans le centre commercial.

— Quand on sera dans ma chambre, tu me dois à manger, fut tout ce que dit King.

— Tout ce que tu voudras, assura Bay.

— *Tout* ce que je voudrai ?

Bay soupira.

— Ouais. Tout ce que tu voudras. Je t'en dois une.

King sourit.

— Et je vais très certainement en profiter.

Il eut tout à coup à l'idée de confirmer ses pensées au sujet de la sexualité de Bay, et maintenant que ce dernier mangeait dans sa main, pourquoi ne pas voir où cela le conduirait ?

LES MAINS de Bay tremblaient tellement qu'il les mit dans ses poches alors qu'ils montaient avec l'ascenseur dans un silence total, puis avancèrent dans le couloir de l'hôtel. Bay déglutit, une boule dans sa gorge, quand King glissa la carte dans la serrure et s'arrêta. La diode devint verte et King poussa la porte pour entrer.

Bay le suivit, et quand King s'arrêta tout à coup et se tourna, il manqua lui rentrer dedans.

King prit son visage dans ses mains et l'embrassa passionnément. La langue caressait toutes les zones de sa bouche, et même si Bay était très excité, c'était toujours un peu étrange.

Quand le baiser prit fin, King dit simplement :

59

— Le paiement. Oh, et tu es superbe, au fait. Cette cravate fait ressortir tes cheveux argentés.

Bay lui fit un demi-sourire, comprenant tout à coup la gravité de ce qu'il avait accepté tout à l'heure. Mais s'il n'acceptait pas et que King décidait de tout raconter au public, cela pourrait tout ruiner. Si King affirmait que Bay avait volé son identité et que Jack Robbins était basé sur une star du porno gay, ça pouvait mettre fin au film et aux livres sur Jack Robbins.

Bay entendit King parler derrière lui et il entra dans la pièce, s'attendant à voir une autre personne, mais King était au téléphone à commander à manger.

Il raccrocha, enleva sa veste et retira ses chaussures.

— King, dit Bay en levant les mains.

— Pas un mot avant que j'aie pris ma douche, le coupa King.

Bay hocha la tête, réalisant que King devait à peine sortir de sa nuit avec le prince quand il était entré dans le Barnes & Noble, et il fut tout à coup très heureux qu'il aille se laver.

King disparut dans la chambre et Bay s'installa sur le petit canapé, regardant autour de lui avec malaise. Ce n'était pas aussi grand que sa suite, mais c'était charmant.

Son cœur battait à toute allure et ses genoux tressautaient, choses qui arrivaient quand il était très nerveux. Ses mains tremblaient toujours, il les coinça entre ses genoux et força ses jambes et ses mains à ne plus bouger. *Tu dois te calmer, Bay ! Reprends-toi. Quel est le pire qui pourrait arriver ?*

Quand Bay songea à toutes les possibilités, son état empira de façon drastique. *Tu dois trouver un moyen pour lui faire comprendre que Jack est juste un personnage que tu as créé il y a longtemps. Mais comment ?* Le fait que Bay l'ait rencontré n'était qu'un hasard. Avant qu'il puisse trouver un plan, King apparut, ne portant rien d'autre qu'une serviette autour de ses hanches. Ses cheveux étaient mouillés et pendaient sur son front, et son large torse brillait.

— Alors ? demanda King.

VII

Bay se leva et se dandina d'un pied sur l'autre, pressé de pouvoir s'expliquer, mais King s'approcha de lui avec un sourire séducteur et lui attrapa l'entrejambe avant de l'embrasser à nouveau. Bay sursauta devant la caresse inattendue, les genoux faibles, et il sentit King sourire contre ses lèvres. *Merde. Il joue avec moi. Il aime ça.*

King s'écarta et alla vers le mini frigo. Il sortit une bouteille de bière et la tendit à Bay.

— Désolé, je n'ai pas de scotch.

Bay hocha la tête. Il avait besoin de *quelque chose* pour se détendre. King la décapsula, lui donna la bière et s'en prit une pour lui. Il porta le goulot à sa bouche, pencha la tête en arrière et vida entièrement la bouteille d'un seul trait, sa pomme d'Adam bougeant à chaque gorgée.

King jeta la bouteille vide dans la corbeille et se tourna vers Bay avant de défaire la serviette et la laisser tomber au sol.

— Je crois que je suis prêt.

Bay déglutit la boule qui semblait s'être définitivement installée dans sa gorge depuis qu'il avait rencontré King Slater.

— Je n'ai même pas une occasion de m'expliquer ?

— Tu pourras faire ça plus tard, dit King. Pour l'instant, j'ai autre chose en tête.

Le cœur de Bay tomba dans son estomac. King marcha vers lui, fit glisser sa veste sur ses épaules et la jeta sur le canapé. Il lui défit ensuite sa cravate, déboutonna le haut de sa chemise et tapota son torse. Il se pencha et chuchota :

— C'est mieux, tu ne trouves pas ?

Avant que Bay puisse répondre, on frappa à la porte. King s'écarta, toujours nu, et ouvrit.

— Salut, les gars. Juste à temps. Entrez.

King regarda les quatre types avec de grandes valises noires envahir sa suite et commencer à installer ce qui ressemblait à des caméras, des écrans et des éclairages.

— Les gars, voici Bay Whitman. C'est un ami, et il va assister au tournage.

Chacun le salua d'un signe de la tête sans s'arrêter d'installer leur équipement.

— Je peux te parler ? En privé ? demanda Bay.

King entra dans sa chambre et Bay le suivit.

— Ouais ? demanda King.

— C'est quoi, ça ? demanda Bay en tentant de masquer la colère dans sa voix.

— Eh bien, dit King, aujourd'hui j'ai pu voir ce que tu faisais pour vivre, alors je pense que ce n'est que justice que tu voies ce que moi je fais.

— Est-ce que c'est une blague ? demanda Bay.

— Pas du tout, dit King. Mais je trouve très intéressant de voir comme tu passes de « je ferai n'importe quoi » à « c'est une blague ? » en moins d'une heure.

King n'avait pas tort. Bien que jamais Bay ne l'admettrait.

— Alors tu vas me forcer à regarder du porno gay ?

King sourit.

— Je ne te force à rien. Tu es libre de partir si tu le désires.

Bay sentit le soulagement l'envahir.

— Mais si tu pars, tu auras des nouvelles de mon avocat.

— Merde ! siffla Bay dans sa barbe. Si seulement tu me laissais m'expliquer, je pourrais arranger tout ça et partir, et tu pourrais tourner sans spectateur.

King sourit à nouveau.

— Les spectateurs ne me dérangent pas.

— Tu n'es pas sérieux ?

— Très sérieux, confirma King. Si tu veux m'expliquer comment mon identité et mon physique se retrouvent dans le personnage principal de tes romans célèbres, je te suggère d'attendre, parce que j'ai du travail qui m'attend.

— King ? fit une voix depuis le salon. On t'attend.

— J'arrive tout de suite, répondit King avant de se tourner vers Bay. Le choix t'appartient. Reste ou pars.

King commença à s'éloigner, mais Bay posa une main sur son bras.

— Et si je pars ?

— Pour parler d'une façon que tu comprendras sans doute : je crois qu'il y aura des conséquences.

King chassa sa main, toujours posée sur son bras, et se dirigea vers le salon.

— Merde, marmonna Bay en le suivant sans savoir quoi faire.

King sourit et se frotta les mains.

— Commençons la fête, messieurs. Oh, et j'espère que Bay ne vous dérange pas. Il ne gênera pas le tournage, promis.

Les membres de l'équipe de tournage se regardèrent et haussèrent les épaules.

Avec le sentiment qu'il n'avait plus trop le choix, Bay eut un faible sourire et s'installa dans un coin.

Un homme avec une grande trousse en cuir, sans doute le maquilleur, s'approcha et regarda King de près.

— Mince, King. Tu étais debout toute la nuit ?

— Peut-être, dit King en regardant directement Bay. Mais c'est toi le meilleur, Joey, je suis certain que tu peux me donner l'air très reposé.

— Je suis le meilleur, mais je ne fais pas de miracle, répondit Joey en fronçant les sourcils.

King leva les yeux au ciel. Joey lui fit signe de s'asseoir sur l'accoudoir du canapé pour pouvoir le maquiller. Il s'y assit donc, ferma les yeux et offrit son visage à Joey.

Pendant que Bay regardait avec nervosité, Joey dévisagea King et se mordilla le pouce, tentant de toute évidence de décider ce dont King avait besoin. Il fouilla dans sa trousse à maquillage, ouvrit un petit pot et étala quelque chose sous les yeux de King. Il fouilla à nouveau et sortit un pinceau de maquillage. Bay se souvint de l'équipe dans *Good Morning America* qui avait une fois utilisé le même objet sur lui. Joey pinça plusieurs fois les joues de King, puis lui mit du spray sur tout le visage. Il fit un pas en arrière, approcha à nouveau, prit un autre pot et passa un peu de son contenu dans les cheveux de King et les arrangea.

Il s'écarta à nouveau et l'observa.

— C'est le mieux que je puisse faire.

King ouvrit les yeux et se regarda dans le miroir que Joey tenait.

— Bien, dit-il. Je fais dix ans de moins. Merci beaucoup, Joey.

— Aucun problème. Mais repose-toi avant le prochain tournage, d'accord ?

— Oui, chef.

Bay entendit une porte s'ouvrir et un homme séduisant et totalement nu entra. King se leva d'un bond.

63

— Salut, Sam, dit-il en enlaçant le type. C'est super de te revoir.

— Pareil, dit Sam avec un petit sourire.

King se tourna vers Bay.

— Bay Whitman, voici Sam Steele. C'est un vieil ami.

— Par « vieil », il veut dire qu'on s'est rencontrés il y a un an, expliqua Sam à Bay en traversant la salle. Ravi de te rencontrer, Bay.

— Tu sais ce que je veux dire, expliqua King. Un an, c'est toute une vie dans notre milieu.

— En effet, dit Sam avec un fist bump.

Bay se leva et lui serra la main. Il était impressionné de voir à quel point ils semblaient tous à l'aise, à se promener nus sans souci.

— Bay… Whitman ? Bay Whitman ? marmonna Sam. Oh, merde ! Bay Whitman ! Tu es *le* Bay Whitman. Je t'ai vu à la télévision. J'adore tes romans de Jack Robbins.

Il serra encore plusieurs fois la main de Bay.

— Je les ai tous lus.

— Merci, dit timidement Bay en reculant pour s'asseoir à nouveau, ne voulant rien d'autre que disparaître ou se fondre dans le décor.

Sam regarda Bay et King à tour de rôle.

— Comment tu connais Bay ?

King le regarda à nouveau. *Oh, non. S'il te plaît, ne t'y aventure pas.* Bay tenta de le supplier du regard.

King se tourna vers Sam.

— C'est une longue histoire, je te la raconterai un de ces jours.

Bay soupira de soulagement, mais celui-ci fut de courte durée. Sam sourit, fit un clin d'œil à King et lui tapota le dos.

— Vieux pervers, va !

— Oui, en effet, dit King en souriant à Bay. Un vieux pervers.

Après avoir regardé à nouveau Bay, Sam rendit son clin d'œil à King.

— Mec, tu as vraiment de la *chance*, si je peux me permettre.

Semblant désormais satisfait, Sam se frotta les mains.

— Alors, c'est quoi le programme ? Ils m'ont seulement dit que le tournage prendrait deux jours.

— Pas deux jours complets, dit un membre de l'équipe, sans doute le réalisateur. On filme ici ce soir et demain matin dans un petit parc qu'on a découvert.

— Compris, dit Sam.

Le producteur continua.

— L'histoire, c'est que King et toi êtes amis de longue date, mais tu es hétéro et King est ouvertement gay. Dans la première scène, tu joues au foot avec des amis dans le parc et tu passes un très bon moment. Sauf que tu plaques King au sol et il a une érection très visible. Il tente de la cacher, mais tu l'as vue avant qu'il y soit arrivé. Tu t'aperçois que King a le béguin pour toi, et plus tard quand tu lui parles de son érection, il l'avoue enfin. Tu dis que tu es flatté, mais hétéro et qu'il ne t'intéresse pas de cette façon-là. Mais, quand tu rentres à la maison, bois une bière et te détends, tu commences à y repenser. Tu t'endors finalement sur le canapé et as un rêve érotique au sujet de King. Aujourd'hui, on filme le rêve, et demain la scène du parc et l'aveu.

Bay secoua la tête et regarda le sol. *Il se fout de moi ? C'est comme si King avait prévu toute cette histoire de gay et hétéro.*

— Je vois, dit Sam en agitant les sourcils. Tu veux dire que tout ce que j'ai à faire, c'est me coucher et laisser King me séduire ?

— C'est ça, répondit le réalisateur.

— Oui ! J'ai toujours rêvé de me faire prendre par King. En plus, pour mes six derniers films, j'étais forcé à être au-dessus et franchement, j'en ai marre de faire tout le travail.

— Voilà un homme qui me plaît, dit King. Tu sais combien je déteste être en dessous.

Alors que Bay observait King et Sam discuter tranquillement cul nu, il se demanda si c'était une norme chez les stars du porno.

— Mettez ça, les gars, dit Joey, interrompant les pensées de Bay en tendant un Marcel, un short de sport, des chaussettes et des baskets à Sam et King.

Une fois qu'ils furent habillés, Joey aspergea avec ce qui semblait être un spray d'eau leurs maillots, leurs aisselles et leurs torses, donnant l'impression qu'ils avaient transpiré.

— Donc, Sam, dit le producteur en lui tendant un sac de sport. Tu passes la porte, tu jettes ton sac au sol, tu prends une bière dans le frigo, tu t'assois sur le canapé et tu poses tes pieds sur la table basse. Je veux que tu en boives quelques gorgées, puis que tu la poses sur la table, penches ta tête en arrière et fermes les yeux. Tu te souviendras de l'aveu de King. Ne t'inquiète pas, on ajoutera les scènes de demain où il te dit tout, et ensuite tu t'endors. De là, King arrive.

King se frotta les mains et adressa un sourire sinistre.

— King, je veux que tu t'installes sur l'ottomane, on te fera apparaître, dit le producteur. Tu commenceras à enlever les baskets de Sammy et doucement, tu lui masseras les pieds.

King lança un regard à Bay, assis en silence dans son coin.

— J'ai déjà fait ça une fois ou deux.

— Mince, c'est de mieux en mieux, ajouta Sam.

— Et Sam, tu vas t'agiter et gémir un peu, mais sans te réveiller. Et quand King t'aura enlevé tes chaussettes, il te léchera la plante du pied jusqu'aux orteils, et c'est là que tu te réveilleras. Tu enlèves ton pied et essaies de t'écarter, et King te dit de te détendre, que tout ira bien.

— Compris, dit Sam.

— J'espère que tu t'es lavé les pieds, Sam.

— Je me suis douché il y a une heure, admit Sam. Ça ira pour toi.

Bay était choqué. Il n'avait jamais rêvé de lécher les pieds de quelqu'un. Mais c'était clairement un monde avec lequel il était, sans nul doute, peu familier.

— En position, dit le producteur.

Sam prit son sac de sport et alla dans le couloir pendant que King s'éloignait du champ de vision de la caméra.

— Action !

VIII

Sammy passa la porte, semblant rougi et un peu fatigué. Il fit tomber son sac de gym, ouvrit le mini-frigo, y prit une bière, la décapsula et s'assit sur le canapé. Il posa les pieds sur la table basse et but quelques gorgées. Pendant un moment, il regarda au loin, puis prit une autre gorgée de bière et posa la bouteille sur la table. Après avoir avalé, il pencha la tête en arrière et ferma les yeux.

— Coupez ! lança le réalisateur. Bon travail, Sammy, mais n'oublie pas. Un de tes meilleurs amis t'a avoué être amoureux de toi depuis des années. Pense à l'effet que ça te ferait.

Sammy sembla réfléchir à la question.

— Au début, je serais furieux.

— Pourquoi ?

— Parce que maintenant que je sais, plus rien ne sera jamais comme avant. Mes sentiments pour lui seront différents.

— Exactement, dit le réalisateur. Maintenant, joue ça. Et si tu réfléchissais à ça, pendant une seconde, puis chassait l'idée avant de t'endormir.

— Je peux faire ça, dit Sammy. Essayons encore.

— OK. En position.

Sam retourna dans le couloir et le réalisateur lança :

— Action.

Après avoir répété les mêmes gestes, l'acteur se laissa tomber sur le canapé et posa les pieds sur la table basse. Il regarda le mur devant lui.

— King ? Amoureux de moi ? marmonna-t-il. Comment c'est arrivé ? Quand ?

Il fronça les sourcils, semblant songer encore à cela, sans parvenir à trouver de réponse. Finalement, Sam jura.

— Oh, merde. Qu'il aille au diable. Il a tout ruiné. Maintenant que je sais, plus rien ne sera pareil.

Sam pencha la tête en arrière et ferma les yeux.

— King et moi ? Nan. C'est ridicule.

— Coupez ! cria le réalisateur. C'était parfait. Maintenant, King, à genoux sur l'ottoman, on va te faire apparaître.

King fit comme demandé.

— Action !

Après avoir doucement défait les baskets de Sam, King les retira doucement et les posa au sol. Sammy s'agita un peu, mais ne se réveilla pas.

King commença à lui masser les pieds. Il utilisa ses pouces pour appuyer sur la voûte plantaire tout en pressant et en massant le reste de ses pieds avec les autres doigts. De là où il se trouvait, Bay ne voyait pas le visage de Sam, mais les petits soupirs et gémissements qui lui échappaient indiquaient qu'il appréciait l'attention. Bay en connaissait trop bien la sensation, il avait déjà eu droit aux massages de King, et une bouffée de jalousie le traversa.

Sam se déplaça légèrement et Bay put voir finalement son visage. À en juger par son expression euphorique, il appréciait vraiment ce que King lui faisait.

— C'est agréable, souffla Sam à personne en particulier.

King lui enleva une chaussette, puis l'autre. Il se pencha, regardant le talon de Sam, puis il passa la langue le long de la plante de son pied avant de sucer son gros orteil.

— Oh, putain, dit Sam en ouvrant les yeux. C'est quoi ce bordel ?

Quand il vit King qu'il le regardait, il paniqua un peu et tenta de retirer son pied. Mais King le tenait avec force.

— Détends-toi, souffla-t-il. Tout ira bien, Sam. J'attends ça depuis si longtemps.

Le visage de Sam montrait qu'il avait un débat interne. Il calma finalement ses craintes, mais regarda King avec prudence. Ce dernier embrassa le sommet de ses pieds avant de reprendre le massage. Sam se détendit sous la caresse. Bay eut un flash-back des massages du pied de King et se retrouva à envier Sam.

— Coupez ! cria le réalisateur. Très bien, les gars, très bien. Maintenant, King. Pour la prochaine scène, j'aimerais que tu masses un peu plus ses pieds jusqu'à ce que Sam réalise qu'il bande et commence à se masturber. Je veux ensuite que tu repousses l'ottomane et que tu te déshabilles. Lentement. Je veux que vous vous regardiez dans les yeux quand King sera entièrement nu. Puis, Sam, je veux que ton regard descende lentement sur son corps jusqu'à ce que tu arrives à son sexe et que tu marques là une pause. Je couperai à nouveau.

— Laissez-moi juste une seconde pour me préparer, dit Sam en glissant les mains dans son short.

Bay était comme hypnotisé pendant que Sam se caressait, mais il sentit un regard sur lui. Quand Bay se tourna, King le regardait qui observait Sam. Il vit quelque chose dans son regard, mais King se détourna bien trop vite pour qu'il puisse comprendre.

— OK, dit Sam. Allons-y avant que Popaul se rendorme.

King s'installa à ses pieds.

— Action !

King recommença à lui masser les pieds pendant que Sam regardait, clairement confus de voir qu'il appréciait cela.

Avant la nuit dernière, Bay n'avait jamais regardé de porno gay, mais il pensait que Sam faisait plutôt du bon travail pour afficher la vision du réalisateur.

Bay regarda la scène qui se déroulait devant lui et l'écran de la caméra qui zoomait sur l'érection de Sam. Ce dernier commença à se caresser pendant que King lui massait les pieds. Finalement, King se releva, trouva le regard de Sam et repoussa l'ottomane. Il retira son tee-shirt lentement et le laissa tomber sur le sol. Bay le regarda, émerveillé, pendant que le torse de King emplissait l'écran. Son torse et ses bras étaient impressionnants, et Bay pouvait clairement voir pourquoi King était si apprécié. Il était superbe devant une caméra.

King retira ses chaussures, enleva ses chaussettes et baissa son short de sport et son caleçon d'un même mouvement rapide. Entièrement nu, il se tint devant Sam dans toute sa gloire.

Comme indiqué par le réalisateur, Sam regarda vers son entrejambe et ne bougea plus. Au début, Bay crut voir une expression de peur, mais à y réfléchir, ce n'était pas ça. C'était un regard intimidé. Bay comprit sa douleur. King était très bien monté et Bay se sentirait sans doute pareil s'il était à sa place. Et si King obtenait ce qu'il voulait, ça arriverait très vite. Bay chassa cette pensée de sa tête.

Il reporta son attention sur King. Il s'attendait presque à ce que le réalisateur crie « coupez » quand King fut nu, mais ce dernier s'était déjà mis en position, à genoux devant Sam.

— Tout va bien, souffla King pour rassurer Sam.

King lui attrapa son short et son caleçon d'un seul geste et commença à les descendre, avant de les lui retirer et les jeter sur le côté. Bay savait que Sam était un très bon acteur, parce que jamais de la vie il n'aurait été impressionné par la taille de King. Si c'était possible, Sam était encore plus gros que King. Mais d'un autre côté, Sam était en érection et King ne l'était pas encore.

King se pencha en avant sans jamais rompre le contact visuel et prit Sam dans sa bouche. Celui-ci hoqueta, rejeta les mains en arrière et attrapa le canapé, semblant surpris. Pendant que King montait et descendait sur sa longueur, l'expression de Sam se fit indéchiffrable, ce qui était très réaliste du point de vue de Bay. Sentir une chose aussi délicieuse alors qu'il n'aurait sans doute pas dû aimer l'aurait rendu très confus lui aussi.

Quand King le prit entièrement dans sa bouche et ne bougea plus, les yeux de Sam semblèrent rouler dans leur orbite, il ferma les yeux et rejeta la tête en arrière. King lui massa les bourses du bout des doigts et taquina la petite zone de peau sous celles-ci, de ce que Bay pouvait voir sur l'écran. Sam gémissait et donnait des coups de hanches. L'appréhension que Sammy avait montrée semblait avoir disparue et il avait désormais l'air décidé à se laisser aller.

Bay se demanda si ce serait aussi facile pour lui. Pouvait-il apprécier un peu de plaisir juste parce que c'était agréable ? Peu importe qui lui apportait ce plaisir ? Il avait apprécié, avec appréhension, le massage et les baisers de King – une fois le choc initial passé –, mais pourrait-il faire plus ?

Un gémissement plus fort que les autres tira Bay de ses pensées. Quand il y regarda de plus près, King avait un doigt en Sam et ce dernier ne protestait pas. En fait, il semblait apprécier, ondulant et bougeant sur le doigt. Puis King en inséra un second et les yeux de Bay s'écarquillèrent. *Oh, putain !* Bay commençait à transpirer. Il défit ses boutons de manchette et roula ses manches.

D'un mouvement rapide, King leva les jambes de Sam, les repoussa, et les maintint par les cuisses. Avant que Sam puisse protester ou réagir, King avait enfoui son visage entre ses fesses et Sam se mit à ronronner comme un gros chat. King le lécha le long de la raie avant de se concentrer sur son entrée. Sam paraissait encore plus agité et il semblait qu'il appréciait grandement toute cette attention.

Bay se demanda comment Sam pouvait si facilement se laisser aller, puis se rappela qu'il regardait deux hommes jouer pour un film porno. Bien sûr qu'il allait se laisser aller. Ils avaient un temps limité devant la caméra.

— Coupez ! cria le réalisateur.

— Tu es sûr que tu t'es lavé ? demanda King, taquin.

70

Sam leva une main et King tenta de l'éviter, mais il était trop rapide et le frappa sur le côté de la tête.

— Aïe ! Tu vas payer pour ça dans la prochaine scène.

— Des promesses, toujours des promesses.

Le réalisateur donna à King un préservatif et du lubrifiant. Celui-ci se prépara, puis en fit de même à Sam, et ils reprirent leur position.

— Action.

Sans trop savoir quand, Bay s'était déplacé pour avoir une meilleure vue sans réellement le réaliser. Il regardait désormais le dos de King et voyait clairement le visage de Sam.

King, toujours à genoux, maintenait ses jambes relevées et frotta son érection de haut en bas contre l'entrée de Sam. Celui-ci semblait inquiet, mais ferma les yeux et se laissa aller. King se positionna ensuite contre son entrée et poussa. Bay grimaça. Le voir en ligne et en personne étaient deux choses différentes. Bay était impressionné de voir comme le membre épais de King pouvait entrer en Sam sans le déchirer en deux. Mais Sam ne saignait pas à mort, ce que Bay prit comme un bon signe.

Sam siffla sous la pénétration et King sembla comprendre, il s'arrêta donc avant d'entrer entièrement pour lui laisser le temps de s'ajuster. Désormais, King était sur Sam, qui avait écarté les jambes en grand et le tenait par les chevilles pendant que ce dernier s'agrippait à ses cuisses pour le forcer à entrer plus profondément. L'inconfort de Sam se mua en un mélange de plaisir et d'extase.

King se pencha en avant, attrapa Sam par la nuque et prit ses lèvres dans un baiser saisissant. Quand celui-ci se termina, King se redressa à nouveau et accéléra le rythme, plus vigoureux que jamais, jusqu'à ce que Sam et lui semblent bouger comme un seul homme. La tête de Sam roula sur le côté, une main sur le torse de King pendant qu'il se masturbait de l'autre. De là où il se trouvait, Bay vit les fesses de King se contracter à chaque nouveau coup de reins. Bay était désormais dur comme la pierre. *C'est quoi ce bordel ?*

Sam gémit plus fort et se tendit tout en jouissant sur son abdomen, se masturbant toujours avec frénésie. Quelques secondes plus tard, King se retira et enleva son préservatif. Un gémissement guttural lui échappa. Il commença à trembler, à presque convulser, et sa jouissance sortit de lui pour se mêler à celle de Sam. L'orgasme de King sembla interminable, puis il se mit à trembler encore plus. King se pencha et posa son front contre Sam, respirant toujours avec force, tentant apparemment de se reprendre.

— Coupez ! cria le réalisateur.

— Mince, j'aimerais pouvoir avoir des orgasmes comme les tiens, dit Sam. On dirait qu'ils résonnent éternellement en toi.

Avant que King puisse répondre, le réalisateur les interrompit.

— Hé, les gars. On a une scène à terminer.

— Oh, ouais, dit Sam. Désolé, mec.

— Bien sûr, rétorqua le réalisateur en levant les yeux au ciel. King, remets l'ottoman en place et sors du cadre. Sam, pose tes pieds sur l'ottoman, penche la tête en arrière et ferme les yeux, comme si tu dormais, et prends ton sexe dans ta main. Quand tu te réveilles, tu es seul et réalises que tu t'es masturbé en rêvant de King.

— Compris, dit Sam.

— Action !

Bay tira sur son érection, qui était désormais bien visible sous son pantalon. Quand il leva les yeux, King le regardait et souriait de façon sarcastique. *Tu es grillé, Bay !*

Sam termina la scène comme décrite avant que le réalisateur crie :

— Coupez. C'est dans la boîte. Bon travail, les gars. Merci.

King s'approcha et frappa le poing de Sam.

— Bon travail, mec.

Sam lui rendit le geste.

— Hé. C'est toi qui as tout fait.

— Mais tu as joué la comédie. Et tu étais très doué.

Quinze minutes plus tard, Sam et l'équipe de tournage remballaient leurs affaires et disaient au revoir. Ils s'en allèrent enfin, laissant Bay et King plongés dans le silence.

IX

KING PRIT l'ancienne position de Sam sur le canapé, inspira profondément et tenta de calmer son cœur qui battait encore au rythme de son orgasme latent. De l'autre côté de la pièce, il sentait le regard de Bay sur lui, mais aucun ne parlait.

Alors que le silence s'éternisait, King pensa à la réaction de Bay à la scène qu'il avait vue. Près de la fin, Bay avait eu une érection qui aurait pu rivaliser avec la sienne. *Je le savais ! Mon plan a fonctionné à merveille.* Toute cette histoire sur son hétérosexualité n'était qu'un jeu de Bay.

Malgré tout, King devait admettre qu'il avait déjà tourné avec des cameramen hétéros qui avaient eu une belle érection à la fin de la scène. Il s'était dit que ça devait être toute la testostérone dans la pièce. Mais aucun de ces cameramen n'avait initié de baiser et glissé sa langue dans la gorge de King. L'expression de Bay avait tout dit. Il aimait ce qu'il voyait.

— Tous tes orgasmes durent aussi longtemps ? demanda finalement Bay d'une petite voix.

King leva la tête et le regarda.

— En fait, oui. Et alors ?

— Je suis juste curieux. Ça avait l'air intense.

King se leva du canapé et se dirigea vers sa chambre.

— Ça l'était. Tout était intense.

Il s'arrêta quand il entendit la voix de Bay.

— On peut parler, maintenant ?

— J'ai besoin d'une autre douche avant, dit King, qui adorait jouer avec Bay.

Il savait qu'il était probablement vindicatif, mais hé ! c'était bien fait. Bay avait été cruel avec lui en l'allumant sans la moindre intention d'aller plus loin, alors c'était un prêté pour un rendu.

King ne forcerait jamais Bay à coucher avec lui, quelle que soit la manière dont la conversation se terminerait, mais il s'amusait beaucoup à le lui faire croire.

— Après ma douche, j'écouterai ce que tu as à me dire avant de… hum, tu sais.

La surprise et le malaise de Bay étaient gratifiants. King sourit et se dirigea vers la salle de bain.

Quand il revint dix minutes plus tard, toujours nu, Bay tournait en rond dans la pièce comme un lion en cage.

Bay se tourna et le vit dans l'encadrement de la porte. Il regarda King de haut en bas, observant son entrejambe les yeux grands ouverts. King ne manqua pas ce geste et se sentit même un peu fier. *Putain ! Un hétéro regarde ma queue.*

King pouffa et désigna le canapé.

— Assis.

Bay s'assit sans protester et King continua :

— Je sais que tu es une sorte de célébrité. Et pour être honnête, je ne suis pas certain que tu n'aies pas été au courant depuis le début pour moi. Mais j'ai une image de marque. Et toi, mon ami, tu as enfreint les règles en utilisant mon physique pour vendre tes livres.

King s'assit à côté de Bay.

— Tu as une chance de me dire ce qui se passe ici et de me convaincre de ne pas appeler mon avocat.

Bay soupira.

— Tu ne pourrais pas t'habiller, au moins ?

— Non, je ne peux pas, dit King. Je suis très à l'aise nu. Je te rends nerveux ?

— Oui ! dit Bay.

— Bien. Maintenant, parle. Sauf si…

Il agita les sourcils et posa une main sur le genou de Bay avant de le presser.

— Sauf si tu préfères faire autre chose avant de retrouver ta voix.

— King, dit Bay avec une hésitation évidente. Jack Robbins est et a toujours été le produit de mon imagination. Un personnage que j'ai créé à partir de… enfin, que j'ai créé. Et c'est simplement que…

— Un personnage que tu as imaginé et qui se trouve me ressembler trait pour trait. Même taille, même carrure, mêmes cheveux, mêmes yeux.

— Oui ! affirma Bay. Mais cette couverture a été créée par ordinateur à partir de ma description de Jack dans le premier tome.

King secoua la tête.

— Une description presque identique à moi. C'est vraiment dur à croire.

— Mais c'est la vérité, le supplia Bay. Je te le jure, King. Quand j'ai ouvert la porte de ma suite ce soir-là et que je t'ai vu dans le hall, j'étais sous le choc. Je n'arrivais pas à croire que je voyais Jack Robbins en chair et en os.

Sachant ce qu'il venait d'admettre, King avait beaucoup de mal à croire que ce n'était qu'une coïncidence. D'un autre côté, Bay ne semblait pas être le type à pouvoir mentir si facilement. Mais il n'était pas encore convaincu.

Avant que King puisse parler, Bay se leva et se remit à faire les cent pas.

— King. La vérité, c'est que la plupart des gens pensent que le personnage de Jack Robbins est basé sur moi et ma vie. Ce qu'ils voient de moi durant les émissions télé et les séances de dédicace. Mais en réalité, ce n'est pas du tout ça.

Bay se tut.

— Je t'écoute, l'invita King.

— Eh bien. Quand j'ai signé le contrat pour publier mon premier roman de Jack Robbins avec une grande maison d'édition, j'étais surtout sous le choc. Je n'arrivais pas à croire qu'ils pensaient que d'autres personnes voudraient lire mes histoires, mais ils avaient raison. Le livre est devenu un best-seller en presque une nuit. J'étais fou de joie de pouvoir enfin faire ce que j'aimais et de pouvoir en vivre.

Bay se tut et regarda King.

— C'est parfait, pas vrai ?

King ouvrit la bouche, mais avant qu'il puisse répondre, Bay reprit. *Ce devait être une question rhétorique.*

— Et *c'était* bien au début, continua-t-il. Je me faisais de l'argent, je pouvais écrire à plein temps. Puis tout s'est effondré autour de moi.

— Attends une minute ! Tu es célèbre. Comment ça aurait pu s'effondrer ?

— Comme ça : en devenant célèbre.

King n'en croyait pas ses oreilles.

— Attends ! Quoi ?

— Avec le gros succès du premier roman, le second était prévu pour six mois plus tard, et mon éditeur voulait que j'aille faire une tournée nationale de dédicaces.

Bay se tut, alla prendre une bière dans le minibar et la montra à King. Ce dernier hocha la tête et Bay la lui lança avant de s'en prendre une autre pour lui. Il l'ouvrit et en but la moitié, s'arrêta, reprit son souffle, et but l'autre moitié.

— Je t'ai déjà dit que j'étais un gamin timide et coincé. Ce que je ne t'ai pas dit, c'était que j'étais un petit nerd maladivement timide qui vivait reclus. Et, nul besoin de le dire, l'idée d'une tournée nationale a empêché ce reclus de dormir nuit après nuit. Comment étais-je censé voyager à travers le pays, gérer le stress de rencontrer les gens pour des dédicaces et sembler intelligent durant les interviews à la radio et la télé ?

Bay semblait sincère et la colère de King commença à disparaître. Est-ce qu'il commençait à se sentir désolé pour lui ?

— Bref, c'est comme ça que l'idée m'est venue. Pour ma défense, j'étais en panique et totalement bourré. J'étais couché sur le canapé en train de cuver mon alcool et j'ai réalisé que j'avais créé Jack Robbins. Alors, pourquoi ne pas être lui ? Je veux dire… je le connaissais parfaitement. J'étais lui et il était moi. Il était mieux que moi, bien sûr. Il était celui que j'aurais rêvé d'être. Alors pourquoi pas ?

Bay s'arrêta de tourner en rond et s'assit près de King, qu'il regarda dans les yeux.

— Cette nuit-là, j'ai dormi pour la première fois depuis des semaines. Quand je me suis réveillé le lendemain, j'en ai ri, au début. Puis j'ai commencé à y réfléchir sérieusement. Et j'en ai conclus que, pourquoi pas ? En préparation pour la tournée, mon éditeur avait engagé un styliste et un coach pour moi, et j'ai commencé à aller à la salle de sport tous les jours. Je me suis fait couper les cheveux par un professionnel, j'ai fait faire des mèches et ai acheté de nouvelles lentilles de contact, et j'ai acheté une toute nouvelle garde-robe. J'ai imaginé de quelle manière Jack parlerait et je me suis entraîné sans fin, puis je me suis attaqué à son maniérisme. À chaque jour qui passait, Bay Whitman devenait Jack Robbins. En tout cas aux yeux du public. Alors, tu vois, l'idée est venue par nécessité, pas par vanité. C'était par désespoir. La seule façon de garder la raison et d'avoir encore du succès.

King leva un sourcil, sceptique. Bay soupira.

— Allons, King. Penses-y. Mon premier roman de Jack Robbins a été écrit il y a huit ans. Depuis combien de temps tu es célèbre ?

King resta sans bouger tout en réfléchissant à ce que cela signifiait. *C'est un bon point. Si les dates correspondent… c'est fini.*

— Il y a un peu plus de quatre ans, dit-il finalement.

— Merde. Pourquoi est-ce que je n'y ai pas pensé avant ? Tu as un ordinateur portable ?

— Ouais, dit King en désignant le bureau de l'autre côté de la pièce.

Bay prit l'ordinateur et vint s'installer près de King.

— Quand as-tu commencé le porno ?

King fit les maths dans sa tête.

— Mai 2013.

Bay tapota sur le clavier.

— Avant ça, tu étais connu ?

— Non. Comme j'ai dit, j'étais dans le commerce.

Bay tourna l'écran vers lui.

— Regarde ça.

King étudia l'écran. C'était la page Amazon avec tous les livres de Bay. Bay cliqua sur le premier tome de Jack Robbins et pointa du doigt.

— Regarde la date de publication.

King suivit le doigt et lut. Novembre 2009.

— Ça prouve que je n'ai pas pu créer Jack Robbins à partir de toi.

Bay marquait un point. King n'était *personne* quand Bay avait été publié pour la première fois. Et qui savait depuis combien de temps il avait commencé à écrire son histoire avant même qu'elle soit publiée.

King soupira, mais ne répondit pas. Sa partie logique était soulagée, mais son ego était presque déçu.

— Même si je regardais des tonnes et des tonnes de porno, quand Jack Robbins a été créé, tu n'étais même pas dans le milieu.

King hocha la tête.

— Mais tu dois admettre que c'est une très grosse coïncidence et que c'est tiré par les cheveux.

— Je sais. Et je sais de quoi ça a l'air à tes yeux, admit Bay. Mais je jure que c'est la vérité. Même si tu ne me croyais pas, tu ne pourrais pas ignorer les faits.

King prit une gorgée de bière et déglutit.

— Je ne sais pas trop ce que je crois, avoua-t-il. Mais je suppose que tu as raison.

— Je te le jure, quand je t'ai vu devant ma chambre, j'étais stupéfait.

— Mais… dit King, tu le savais et tu n'as rien dit jusqu'à ce que je te croise chez Barnes & Noble.

Bay regarda le sol.

— Je sais, et je suis désolé pour ça.

— Vraiment ? Ou est-ce que tu es désolé que je l'ai découvert seul ?

Bay regarda King avec un regard de chien battu tel qu'il n'en avait jamais vu, et son cœur commença à fondre.

— Je sais que j'aurais dû te le dire immédiatement, mais je n'arrivais pas à y croire. Tout ça m'intriguait tellement.

— Intriguait ? répéta King.

— Regarde ça de mon point de vue ! Pendant une seconde ? demanda Bay. Toutes ces années, tu étais un personnage dans ma tête, puis tout à coup tu es réel et debout devant moi. Comme je l'ai déjà dit, j'ai créé Jack comme étant l'homme que j'aurais voulu être. Depuis sa tête jusqu'à sa carrure, son assurance et sa démarche. Je lui ai donné une élégance et des capacités sociales qui me manquent. Et je regardais cette personne. Toi. Moi. Ou une combinaison des deux. C'était un peu intimidant.

King secoua la tête.

— Tu aurais pu dire quelque chose.

Bay se leva et commença à nouveau à tourner en rond.

— Je sais. J'aurais dû. Je réalise ça maintenant. Mais je voulais en savoir plus sur toi. En tant qu'auteur, je crée des personnages en permanence. Mais la plupart d'entre eux sont inspirés ici et là de moi ou de gens que je connais. Quand je crée un nouveau personnage, je copie en général des caractéristiques de gens que j'ai rencontrés ou que j'admire. Et pour un personnage méchant, je fais pareil, mais je multiplie le mauvais par dix. Mais en tant qu'auteur, on peut rarement conduire un personnage plus loin. Avoir une personne vivante en chair et en os devant moi, surtout Jack Robbins, c'était trop intriguant pour laisser passer ça. Et j'ai tout foutu en l'air. Et au passage, je t'ai déçu. Je suis désolé.

King étudia mentalement son explication. C'était très sensé.

— Alors je crois que je devrais m'excuser d'avoir sauté aux conclusions.

— Non, dit Bay. J'aurais fait la même chose. Et c'est une des choses qui m'inquiétaient le plus. Je veux dire… Je n'ai pas vraiment réfléchi plus loin que ça. Mon plan d'origine était d'obtenir le plus d'informations possible de toi et voir ce que je pouvais en faire.

— Et maintenant ?

Bay arrêta de tourner en rond et s'assit à nouveau à côté de lui.

— Maintenant ? Je t'apprécie vraiment et je vois bien à quel point j'ai été un connard de même y songer. Je suis vraiment désolé.

King détourna le regard avant de l'observer à nouveau.

— Le problème c'est… et maintenant ? Ce n'est que par chance que personne n'a fait le lien entre Jack Robbins et moi jusqu'ici.

— Je ne pense pas que les gens feraient le lien, à moins que tu sois vu avec moi ou associé à moi.

— Comme à la librairie, admit King.

— Exactement. Et si mon éditeur découvre que Jack Robbins est une star du porno et un escort, je ne sais pas comment il réagira, ajouta Bay. Mes trois prochains romans vont être portés au cinéma.

— Combien de tes lecteurs sont gays ? demanda King.

— Je ne sais vraiment pas, avoua Bay. Mais personne n'a fait le lien jusqu'ici. J'ai vu les messages de fans que je reçois et il y a beaucoup de femmes, et je suis certain qu'il y a des hommes gays dans le lot. Mais je pense sincèrement que si nous n'avions pas été au même endroit au même moment, personne n'aurait fait le lien.

— C'est sensé. Donc encore une fois, et maintenant ? insista King.

Bay sembla réfléchir à la question.

— Je crois que tu as tes réponses, alors on peut retourner chacun à notre vie.

Une fois encore, le silence s'étendit entre eux pendant un long moment et King se demanda si Bay avait dit tout ce qu'il avait besoin de dire. Ou s'il attendait que King réponde, proteste, lui demande de ne pas partir ? Un instant passa et Bay ne faisait toujours aucun geste, alors peut-être qu'il *attendait* que King réagisse.

Que pouvait-il dire ? Maintenant, King savait que le départ de Bay était ce qu'il y avait de mieux pour eux deux, alors pourquoi ne lui demandait-il pas de partir ?

Il avait décidé de rester en colère contre Bay et de le laisser disparaître de sa vie, pour leur bien à tous les deux, mais quand il avait appris pourquoi Bay avait créé Jack Robbins, ça lui avait rappelé quelque chose. Quelque chose de lointain. Peut-être que c'était pour ça qu'il ne le jetait pas.

Quand Bay se leva avec un soupir, King réalisa qu'il devait se décider rapidement. Soit dire quelque chose, soit le laisser partir. Bay lui avait confié certaines choses très sérieuses et son honnêteté faisait de lui un homme bien plus fort que King l'était. Ouaip. Il devait au moins le lui reconnaître. *Merde ! C'était bien plus facile quand j'étais furieux contre lui.*

— Attends, fut tout ce que King put dire.

Bay se rassit. King se frotta les yeux avec frustration. Il était mentalement et physiquement épuisé, et ses émotions partaient dans tous

79

les sens. Alors que la colère se transformait en compréhension, il réalisa qu'il avait eu tort de torturer Bay en le forçant à regarder la scène entre Sam et lui. Ça changeait quoi qu'il soit hétéro ou gay ? Ce n'était pas ses affaires. Bay était un client. Rien de plus, rien de moins. Il avait beaucoup de clients qui ne demandaient que des baisers et une conversation. Mais Bay lui avait envoyé des signaux mitigés : il l'avait allumé et l'avait repoussé quand les choses avaient commencé à aller trop loin.

Il avait été furieux, c'était indéniable. Cependant, s'il devait être honnête avec lui-même, il savait aussi que son ego avait été heurté et qu'il était un peu blessé. À cet instant, c'était la partie blessée de cette équation qui était la plus perturbante. Pourquoi s'en préoccupait-il ? Parce que Bay et lui avaient combattu les mêmes démons ? Quatre ans plus tôt, King aurait donné n'importe quoi pour avoir un personnage de fiction derrière lequel se cacher. Pour être n'importe qui d'autre. Il savait ce que Bay ressentait et cela avait un effet fort et profond sur lui.

King se tourna lentement et croisa son regard. L'expression prudente sur le visage de Bay lui disait qu'il ne pouvait que lui dire la vérité désormais. Bay avait été honnête avec lui, et il lui devait bien la pareille.

— Je suis désolé que tu aies dû te cacher derrière un personnage de fiction, dit doucement King en détournant à nouveau le regard. Je sais ce que c'est de vouloir se cacher et être quelqu'un d'autre.

Bay soupira.

— Merci de dire ça, King. J'ai le sentiment qu'il y a une longue histoire derrière ces paroles.

Les propres paroles de King l'avaient trahi, s'exposant plus qu'il l'aurait voulu. Son expression dut trahir son malaise, parce que Bay semblait sur le point de le réconforter.

— Tu as raison, reprit-il avant que Bay ait pu parler. King Slater, qui semble si assuré, n'est qu'un humain, après tout.

Bay tendit la main comme s'il voulait lui toucher la cuisse, mais hésita.

— J'aimerais te toucher, dit-il, mais je ne vois pas comment faire sans que la tension qu'il semble y avoir entre nous augmente plus encore.

King ne bougea pas, et au bout d'un moment, Bay marmonna quelque chose dans sa barbe, posa la main sur le genou de King et le pressa. Après avoir regardé sa main un long moment, King leva les yeux et l'observa. Il pouvait sentir la présence de larmes prêtes à couler et il pria pour arriver à se contenir. Pourquoi son passé le rattrapait-il maintenant ? Ici ? Avec Bay ?

Le mouvement suivant de Bay le prit par surprise. Il posa une main sur son torse, se pencha et pressa doucement ses lèvres contre les siennes. King ferma les yeux et se laissa aller contre le baiser. Les lèvres de Bay étaient aussi douces et chaudes que dans ses souvenirs, mais cette fois la douceur était mêlée à un léger goût de bière, ce qui ne semblait que renforcer la lutte interne de King. Cependant, aucun d'entre eux n'approfondit le baiser, et c'était étrangement encore plus intime. Quand Bay recula, une larme solitaire glissa sur la joue de King et Bay tendit la main pour l'essuyer, comme King l'avait fait pour lui.

Avec la dispute désormais derrière eux, King était soulagé, mais ils avaient pris une direction totalement à l'opposé et il ne savait pas où cela allait les mener. Il savait juste que ce n'était pas bon. Pas bon pour Bay, et encore moins bon pour lui.

King ferma les yeux et posa la tête sur le dossier du canapé. Il pouvait sentir le regard de son vis-à-vis sur lui, mais il ignorait pourquoi, il ne pouvait pas le regarder.

Bay parla à voix basse :

— Je n'arrive toujours pas à croire combien tu ressembles à Jack. Ta carrure, tes cheveux, ta barbe, ta peau. Même les poils sur ton torse. Tu es le portrait craché de l'image que j'ai créée de Jack Robbins.

King ouvrit les yeux et croisa son regard. Ils restèrent immobiles un long moment, à simplement se regarder l'un l'autre. Puis King brisa le contact visuel en regardant ailleurs. Il s'était plié à la volonté de Bay et était troublé par son soudain manque d'assurance. Il n'était pas habitué à se courber devant les autres. Le King Slater qu'il était devenu ne renoncerait jamais au contrôle. Ou peut-être que si ? Est-ce qu'il luttait encore avec son assurance, après toutes ces années ?

Bay posa une main sur son avant-bras et King grimaça sous le contact. Que leur était-il arrivé ? Mentalement, King était très loin, un endroit où Bay n'avait pas sa place, et il avait besoin de comprendre toute cette situation.

— Tu peux partir, maintenant, dit finalement King en se tournant pour le regarder. Je te crois et je ne t'attirerai pas d'ennuis.

Bay ferma les yeux et soupira. Son expression affichait du soulagement, mais celui-ci s'effaça rapidement pour être remplacé par ce qui ressemblait à de la crainte ou de la peur. Bay se leva avec hésitation et glissa ses deux mains, désormais tremblantes, dans ses poches.

King soupira. Était-ce la fin pour Bay et lui ? En réalité, il n'y avait pas eu de début. Il n'y avait *pas* de Bay et lui. King était un escort gay et Bay l'avait gagné à un jeu de poker. Fin de l'histoire.

Puis, d'un ton frustré, Bay dit :

— C'est tout ? Comme ça ? Tu me demandes de partir ?

X

KING PLISSA les yeux, mais ne parla pas. Un silence inconfortable s'étendit et la tension dans la pièce aurait pu être coupée au couteau.

— Dis-moi juste à quoi tu joues, mec, dit King. Au moins comme ça, on pourra jouer à la même chose.

Bay sortit les mains de ses poches et les posa sur ses hanches.

— À quoi je joue ? À quoi… je joue ? répéta-t-il, chaque fois un peu plus indigné. Il n'y a pas de jeu.

— Allez, mec. Toute cette histoire est bien trop bizarre pour être compréhensible. Une minute tu me hurles dessus que tu n'es pas gay, la suivante tu m'embrasses.

Bay tâtonna à la recherche d'une explication. D'un côté, il ne pouvait pas vraiment nier son attirance, quelle que soit la manière dont il s'identifiait – ou refusait de s'identifier – par le passé. D'un autre côté, il n'était pas prêt à l'admettre, et encore moins à faire quelque chose dans ce sens.

King le fusilla du regard, bras croisés sur sa poitrine.

— J'attends une réponse.

Bay baissa la tête.

— Ce n'est pas un jeu. Je le jure. Mais tu as raison. Je ne peux pas expliquer le baiser ni l'attirance.

Bay s'assit à nouveau près de King. Il tendit la main pour lui toucher le bras et King suivit le geste d'un regard assassin. Bay retira vivement sa main et la posa sur sa propre jambe.

— King, dit Bay, presque dans un murmure. Je t'ai dit que je suis un vrai reclus quand je ne fais pas la promotion de mes romans. Je ne sors pas. Je n'ai pas de petite amie. Je quitte rarement mon appartement. J'ai toujours cru être hétéro.

— Et maintenant ?

Bay passa les doigts dans ses cheveux et secoua la tête.

— Tout ce que je sais, c'est qu'il y a une forte attirance que je ne peux pas expliquer. Et peut-être…

— Tu n'arrives même pas à le dire, pas vrai ? siffla King.

Bay baissa à nouveau la tête.

— Dis-moi, reprit-il, est-ce que tu as une sorte de relation tordue avec ton personnage de fiction ou un truc comme ça ?

— Bien sûr que non ! protesta Bay. C'est ridicule.

King le fusilla du regard.

— Vraiment ?

Bay n'y avait pas réfléchi comme ça. Est-ce qu'il y avait peu de choses qui séparaient Jack, l'homme que Bay voulait être, et Jack, celui par qui il était attiré ?

— Eh bien ?

Bay se mordilla un ongle avec nervosité.

— Je ne sais pas, admit-il enfin.

King le dévisagea une nouvelle fois, un sourcil levé.

— Au moins tu es honnête, grogna-t-il. Je vais encore poser la question, Bay. Qu'est-ce que tu attends de moi ?

Bay se leva, tourna un moment en rond, puis s'arrêta et le regarda.

— Ça non plus, je ne sais pas, dit-il. Mais je veux le découvrir.

King se leva, lui attrapa les poignets et les serra avec force.

— Découvrir *quoi* ?

— Découvrir ce qui m'arrive, dit finalement Bay. Pourquoi je suis attiré par toi.

— Tu n'as pas besoin de moi pour ça, dit King à travers ses dents serrées. Tu es un auteur riche et célèbre. Tu peux t'offrir les meilleurs psychiatres du monde.

Bay comprit où la discussion les menait et sentit à nouveau la panique l'envahir.

— C'est là que tu te trompes. J'ai besoin de toi. Je ne peux pas expliquer pourquoi. Je paierai, je paierai autant que je le pourrai.

— Quoi ?

King serra sa prise sur ses poignets avec force.

— Comment ça, tu vas payer ?

— Tu es un escort et je suis un client, dit Bay en libérant ses mains de la prise de King avec défiance.

— Putain !

King leva les poings au ciel.

— Tu te fous de moi ?

Bay se leva.

— Je suis aussi sérieux qu'on peut l'être. Oh, merde !

Bay regarda sa montre. *Ma partie de poker. Je vais être en retard.*

— Que penses-tu du poker ?

— C'est quoi cette question ?

— Mets ton costume, on va jouer au poker.

— Je ne vais pas…

— Je te paie le double de ton tarif normal, dit Bay. Mille dollars de l'heure.

— Non ! rétorqua King. Ça ne marche pas comme…

— OK, alors, deux mille.

Cela attira son attention.

— Et une garantie de quatre heures minimum, ajouta Bay. Ça fait huit mille.

— Tu as calculé ça de tête ? dit King, sarcastique.

Bay sourit.

— Je suis un génie des maths.

King semblait être partagé entre son envie de rire et son envie de tuer Bay.

— Tu sais que les escorts savent compter, non ?

— Je suis certain que tu peux faire tout ce que tu veux.

— La flatterie ? Tu crois que je suis superficiel ? Non, attends ! Ne réponds pas à cette question.

— Pourquoi ?

— Parce que ça n'a aucune importance.

Bay se sentit à nouveau effrayé.

— Pourquoi ça ?

— Parce que j'ai la chance de retourner à New York ce soir et je ne peux pas te suivre dans ta petite expérimentation.

Bay poussa un soupir de soulagement. *New York ? Bon sang, il vit à New York ! C'est faux.*

— Bien sûr que non, continua Bay. Et tu sais comment je sais ça ?

King ne répondit pas.

— Parce que tu tournes dans un parc demain matin.

King regarda le sol et tourna la tête, mais Bay entendit un juron. Il était certain que King avait oublié qu'ils avaient parlé de ce petit détail durant la scène qu'il l'avait forcé à regarder. *Bien fait pour toi !*

— Très bien, alors. Je pars demain juste après le tournage. Heureux ?

— Oui, très.

Bay tentait de ne pas avoir l'air aussi fier de lui qu'il se sentait réellement après ce coup de chance.

Il ne dut pas réussir à cacher sa satisfaction, parce que King plissa les yeux et le fusilla du regard.

— Ça ne t'est pas venu à l'esprit que j'ai menti parce que je ne veux pas passer de temps avec toi ?

Bay encaissa le coup. C'était un peu trop cinglant et agressif, mais il savait d'où ça venait.

— Quatre heures. Pas plus, pas moins, dit Bay. Et je te promets que tu auras largement le temps de dormir autant que nécessaire pour être beau pour le tournage de demain.

Bay n'avait aucune idée de ce qu'il espérait voir arriver durant ces quatre prochaines heures, mais il sentait que leur temps ensemble aiderait ou détruirait leur situation. Il voulait que King soit son ami, ou en tout cas, au minimum ne pas en faire son ennemi. Plus que ça ? Tout ce qu'il savait, c'était qu'il était très attiré par King, mais il devrait découvrir comment gérer ça plus tard.

— OK. Maintenant qu'on a un arrangement, va mettre ton costume. Et dépêche-toi, s'il te plaît. Nous sommes déjà en retard.

King le regarda avec suspicion.

— En liquide. Huit mille dollars. Quatre heures. Et on a fini.

Bay hocha la tête, mais croisa les doigts dans son dos.

King se tourna sans un mot et disparut dans la chambre.

KING ÉTAIT devant le miroir à tenter de nouer son nœud papillon. Il regrettait déjà sa décision de suivre ce petit jeu. Qu'est-ce que Bay attendait ? C'était la question qui le tracassait. Qu'est-ce que Bay pensait tirer de cette soirée ? Après avoir retourné la question dans sa tête, il ne trouva aucune réponse crédible, alors il repoussa la question. Pour le moment, il se concentrerait sur le positif.

D'abord, bien sûr, il y avait les huit mille dollars. À bien des occasions, il avait travaillé bien plus dur pour bien moins d'argent, alors pourquoi mettait-il ça en doute ? Il devait prendre l'argent et fuir. Il se dit que ce n'était pas différent de ses autres clients.

Ensuite, il y avait son client qui était canon, et il adorait le fait que Bay lui lance des défis. King avait toujours aimé les challenges et quand

Bay n'était pas tombé immédiatement sous son charme, ça lui avait donné envie de travailler encore plus dur.

Mais si King devait être entièrement honnête avec lui-même, il ne pouvait pas nier le fait qu'il appréciait sincèrement Bay. Vraiment. Et c'était bien là le problème. Bay était plus que simplement séduisant. Il était aussi intelligent et pouvait être charmant, encore plus quand il ne tentait pas de l'être. King *devait* le lui reconnaître. Mais en dehors de son physique, il semblait avoir de grosses incertitudes. Il était certain qu'il n'était pas sans défaut, et King aimait cela en lui. Les défauts de Bay Whitman, c'était quelque chose qu'il pouvait comprendre. C'était une chose qu'ils avaient en commun. Et pendant une seconde, cette simple idée lui dit qu'il n'était peut-être pas aussi seul qu'il le pensait parfois.

King redressa son nœud papillon et s'étudia encore une fois dans le miroir. *J'imagine qu'on a tous nos soucis. La dernière chose dont tu as besoin c'est d'être distrait et perturbé par Bay Whitman. Maintenant, finis-en avec cette soirée et ramène tes fesses à New York.*

Quand King revint, vêtu de la même veste blanche et du même nœud papillon qu'il avait porté à leur seconde rencontre, Bay tournait en rond et regardait sans arrêt sa montre.

— Désolé. Je n'ai pris qu'un costume avec moi, dit King.

Bay regarda la porte, puis sembla réaliser que King avait dit quelque chose. Il s'arrêta et le regarda.

— Pardon ? Tu as dit quoi ?

— Je suis désolé de n'avoir pris qu'un seul costume avec moi.

— Oh. Ce n'est rien. C'est moi qui devrais m'excuser. Je suis un peu nerveux, et on doit encore retourner à mon hôtel pour que je puisse me changer avant les cocktails et la partie de cartes.

Bay le regarda.

— Tu es superbe.

— Ne dis pas ça.

Bay leva les yeux au ciel.

— Eh bien, c'est vrai.

KING ET Bay rejoignirent le parking dans un silence inconfortable. Bay semblait inhabituellement nerveux et King n'allait pas forcément mieux.

Quand King s'engagea sur Las Vegas Strip, les lumières éblouissantes du casino de Bally créèrent un rayon de lumière sur le pare-brise et pendant une ou deux secondes, il en fut presque aveuglé. Il jura dans sa barbe. Ils suivirent la route jusqu'à ce que King tombe sur un feu rouge et ils s'arrêtèrent devant le Bellagio. Bay tapota nerveusement sur le tableau de bord et King chassa le bruit agaçant de son esprit en ouvrant la vitre. Lee Greenwood chantait « God Bless the USA » pendant que les jets d'eau s'élevaient en rythme avec la musique, les lumières brillaient et s'assombrissaient tout en changeant de couleurs. Il se concentra sur la musique et la danse des fontaines tout en continuant d'essayer de comprendre Bay Whitman.

Quand le feu passa au vert, King remonta la vitre et appuya sur l'accélérateur. La seule réponse qu'il pouvait trouver, c'était que Bay était bel et bien gay et qu'il jouait au jeu du chat et de la souris. C'était un joueur, après tout. Mais pourquoi ? Que pouvait-il y gagner ? Certainement pas King.

La circulation ralentissait quand ils arrivèrent au Planet Hollywood. À en juger par le nombre de gens rassemblés, il se passait quelque chose de très important, et pendant une seconde, King aurait aimé y être. Partout sauf ici.

Quand ils se remirent en route, King était à nouveau plongé dans ses pensées, analysant encore sa situation. Il remarqua à peine la tour Eiffel du Paris, les lumières brillantes du Monte-Carlo, et finalement, au loin, le MGM Grand. Il n'avait toujours aucune idée de ce que préparait Bay, alors il renonça. *Oh, et pourquoi s'en préoccuper ? Dans quelques heures, j'aurai huit mille dollars en poche, et demain soir je serai en route vers New York. Je ne reverrai jamais Bay.*

— Avance jusqu'au voiturier, dit Bay en le tirant de ses pensées, je m'en charge.

Le voiturier ouvrit la portière.

— M. Whitman, bienvenue.

— Merci.

Bay lui donna un billet de cent.

— Pourriez-vous la garer devant s'il vous plaît ? Je suis en retard pour un rendez-vous et je dois me changer.

— Très certainement, dit le voiturier en regardant le billet, souriant. Elle sera là à vous attendre.

Bay alla directement vers la porte tournante et King le suivit de près. L'ascenseur semblait avancer aussi vite qu'un escargot et Bay semblait sur le point d'exploser. Quand ils arrivèrent enfin à sa suite, il ouvrit la porte et se déshabilla dans l'entrée. Les chaussures volèrent. Il posa sa veste et sa cravate sur le dossier du canapé et son tee-shirt finit sur le sol, avec son pantalon et ses chaussettes.

— Tu pourrais sortir le sac à vêtement écrit Prada du placard et le poser sur le lit pendant que je prends une douche rapide, s'il te plaît ?

King opina.

— Bien sûr.

Pour deux mille dollars de l'heure, il pouvait bien sortir un costume d'un placard pour le mettre sur un lit.

Il ouvrit la porte du placard et eut un sourire ironique en voyant les sacs pendus avec soin et étiquetés. Juste parce qu'il le voulait, il se mit à les compter, et il y en avait une douzaine. Il passa le pouce sur les sacs et lut les noms à voix haute en cherchant le Prada. Dolce & Gabbana, Hugo Boss, Versace, Burberry, Gucci, Canali, Armani, Z Zegna et autres jusqu'à finalement trouver le Prada. Juste pour rire, il regarda les trois dernières étiquettes. Brioni, Ralph Lauren et Ike Behar. *Merde, ce type a très bon goût en matière de fringues.* Il prit le sac Prada et ferma avec réticence la porte du placard. Il posa le sac sur le lit et se tourna pour quitter la chambre, mais quelque chose le retint.

Il retourna vers le lit et ouvrit le sac. Il retint un hoquet de surprise quand il vit le magnifique costume noir avec une chemise blanche, le gilet blanc et la cravate assortie, tous deux en soie, si soigneusement lisses qu'ils auraient pu être neufs. Accrochés à un cintre en bois brillant avec un revêtement en velours. King vida le contenu sur le lit et regarda les boutons de manchette élégants blanc perle et les deux accroches cravate argentées. King retira le costume du sac et le coucha sur le lit. Pour une raison inconnue, il fouilla dans les tiroirs et trouva un caleçon, un tee-shirt blanc et une paire de chaussettes noires. Il mit le tout sur le lit, recula et étudia son travail. *Des chaussures ?*

Il retourna dans le placard où il vit une demi-douzaine de sacs à chaussures alignés sur une étagère. Il se souvint d'une règle qu'il avait lue dans *GQ* il y avait des années. Lacets avec un costume et sans avec une veste de sport. Il ouvrit chaque sac jusqu'à trouver ce qu'il cherchait, quitta le placard et déposa les chaussures noires cirées sur le sol près du lit. Bizarrement, il sentait une sensation d'accomplissement en préparant les vêtements de Bay.

Bay s'éclaircit la gorge et King se tourna pour le voir dans l'embrasement de la porte de la salle de bain, une serviette autour de la taille. King se mordit la lèvre. Son corps à moitié nu était un délice pour les yeux. Il n'était pas baraqué, mais il était fin et musclé où il le fallait.

Bay regarda le lit, puis à nouveau King. Il lui fit le sourire le plus chaleureux que King ait vu de toute sa vie. Une heure plus tôt, il avait été prêt à l'étrangler, mais maintenant il sentait une chaleur incommensurable dans son cœur.

— Merci, dit Bay. Je crois que c'est l'une des choses les plus gentilles qu'on ait faites pour moi.

— Sérieusement ?

King se sentait un peu triste, mais très heureux de l'avoir fait.

— Oui. Sérieusement.

— Eh bien, dit King, cette partie de cartes est de toute évidence très importante pour toi, et je suis heureux d'avoir pu aider.

— Oh, merde, dit Bay. La partie. On ne peut pas être en retard.

— Alors, habille-toi.

Bay s'approcha du lit et laissa tomber sa serviette. King savait qu'il devrait regarder ailleurs, mais il n'y arrivait pas. Le sexe de Bay était à voir. Quand celui-ci remarqua qu'il était observé, il rougit et se détourna, ce qui ne dérangeait pas King parce que ses fesses étaient tout aussi belles. Rondes et fermes, qui allaient parfaitement avec ses hanches étroites. Cependant, le spectacle cessa dès que Bay eut enfilé son caleçon. Il passa ensuite son tee-shirt et enfila ses chaussettes, puis le pantalon de costume que King lui tendait.

King lui fit ensuite enfiler sa chemise, attacha ses bretelles et ajouta le gilet. Dès que Bay termina de fermer les boutons, King remonta son col, lui passa sa cravate autour du cou et commença à l'attacher.

— J'ai l'impression d'avoir mon valet personnel, dit Bay. Et je crois que je pourrais m'y habituer. Combien ça me coûterait de te ramener avec moi ?

— Beaucoup trop, dit King en glissa la cravate dans le gilet de Bay avant de lui tendre sa veste. On va où, au fait ?

— Une suite privée au Bellagio.

King siffla.

— On ferait mieux d'y aller, alors.

Une fois dans le hall, Bay s'arrêta à la banque du casino et sortit vingt mille dollars d'avance avec sa carte American Express noire. Il compta huit mille en billets de mille et les donna à King.

— Comme promis.

King accepta l'argent, mais au lieu de le mettre dans sa poche, il l'observa. Il se sentit tout à coup coupable de le prendre. Mais pourquoi ? C'était son travail, après tout. Ce n'était pas différent de ses autres clients, ou en tout cas c'était ce qu'il n'arrêtait pas de se dire. Il savait pourtant bien que non, et c'était bien ce qui lui faisait peur. Avant de changer d'avis, il plia les billets et les glissa dans la poche de sa veste.

— Merci.

— C'est un plaisir de faire affaire avec toi, dit Bay avec un sourire.

La voiture de King les attendait comme le voiturier l'avait promis et en quelques minutes les deux hommes furent à nouveau sur le Vegas Strip.

— Tu as déjà accompagné quelqu'un à une partie de poker ? demanda Bay.

— Nope.

— OK. Donc, quand on sera assis à la table, expliqua Bay, tu pourras sans doute voir clairement les cartes que j'ai. Mais, s'il te plaît, essaie de n'afficher aucune émotion qui pourrait indiquer à mes adversaires ce que je ressens.

— Tu veux dire, comme quand tu bluffes ?

— Exactement.

— Compris, dit King. Je ferai de mon mieux.

— Merci.

— Cette histoire de poker te plaît vraiment, hein ?

— C'est presque comme une drogue, expliqua Bay. C'est le seul plaisir que je m'accorde. Juste pour moi.

Les mots « juste pour moi » résonnèrent dans l'esprit de King. Il espérait qu'un jour, lui aussi se permettrait de faire quelque chose « juste pour lui ». Cependant, comme par le passé, c'était en général dangereux.

— Je sais que ça a l'air fou, mais c'est la vérité, dit Bay.

— Il y a une chose que je ne comprends pas, fit remarquer King. Si tu ne quittes jamais ton appartement, comment es-tu tombé dans les jeux ?

— En ligne.

— Comment tu as fait la transition avec des jeux réels ?

— C'est là que Jack Robbins entre en jeu. Les paris, c'est bien son truc. Alors j'ai fait comme il le ferait. J'ai commencé petit, en général sur des tables où ils parient cinq dollars, mais j'ai commencé à avoir des petites victoires et je me suis fait plus. J'ai lentement monté les mises, et maintenant j'en joue des grosses.

— Qu'est-ce que c'est une grande mise pour toi ? demanda King, tout à coup curieux.

— Oh, je ne sais pas, tout ce qui se trouve entre deux et cinq mille dollars comme mise de base.

— Eh bien, bon sang, dit King tout en tournant vers le Bellagio.

Ça allait être une nuit intéressante.

XI

Bay se dirigea vers l'ascenseur qui montait directement à l'appartement-terrasse et se présenta au vigile.

— Je suis Bay Whitman, et voici mon invité, King Slater. On m'attend dans la suite de M. Devlin.

— Puis-je voir votre carte d'identité ? demanda le vigile.

Bay présenta son permis de conduire et King fit de même. Le vigile hocha la tête et chercha dans les pages de son porte-documents, faisant passer son doigt sur chacune d'elles.

— Ah, oui. Je vois votre nom ici, M. Whitman, mais je ne vois pas celui de M. Slater.

— Bien sûr, dit Bay. J'ai croisé M. Slater et je l'ai invité à se joindre à moi. Si vous voulez bien appeler M. Devlin, je suis certain qu'il l'autorisera.

Le vigile fit comme demandé, et moins d'une minute plus tard, ils montaient dans l'ascenseur pour rejoindre le dernier étage.

— Je suis déjà allé dans cette suite, avoua King.

— Vraiment ? Elle est bien ?

— Très belle.

Bay hocha la tête.

— Tu ne me demandes pas pourquoi ? demanda King.

— Je suis presque sûr de déjà connaître la réponse.

— J'imagine que oui, dit King avec un sourire.

— Quelqu'un que je connais ?

King hocha la tête.

— Sans le moindre doute. Mais je ne te dirais pas qui j'ai embrassé.

— Je vois, dit Bay. Vu que nos lèvres se sont rencontrées à plusieurs occasions, je suis très heureux de l'entendre.

Avant que King puisse répondre, la porte de l'ascenseur s'ouvrit sur une entrée en marbre. Ils entendaient des rires et un morceau joué au piano qui venaient de la suite. Puis il entendit des bruits de pas et cligna deux fois les yeux quand Rich Devlin arriva avec un verre à la main.

— Bay ! Il était temps que tu arrives. On commençait à croire que tu nous avais posé un lapin.

— Et manquer une occasion de vous botter les fesses au poker ? répliqua Bay. Jamais de la vie.

Rich tendit la main vers King.

— Rich Devlin.

— Oh, merde ! Où sont mes manières ? dit Bay. Rich Devlin, voici King Slater.

Rich pencha la tête et l'étudia de près.

— On s'est déjà rencontrés ? Tu me sembles très familier.

King sourit. *Soit Rich est gay, soit il me prend pour Jack Robbins.*

— Je ne pense pas, répondit-il. Je m'en serais souvenu. Mais je suis ravi de te rencontrer.

— C'est Bay ? demanda une voix juste avant que Zeke Cambridge les rejoigne dans l'entrée.

King le regarda à deux fois. *Bordel de merde ! C'est Zeke Cambridge. Je me demande qui d'autre se trouve ici.*

— Salut, Zeke, dit Bay en lui serrant la main. Oh, et voici mon ami, King Slater.

Zeke leur serra la main à tour de rôle. Lui aussi étudiait King.

— On s'est déjà rencontrés ? demanda-t-il.

— J'ai posé la même question, dit Rich. Il me semble familier.

— Je ne pense pas, dit King. Mais je suis ravi de vous rencontrer.

— Oh, ma foi, dit Zeke en haussant les épaules. Entrez boire un verre avant de commencer la partie.

QUAND KING passa le couloir, les lumières brillantes du Las Vegas Strip furent clairement visibles à travers la baie vitrée. Il en était aussi fasciné maintenant qu'il l'avait été la première fois qu'il était venu dans cette suite. Les lumières clignotantes semblaient si proches, comme si l'on pouvait tendre la main pour les toucher.

Il regarda rapidement autour de lui et s'arrêta quand il vit le grand piano blanc. Brian Addison, très célèbre chanteur de country, y était assis, à pianoter alors que deux femmes étaient installées sur le piano et l'écoutaient jouer.

J'ai l'impression d'être passé dans un univers alternatif.

Ses pensées furent interrompues quand une femme séduisante approcha, passa le bras sous celui de Rich et s'y accrocha.

— Bay et King, voici ma femme, Luciana.

Bay sourit.

— Alors *tu* as de la chance, mon ami.

Rich regarda sa femme avec admiration.

— À qui le dis-tu.

— Hé !

Zeke se tourna vers le piano et leva le verre à l'une des dames qui y étaient assises et qui leva le sien en retour.

— J'ai de la chance moi aussi.

— C'est un euphémisme, dit Luciana avec un geste vers le piano. Mais je pense que même Jennifer serait d'accord pour dire que Brian est le plus chanceux.

Bay et King suivirent son regard et observèrent la magnifique blonde assise près de la femme de Zeke. Elle faisait le regard doux à Brian.

— Merde, dit Luciana. Même moi j'ai envie d'elle.

Le visage de Rich s'éclaira.

— Sérieusement ? Mince ! Je paierais pour voir ça !

Zeke leva son verre et regarda Luciana.

— Et je paierai le double.

— Laisse-moi voir avec Cristan, le taquina Luciana, et je vous dis ça.

Tout le monde se mit à rire.

Zeke conduisit Bay et King vers le bar.

— Servons ces messieurs, puis on pourra commencer la partie.

Zeke lança un regard par-dessus son épaule, puis les regarda.

— Je vous retrouve au piano. Je ne veux pas délaisser ma femme trop tôt ce soir.

King se pencha et approcha sa bouche très près de l'oreille de Bay.

— Tu aurais pu me prévenir, tu sais.

— Ça n'aurait pas été marrant, répliqua Bay avec un sourire.

— Comment connais-tu ces gens ?

— Détends-toi. Je viens de les rencontrer, expliqua Bay. J'ai joué aux cartes avec Rich et Zeke il y a deux soirs, et crois-le ou non, ce sont des amis à moi et ils m'ont invité à jouer avec eux ici pour une partie amicale.

— Une partie amicale avec de très hautes mises, je suppose.

Bay sourit.

— Probablement.

Dès qu'ils eurent leur verre, Zeke leur fit signe de venir et, quand ils furent au piano, Brian arrêta de jouer et se leva.

— Bay.

Il tendit la main.

— Ces pitres m'ont beaucoup parlé de toi. Mais juste pour que tu le saches, je suis déjà un grand fan.

— Moi aussi, dit Bay avant de faire un geste vers Rich et Zeke. Et comment connais-tu ces pitres ?

Brian pouffa.

— Je fais la bande-son de leur prochain film, et on s'entend bien, je suppose.

Bay sourit.

— Ouais ! Ce sont des types appréciables.

— Ooh, arrête ! dit Rich en ébouriffant les cheveux de Zeke.

Il fit ensuite les présentations officielles et tout le monde se serra la main.

— Désolé d'avoir manqué la partie l'autre soir, dit Brian en regardant sa femme avec adoration. Cristan n'allait pas très bien et je ne voulais pas la laisser seule.

— C'est admirable, dit Bay en souriant à la femme.

Elle était à tomber, même très enceinte, et sa main reposait sur son ventre.

— La grossesse vous va à ravir. Vous êtes rayonnante.

Cristan sourit.

— Merci. Au fait, j'ai lu votre dernier roman, *Vengeance à Monte-Carlo*, parce que Brian me l'a recommandé, et je dois dire que je suis impressionnée. Jack Robbins est un personnage très intrigant.

Rich claqua des doigts et désigna King.

— C'est ça, dit-il. Je savais que je te reconnaissais.

Oh, merde ! Le cœur de King tomba dans son estomac et il regarda Bay. Ce dernier semblait se contenir remarquablement bien et ne sembla pas le moins du monde perturbé.

— Tu es le modèle pour la couverture de *Vengeance à Monte-Carlo*. Tu es Jack Robbins.

— Tu as raison, dit Zeke en regardant Rich et King tour à tour.

King leur adressa un sourire nerveux, mais avant qu'il puisse parler, Bay intervint.

— Eh bien, King, on dirait que ton anonymat vient de disparaître.

— Oh, allons, dit Rich en lui donnant une claque dans le dos. Tu ne crains rien avec nous.

— Super couverture d'ailleurs, dit Cristan.

96

— Merci, répondit King, très mal à l'aise de devoir mentir.

Brian tendit une main à Cristan pendant qu'elle descendait du piano.

— Commençons notre partie.

Bay aida Jennifer à se relever. Quand Luciana glissa son bras sous celui de King et que Jennifer prit Bay par la main, Rick et Zeke se lancèrent des regards perplexes.

Juste avant que Luciana guide King à la table de poker, il entendit Zeke dire :

— On s'est fait rouler.

Il y avait plusieurs jeux de cartes et des sachets de chips sur la table, qui était entourée de quatre chaises. Brian, Rich et Zeke s'installèrent à leur place, leurs femmes assises légèrement en retrait derrière eux, ce qui laissait une vue plongeante sur le jeu de leur époux.

— King ? demanda Rich. Tu joues ou tu observes ?

— Je pense que les mises sont un peu trop élevées à mon goût, dit King avec honnêteté. Nous autres modèles ne gagnons pas autant que les acteurs, alors je vais juste regarder. Si ça ne vous dérange pas.

Rich lui donna une claque dans le dos.

— Je crois que je t'aime bien.

King prit une chaise et se plaça derrière Bay, imitant la position des épouses. Personne n'avait même fait d'allusion sur le fait que Bay et lui pouvaient être plus que des amis, alors c'était un peu bizarre d'être assis comme elles. Bien sûr, à part quelques baisers, ils n'étaient pas plus que des amis. En fait, ils n'étaient même pas vraiment amis.

Mais étrangement, King se surprit à apprécier l'idée d'être là comme un époux qui vient soutenir son mari. Une chaleur montait en lui. Il avait toujours été seul en matière de cœur, alors il aimait prétendre avoir ce lien avec quelqu'un. Même si ce n'était pas réel, que ce n'était que pour l'argent.

Pendant qu'ils se mettaient à l'aise, King ne put s'empêcher de penser à l'une des seules relations qu'il avait eues. Comme pour beaucoup de choses, il avait tout foutu en l'air. Mais ça… il pouvait le faire. Il pouvait soutenir Bay toute la nuit. C'était son travail, et une fois celui-ci terminé, ce serait fini. Il ne demanderait rien à personne et personne ne lui demanderait rien. *C'était parfait.*

La voix de Zeke le tira de ses pensées.

— Comme c'est un jeu amical, rendons ça plus simple et commençons avec cinq cartes. Ça vous convient ?

Les gars se regardèrent et hochèrent la tête.

— On commence à deux mille ? demanda Rich.

Il regarda autour de la table et personne ne refusa.

— La plus forte sera le premier donneur, dit Zeke en distribuant des cartes face contre table.

Ils en choisirent une et la tournèrent tous en même temps. Rich avait la plus forte, alors il prit le jeu de cartes, mélangea et distribua.

Pendant que King regardait, Bay prit ses cinq cartes et les regarda, puis les pencha pour que King puisse les voir. Il y avait un six de trèfle, un six de cœur, un as de carreau, une dame de pique et un quatre de cœur.

Comme Bay était assis à gauche du donneur, il était le premier à parier.

— Bay ? demanda Rich.

— Trois mille, dit Bay en jetant trois jetons sur le centre de la table.

King le trouva fou de parier trois mille sur une paire de six, mais il se souvint que Bay lui avait demandé de faire de son mieux pour ne rien exprimer.

— Tu ne perds pas de temps, dit Brian en regardant ses cartes, puis Bay. Je ne sais pas pourquoi, mais je te suis.

Il prit trois jetons et les ajouta à la pile.

— Moi aussi, dit Zeke avec le nombre approprié de jetons.

— Et le donneur aussi, dit Rich en poussant les siens au centre de la table.

C'était à nouveau à Bay. King connaissait un peu le poker, et si c'était lui, il aurait gardé la paire de six et jeté le reste. Mais il fut choqué quand Bay déposa la reine et le quatre face contre table.

— Deux, s'il te plaît.

J'imagine qu'il cherche une paire en as.

Brian demanda quatre cartes, ce qui signifiait probablement qu'il n'avait rien. Zeke jeta trois cartes, ce qui indiquait qu'il gardait une paire.

Après Bay, Brian et Zeke, Rich n'en donna qu'une seule. *Il cherche probablement une quinte, un flush ou un full house. Bay devrait faire attention.*

Bay prit deux cartes et les ajouta à son jeu. Quand il les pencha, King vit un neuf de cœur et un valet de carreau. En d'autres termes, rien. Il avait parié cinq mille dollars pour une paire de six.

King regarda Rich qui observait Bay. Ce dernier eut un sourire faussement timide.

— Je relance de cinq mille, dit-il en ajoutant cinq jetons à la pile.

— Trop riches pour moi, dit Brian en jetant ses cartes au donneur.

Zeke regarda Bay et Rich, étudia à nouveau ses cartes, et mit finalement cinq jetons au centre de la table.

— Je suis pour cinq mille et je relance de cinq mille.

— Merde, dit Rich. Je me couche. Ça fait dix mille pour toi, Bay.

Zeke regarda Bay, mais King était incapable de lire son expression.

Bay regarda à nouveau ses cartes, de toute évidence à fond dans son jeu, puis regarda vers Zeke une nouvelle fois. La sueur se formait sur le front de King. Et ce n'était même pas son argent. Mais il allait perdre les pédales quand il vit Bay compter dix jetons et les glisser au centre de la table.

— Je suis.

Bay était calme, détendu, serein, avec une contenance de professionnel, alors que King allait s'évanouir à force de retenir son souffle pendant qu'il attendait le prochain pas de Zeke. Les secondes suivantes donnèrent l'impression que le temps s'était arrêté. Tout le monde regardait tour à tour Zeke et Bay, et le silence était si lourd qu'on aurait pu entendre une mouche voler.

Puis, à la surprise de King, tout se termina aussi vite que ça avait commencé. Au lieu de dévoiler ses cartes, Zeke détourna le regard, jura dans sa barbe et jeta ses cartes sur la table.

— Merde, siffla-t-il, je n'ai rien.

King poussa un soupir de soulagement, sortit un mouchoir blanc de sa poche et s'essuya le front. Bay, en revanche, pencha la tête et sourit.

— J'ai une paire de six.

— Enfoiré, dit Zeke avec un sourire. Joli bluff, mec.

Bay hocha la tête et posa les mains derrière le pot pour attirer les jetons à lui. Il regarda King et lui fit un clin d'œil. Celui-ci sourit et s'essuya à nouveau le front.

Pendant les heures suivantes, ils eurent chacun la main à leur tour, ils gagnèrent et perdirent tous, et à la fin de la nuit, Bay était de loin le plus grand gagnant. King était heureux que ce soit terminé, épuisé par l'ascenseur émotionnel de tout ça. Encore et encore.

Il devait bien le reconnaître, Bay avait pris soin de l'intégrer dans chaque jeu, avec des mots chuchotés, des contacts visuels ou des expressions du visage, et King réalisa avec nervosité qu'il aimait être là pour soutenir Bay. Quand le jeu prit fin et que tout le monde se salua, King et Bay entrèrent dans l'ascenseur. Ils se saluèrent une dernière fois et, alors que les portes se fermaient, Bay soupira avec force.

— Ça va ? demanda King.

— Ouais, ça va. Mais merci de le demander.

— Tu es sûr ? insista King en tentant de ne pas sembler trop critique. Ce soupir me raconte une autre histoire.

Bay resta un long moment silencieux, et quand il reprit la parole, il semblait épuisé.

— C'est juste fatigant de prétendre être une personne que je ne suis pas. Surtout quand la personne que tu prétends être est assise juste à côté de toi.

Le cœur de King se brisa un peu pour lui, parce qu'il savait ce que c'était de jouer un rôle. Merde ! Toute sa vie était un rôle, devant la caméra ou non.

XII

QUAND KING sortit du Strip pour s'engager dans l'hôtel de Bay, ce dernier n'arrivait pas à croire comme le temps était passé vite depuis qu'ils avaient quitté le Bellagio. King et lui avaient parlé sans s'arrêter pendant tout le reste de cette soirée. Parlant de tout, depuis combien leurs hôtes avaient été terre-à-terre et amicaux vis-à-vis de leurs parties de poker, jusqu'aux montants qu'il y avait eu à cette table.

Bay eut à nouveau ce sentiment dans son estomac. Le même qu'il avait eu quand King lui avait demandé de quitter sa chambre d'hôtel plus tôt. Il savait que c'était fini. Il n'avait aucune idée de ce que ces heures lui apporteraient, si elles lui apportaient quelque chose, mais il fut heureux quand il vit la circulation avancer à pas d'escargot vers l'entrée de l'hôtel. Ça ne faisait que retarder l'inévitable. Il savait que le moment qu'ils passaient ensemble approchait de sa fin. Après tout, il avait donné sa parole à King, et il allait la respecter. Doigts croisés dans son dos ou non.

Bay avait aimé avoir quelqu'un près de lui. Quelqu'un qui semblait le soutenir. Il avait inclus King à chaque partie et avait apprécié ses commentaires. Il avait toujours été une personne solitaire, mais il ne s'était jamais senti seul jusqu'ici. King avait touché quelque chose en lui qu'il ne savait pas qu'il lui manquait, et maintenant il ne savait pas s'il pourrait revenir à son ancienne vie. Il avait eu un avant-goût de ce que ça faisait d'être deux. D'avoir un partenaire. Et c'était agréable.

Pendant qu'ils se dirigeaient vers l'entrée, Bay se demanda ce que ça ferait d'avoir King comme compagnon, et même comme amant. Une possibilité le réconfortait, l'autre l'excitait. Mais ce n'était qu'un fantasme stupide. King était une star du porno et un escort, et Bay était un nerd et un reclus. C'était impossible entre eux.

Quand King arriva devant l'entrée et arrêta la voiture, il sembla hésitant même en regardant Bay.

— On est arrivés.

— Et pourquoi pas un dernier verre ? demanda Bay, un peu désespéré.

King regarda sa montre, puis Bay.

— Eh bien, techniquement, tu as payé pour quatre heures, et d'après ce que je vois, tu as encore vingt minutes. Alors bien sûr. Pourquoi pas ? Je veux que tu en aies pour ton argent.

Bay sourit.

— Merci.

En se dirigeant vers sa suite, Bay s'arrêta devant le concierge VIP et commanda une bouteille de Boërl & Kroff Brut, le même champagne que le prince avait commandé. Après tout, il *avait* gagné pas mal d'argent, alors pourquoi ne pas en profiter. C'était le dernier verre qu'il partagerait avec King, et Bay rentrait chez lui le lendemain soir, alors ce serait la fin de sa période de socialisation jusqu'à sa prochaine sortie de roman.

Pendant qu'ils attendaient le champagne, Bay retira sa veste, son gilet, sa cravate, et ses chaussures. King retira également sa veste, défit son nœud papillon noir, d'une manière qui rappelait Jack, et laissa les pans pendre autour de son cou.

Quand le champagne arriva, Bay tendit la bouteille à King.

— Tu veux bien nous faire l'honneur, s'il te plaît ?

Bay signa le reçu, donna un pourboire au room service et ferma la porte. Il regarda King qui ouvrait la bouteille avec soin, et quelques secondes plus tard, le petit bruit familier du bouchon qui s'ouvrait résonna. King leur versa une flûte à chacun et Bay fit un signe vers le canapé, où ils s'assirent côte à côte.

Bay tendit son verre.

— À toi, King.

— Moi ? Pourquoi moi ?

— Parce que tu es tout ce que je ne suis pas.

— Attends une minute, dit King. Ne me mets pas sur un piédestal. Je suis payé pour coucher avec des types bizarres. En quoi devrais-je en être fier ?

— Parce que tu sais qui tu es et ce que tu fais, et tu en es fier, dit Bay. Tu fais ce que tu as à faire avec assurance et, de ce que je vois, tu ne mets jamais ton respect pour toi-même en péril.

Chassant le tremblement dans sa voix, Bay se tut, voulant arriver au bout de sa pensée sans en perdre le fil.

— Pour moi... dit-il finalement, ça me donne l'impression de vivre ma vie de façon faible et lâche.

— Arrête ça, dit King. Ce n'est pas vrai. Je t'ai regardé ce soir. Tu étais avenant, engageant, fort et assuré.

Bay détourna le regard.

— En apparence peut-être, mais ce n'était pas moi. Je jouais un rôle.

King pencha la tête sur le côté et regarda Bay d'un air interrogateur.

— Ça ne t'est jamais venu à l'esprit que peut-être, juste peut-être, tu ressembles plus à Jack Robbins que tu ne le croies ?

Bay rit de bon cœur.

— Ris tant que tu veux, reprit King, mais je pense que j'ai raison. Tu as créé ce personnage. Il est bien venu de quelque part. Et…

King lui tapota le torse du bout des doigts.

— Je pense que ça vient de là.

— Si seulement c'était vrai, dit Bay en détournant le regard, sentant qu'il n'allait pas tarder à craquer.

Quand il se fut assez repris pour ne pas perdre pied, Bay se tourna vers King et fit de son mieux pour afficher un sourire sincère.

— Mince. Tu es doué pour ce que tu fais et tu en vaux chaque cent.

Bay réalisa comment ça pouvait être pris et regretta ses paroles. Il avait voulu lui faire un compliment, mais quand les paroles étaient sorties de sa bouche, elles lui semblèrent irrespectueuses, condescendantes et agressives. Bay remarqua un léger changement dans l'expression de King et se maudit.

— Oh, mon Dieu. C'était horrible et pas du tout ce que je voulais dire. C'était censé être un compliment, tenta-t-il d'expliquer. Tu *es* doué dans ce que tu fais. Tu sais lire à travers les gens, tu es assez intuitif pour deviner ce dont ils ont besoin à n'importe quel moment et tu le leur donnes. *Ce sont* de très bonnes choses.

L'expression de King se détendit un peu. Il regarda sa montre.

— Pour ta gouverne, j'ai fini mon travail depuis une demi-heure. Ce qui me rappelle quelque chose.

King fouilla dans sa poche, sortit l'argent que Bay lui avait donné plus tôt et le posa sur la table devant eux.

— En toute conscience, je ne peux pas prendre ça.

— Quoi ? Mais bien sûr que si. On avait un accord.

— Ouais, eh bien, je romps notre accord.

Bay prit l'argent et tenta de le redonner à King, mais ce dernier repoussa sa main.

— Non, je ne le prendrai pas.

— Pourquoi ?

— Parce que ça ne serait pas correct. Et d'expérience, si quelque chose n'a pas l'air correct, c'est que ça ne l'est pas.

Les deux hommes se regardèrent dans les yeux et du temps passa avant que King ne parle à nouveau.

— Écoute, j'ai passé un très bon moment ce soir. Je me suis vraiment amusé pour la première fois depuis très longtemps avec des gens. C'était comme...

Il détourna les yeux.

— Comme quoi ? l'encouragea Bay.

King se tourna à nouveau pour le regarder.

— Je n'arrive pas à croire que je vais dire ça, mais même si ça n'a duré que quelques heures, j'ai eu l'impression que...

Il se détourna à nouveau, mais Bay l'entendit clairement marmonner :

— Que je t'appartenais.

Tout à coup, le désir envahit l'esprit de Bay comme les cloches d'une église un dimanche matin. Il ne savait pas ce qui le poussa à faire ça, mais il posa doucement un doigt sous le menton de King et lui fit tourner la tête vers lui. Puis il se pencha, attrapa la nuque de King de son autre main et l'attira vers lui. Ils étaient si proches qu'il pouvait sentir son souffle sur son visage. Celui de King était chargé d'une émotion que Bay ne reconnaissait pas, mais tant pis. Il le voulait. Il était tout à coup fatigué de ce jeu du chat et de la souris.

Bay n'avait aucune idée de ce qui le poussait à agir, et il s'en fichait. Hétéro ou gay, bien ou mal, il voulait embrasser King. Et il le voulait maintenant. Il l'attira un peu plus près et posa ses lèvres contre les siennes. Quand King ne s'écarta pas, Bay chercha à passer sa langue et il le lui permit sans sommation. Avec sa main autour de son cou et sa langue qui explorait sa bouche chaude et humide, Bay se sentait chargé de pouvoir. Une chose qu'il n'avait jamais ressentie en étant Bay Whitman.

Tout à coup, Bay se sentait pousser des ailes. Il volait si haut que l'air commençait à manquer et qu'il en perdait littéralement son souffle. La chair de poule recouvrit sa peau pendant que son sang filait vers son entrejambe. Il était une boule de nerfs, chargé de peur, mais étonnamment, tout aussi excité. Il caressa instinctivement le torse et le ventre de King comme un homme malade qui obtenait enfin le traitement dont il avait besoin. C'était une révélation inattendue que Bay rangea dans un coin de son esprit pour y revenir plus tard.

Quand le baiser prit fin, Bay s'écarta et le regarda dans les yeux.

— Tu as déjà appartenu à quelqu'un ? demanda-t-il.

Le visage de King refléta son malaise et sa douleur. Mais à sa décharge, il ne détourna pas les yeux.

— Une fois, dit-il. Mais comme beaucoup de choses, j'ai tout foutu en l'air.

— Je suis désolé, dit Bay en détournant les yeux. Mais c'est déjà une personne de plus que j'ai jamais eu.

Quand Bay le regarda à nouveau, les yeux de King étaient au bord des larmes.

Le cœur de Bay se brisa tout à coup pour King et il eut un besoin envahissant de le prendre contre lui. Bay se pencha à nouveau, mais se figea quand il sentit King se raidir.

— Arrête, souffla ce dernier. Arrête, s'il te plaît. Je ne peux pas.

Bay devait avoir mal entendu. Ce n'était pas possible. Il offrait quelque chose à King. Il n'était pas sûr de quoi, mais quelque chose. Lui, peut-être. Et c'était une chose que King avait dit vouloir depuis leur première rencontre. Et maintenant, il le rejetait ? Peut-être que celui que King avait voulu tout ce temps, c'était Jack – Jack le tranquille, le sophistiqué qui suintait de sex appeal –, et non Bay, le timide, le sensible, avec ses bagages émotionnels et son besoin de se lier à quelqu'un.

— Pourquoi ? demanda Bay. Je veux dire, je suis désolé. Je n'ai jamais fait ça avant, et je suis certain que je m'y prends mal, mais…

— Non ! Ce n'est pas toi. Je dois partir.

Le sentiment de rejet envahit Bay comme un tsunami. Il se leva et prit sa tête entre ses mains. *Crétin ! Pourquoi King te voudrait ? Il est séduisant, sûr de lui, et tu n'es qu'un nerd coincé et asocial. Maintenant, tu sais pourquoi tu ne devrais jamais faire des trucs comme ça. Pauvre crétin !*

— Je suis désolé, marmonna King en secouant la tête et en se levant.

— Je comprends, dit Bay en invoquant toute la fierté qu'il pouvait trouver. Ce n'est rien, je comprends. Va-t'en, s'il te plaît.

King prit son manteau, le visage indéchiffrable alors qu'il quittait la suite. Tout au fond de son esprit, Bay criait son nom, le suppliait de rester, mais aucun son ne franchit ses lèvres. Il se coucha sur le canapé, épuisé et abandonné.

BAY SE réveilla au bruit de son portable qui sonnait. Il se leva, tremblotant devant le soleil éclatant qui passait à travers les portes-fenêtres du balcon et traversa la pièce en titubant pour récupérer la veste de son costume. Il fouilla dans la poche, prit son portable et regarda l'écran. *Rachel.*

Il fit glisser son doigt sur l'écran.

— Hé.

— On se lève, M. Le Célèbre Auteur du *New York Times*. Ça va être une super journée.

Bay se frotta les yeux avec le pouce et l'index. Il aurait préféré ne pas avoir à faire ça.

— Il est quelle heure, Rae ?

— Six heures, dit-elle de sa voix matinale joyeuse. Tu te souviens que tu m'as demandé de m'assurer que tu te lèverais ?

— Oh, ouais. J'avais oublié, dit Bay, redoutant déjà les interviews et les séances de dédicaces prévues pour la journée.

— Eh bien, une chance pour toi, moi *je* n'ai pas oublié. Et à t'entendre, on dirait bien que je viens de te réveiller. Maintenant, dépêche-toi et retrouve-moi dans le hall à sept heures trente tapantes.

— 'K.

— Oh, et Bay ?

— Ouais ?

— Mets le costume Zegna gris anthracite avec la chemise gris clair. Tu seras superbe devant une caméra.

— Oui, madame, dit Bay sans enthousiasme. À quelle heure est la première interview ?

— Huit heures dix. Puis on aura un peu plus d'une heure pour aller à l'autre interview prévue à neuf heures trente. À moins qu'il y ait des embouteillages, ça devrait aller très bien.

— Et les dédicaces ?

— Deux endroits différents, treize heures et dix-sept heures. Avec largement assez de temps pour aller à l'aéroport.

Rachel s'éclaircit la gorge.

— En parlant des dédicaces, quelles sont les chances pour que tu puisses convaincre le sosie de Jack Robbins de venir encore ?

— Zéro, assura Bay, sûr de lui.

Rachel soupira.

— C'est dommage. Il est séduisant, et bon sang, la foule lui mangeait dans la main. Je n'arrive toujours pas à croire que tu me le cachais.

— Je ne te le cachais pas, Rae. Je te l'ai dit, je viens de le rencontrer. Ce n'est qu'une grosse coïncidence, et crois-moi quand je te dis qu'il ne veut pas s'impliquer plus que ça.

— Tu es sûr ? Je pourrais l'appeler. On paierait, tu sais.

— Il est déjà dans l'avion pour rentrer chez lui. Tu perdrais ton temps.

Bay savait qu'il exagérait la réalité, mais il ne voulait pas que Rachel sache que King était probablement en train de se préparer pour aller tourner la première scène d'un film porno dans un parc. Ou, pire encore, qu'elle essaie de le contacter. Il serait probablement à trente-six mille pieds quand Bay arriverait à sa première séance de dédicaces.

— Dommage, fut tout ce que répondit Rachel, déçue.

— Écoute, Rae, je suis en retard, je dois préparer ma valise, me laver et m'habiller. Je te vois en bas tout à l'heure.

Bay raccrocha et jeta le téléphone sur une chaise. Il s'étira le dos et jura mentalement contre le canapé inconfortable. La bouteille de champagne à moitié vide et les deux flûtes étaient toujours là, à se moquer de lui, alors il les porta sur bar. Puis il s'assit sur le canapé.

En regardant la place libre à côté de lui, il se souvient qu'il y avait à peine quelques heures, King était assis là, en chair et en os. Et pour aggraver les choses, Bay l'avait à nouveau embrassé. Son visage le brûla et il enfouit sa tête entre ses mains. Il s'était totalement ridiculisé, comme d'habitude. Il n'avait cessé de répéter à King à quel point il était hétéro, puis l'avait embrassé. Plusieurs fois.

— Mais à quoi tu pensais ?

Quand le choc disparut, la tristesse le remplaça. La douleur. Le rejet. Tout revenait à la surface. Bay enfouit le tout au fond de son esprit. Il avait une journée de travail où il devait promouvoir son livre, et il serait dans l'avion ce soir et de retour à New York au petit matin. Bay se leva et revit King et lui qui s'embrassaient sur ce canapé. Un tas d'émotions, de la gêne à la honte et tout le reste l'envahirent. *Suis-je vraiment gay ?*

Il secoua la tête pour chasser l'image et alla dans sa chambre, perplexe. Il réfléchissait à la question encore et encore en faisant sa valise, se déshabillant, se lavant et se rhabillant. Au final, pendant qu'il nouait sa cravate, il décida que ça n'avait aucune importance. Plus jamais il ne quitterait sa zone de confort. Il avait pris un risque et celui-ci lui avait explosé au visage. Et au moins, il savait apprendre de ses erreurs.

Bay enfila sa veste de costume, mit un peu de parfum, rangea le flacon dans son sac et le referma. Il alla dans l'entrée, regarda son reflet dans le miroir et réalisa à quel point il avait une sale tête. Il voulait se rouler en boule et dormir pendant une semaine, mais il avait des engagements et il ne pouvait pas abandonner Rachel et son éditeur. Alors il redressa sa cravate, chassa ses cheveux de ses yeux et commença le rituel pour se débarrasser de Bay Whitman et devenir Jack Robbins.

XIII

KING FRAPPA son coussin et souffla de frustration tout en regardant l'horloge pour ce qui semblait être la centième fois depuis qu'il s'était glissé dans son lit un peu après minuit. *Huit heures trois.*

Il savait qu'il était temps de se lever de là et renoncer à essayer d'attraper ce sommeil qui l'avait fui toute la nuit. De plus, il devait se laver et se préparer pour le tournage à neuf heures quinze. Après le déjeuner, il avait accepté de faire quelques photos promotionnelles au studio, puis il pourrait rentrer chez lui.

King repoussa ses couvertures, exposant son corps nu à l'air froid de la chambre climatisée, qui était toujours plongée dans le noir grâce aux rideaux tirés devant les vitres du balcon.

Il soupira, se tourna et planta fermement ses pieds sur le sol. Après un passage rapide dans la salle de bain, il s'assit au pied du lit et pointa la télécommande vers la télé. King aurait fait n'importe quoi pour ne plus penser à Bay Whitman, et à cet instant, les informations du matin étaient sa meilleure option. De plus, il était certain que le président des États-Unis avait dit ou fait quelque chose d'offensant durant la nuit et que ça ferait à nouveau les gros titres.

King naviguait sur les chaînes et s'arrêta sur une qui diffusait des nouvelles nationales, mais découvrit qu'ils avaient déjà passé les informations en revue. Il chercha donc ailleurs et s'arrêta quand l'un des journalistes sembla en plein milieu de ses récapitulations.

— Et ce sera tout pour les nouvelles du matin, dit l'homme en rangeant les papiers sur son bureau et souriant à la caméra. Le reste est pour vous, Jessica.

Merde. Je viens de les rater.

La caméra passa à un autre plateau et la mâchoire de King lui tomba sur les genoux. Là, face à lui, se trouvait ce qu'il avait passé la nuit à tenter d'oublier. Bay Whitman. Il était magnifique dans son costume gris foncé et souriait devant l'objectif. Il était assis près d'un poster cartonné taille réelle de Jack Robbins et la journaliste avait un exemplaire de *Vengeance à Monte-Carlo* sur ses jambes.

La blonde avec son sourire d'une blancheur éclatante sauta sur son siège et montra le livre.

— À KTNV, nous sommes très heureux d'accueillir notre invité très spécial, auteur de best-sellers pour le *New York Times*, Bay Whitman, qui va ce matin nous parler de son dernier roman des aventures de Jack Robbins, *Vengeance à Monte-Carlo*.

Elle se tourna vers Bay.

— Bonjour, Bay, et merci beaucoup d'avoir accepté de passer quelques minutes avec nous malgré votre emploi du temps surchargé.

La caméra se tourna vers Bay.

— Tout le plaisir est pour moi, Jessica, dit-il. Merci de me recevoir.

King le regarda à deux fois.

— Seigneur, marmonna-t-il dans sa barbe. Il a une sale gueule.

Se sentant tout à coup coupable, King fit de son mieux pour chasser son inquiétude de son esprit.

— Mieux encore, je me sens aussi mal que lui, ajouta-t-il.

Le visage de Bay était couvert du maquillage habituel, mais celui-ci avait bien du mal à masquer les poches sous ses yeux. King avait regardé ces mêmes yeux la veille, et bon sang, comme une simple journée pouvait changer les choses.

Bay semblait avoir dormi autant que lui.

— C'est de ma faute, admit King, incapable de chasser encore ce sentiment. Je l'ai vu comme un défi. Et après l'avoir bien asticoté pour qu'il cède, je l'ai rejeté.

La voix de la journaliste, désagréablement pimpante à cette heure matinale, brisa sa concentration.

— OK, alors je vais entrer directement dans le vif du sujet, dit-elle. Oh, bon sang, comme Jack Robbins est un personnage sexy !

Bay pouffa.

— Ouais, j'entends ça souvent.

— Il a souvent été dit que Jack Robbins est basé sur vous et votre vie. Est-ce exact ?

Bay rit franchement cette fois.

— Là, Jessica, ça ne pourrait pas être plus loin de la vérité.

— Allons, Bay, le supplia-t-elle. Vous pouvez être honnête avec moi. Vous pensez vraiment que je vais croire que vous avez inventé tout ça ?

— En effet. C'est de la fiction. Je le jure, répéta Bay. Si vous saviez où et comment j'écris, je pense que vous seriez très déçue et peu impressionnée.

— Comment ça ?

— Eh bien, pour commencer, j'écris dans une petite pièce sombre sans stimulation extérieure. Je trouve mieux de n'avoir aucune distraction. Certains écrivains aiment les grandes vues pour s'inspirer, moi je préfère les imaginer dans ma tête. J'ai imaginé Jack Robbins dans chaque scène. Les scènes se déroulent dans ma tête comme sur une page blanche, et je travaille de là jusqu'à ce que ce soit satisfaisant.

— Et pour les intrigues ?

— Elles aussi, je les imagine, expliqua Bay. Je commence par les prémices et je les laisse se développer seuls pour devenir une histoire.

Pour King, Bay semblait détendu et à l'aise devant la caméra, mais maintenant qu'il le connaissait mieux, il remarqua toutes les subtiles nuances de Bay. Comme la manière dont il se gratta plusieurs fois le menton, ou comme il pencha la tête. C'était subtil, mais c'était là. Et la manière dont il répondait aux questions, presque comme s'il avait répété. *Ouaip. Bay est vraiment nerveux.*

Jessica regarda ses notes.

— Ce qui m'intéresse, c'est que beaucoup d'auteurs racontent que leurs histoires prennent vie toutes seules. Avez-vous déjà vécu ça ?

— Absolument. Vous pouvez forcer un personnage à faire ce que vous voulez qu'il fasse, mais l'histoire ne tient jamais véritablement la route si vous tentez de tout forcer. Je sais que c'est difficile à comprendre, mais l'histoire que vous imaginez tout au début doit se jouer naturellement.

— En prenant ça en considération, dit Jessica, est-ce qu'il vous a déjà déçu avec le chemin qu'il a choisi de prendre ?

Bay détourna le regard comme s'il réfléchissait à la question. Puis il regarda directement vers la caméra, presque comme s'il regardait King dans les yeux, et parla :

— Pour être absolument honnête, non. Jamais. Jack est aussi solide qu'un roc. Il sait qui il est et il est toujours honnête envers lui-même. Moi, en revanche, je l'ai sans doute déçu une fois ou deux quand j'ai essayé de lui faire prendre un mauvais chemin. Des chemins qui semblaient justes dans ma tête, presque naturels, qui semblaient être les bons, mais au final, cela aurait probablement été une mission suicide.

Jessica ne répondit pas tout de suite, mais quand elle le fit, elle était sûre d'elle.

— Je ne sais pas si je suis d'accord. En tant qu'avide lectrice de vos œuvres, je vous fais instinctivement confiance, à vous et Jack. Vous semblez tous deux être le genre de personne qui sait exactement ce qu'elle veut dans la vie, et aucun d'entre vous ne ferait une chose qu'il ne veut pas faire.

Elle marqua une pause.

— Mais, hé, c'est juste mon avis.

Bay sembla stupéfait par son commentaire, mais il se reprit rapidement.

— Je prendrai cet avis en compte, dit-il avec un clin d'œil.

— Ouah ! s'exclama Jessica avant de hocher la tête. J'ai toujours pensé qu'on se contentait de s'asseoir et d'écrire son livre. Le fait que parfois, pour ainsi dire, *l'histoire s'écrit toute seule*, c'est si intéressant à mes yeux. Je pourrais en parler toute la journée, mais malheureusement, nous manquons de temps.

Bay eut un faible sourire et opina.

Jessica regarda la caméra.

— *Vengeance à Monte-Carlo* est désormais en vente, alors je vous suggère d'acheter votre exemplaire. Vous ne le regretterez pas. Bay, ça a été un plaisir. N'hésitez pas à revenir la prochaine fois que vous serez en ville. Nous adorerions reparler de vous et de Jack Robbins.

Bay pencha la tête.

— Pas de problème, Jessica. Et merci encore de m'avoir invité.

— John, je vous rends l'antenne.

King éteignit la télévision et pencha la tête, épuisé. Le fait qu'il était intrigué par Bay Whitman, malgré le peu de temps qu'il l'avait connu, voulait dire quelque chose. Ça en disait même long, en fait. Beaucoup, ce à quoi King ne s'autorisait pas à penser. Bay représentait un défi. Il le traitait avec respect, malgré ses choix professionnels, et ne le faisait pas se sentir comme un morceau de viande. Dans un monde normal, autre que celui de King, ça aurait pu être suffisant pour allumer une étincelle de quelque chose. Des rendez-vous ? Une relation ? Qui savait ? Mais peut-être…

Malheureusement, pour utiliser un mot que Bay comprendrait, tenir à quelqu'un ne faisait pas partie du jeu pour King. C'était là sa réalité. Mais ces raisons n'empêchaient pas les paroles de Bay de résonner dans sa tête avec force. « *Des chemins qui semblaient justes dans ma tête, presque naturels, qui semblaient être les bons, mais au final, cela aurait probablement été une mission suicide.* »

— On aurait peut-être eu une chance, dit King vers l'écran noir de la télévision. Si les choses avaient été différentes. Ailleurs, à un autre moment. Si je n'étais pas une telle épave. Ça fait beaucoup de *si*.

Dans un élan de rage, King se leva et jeta la télécommande à travers la chambre. Le bruit du plastique qui frappa le mur et éclata en morceaux, avec les piles qui volaient dans toutes les directions, résonna dans la chambre d'hôtel silencieuse.

— Merde, soupira King de désespoir.

Tous les coups de poings, les télécommandes brisées et les vœux ne changeraient pas la réalité des choses. *Tu as un problème, mec. Tu as pris le risque une fois, tu as perdu, et ça a failli te tuer. Tu ne survivras pas à ça une seconde fois.*

XIV

BAY TERMINA la seconde interview, un déjeuner avec des fans et deux fois deux heures de dédicaces en mode autopilote. Il sourit, signa des livres, discuta un peu avec des centaines de personnes, et termina enfin. D'une certaine manière, ça avait été une bonne distraction, mais hélas, c'était terminé.

Rachel, qui restait encore un jour pour pouvoir ranger tous les articles promotionnels et tout faire renvoyer à New York, roula jusqu'aux départs de l'aéroport et mit la voiture à l'arrêt.

— Tu vas bien ?

Bay se tourna vers elle.

— Ouais. Pourquoi ?

— Tu n'as pas l'air toi-même aujourd'hui.

Bay soupira.

— Je n'ai pas bien dormi cette nuit et je suis très fatigué, alors tu as sans doute raison. Rien qu'un peu de sommeil ne pourra arranger.

— Heureuse de l'entendre, dit Rachel avant de se pencher pour lui embrasser la joue. Je t'appelle demain. Bon voyage.

Bay fit de son mieux pour lui adresser un sourire sincère.

— Merci, et toi aussi. Bon travail, au fait. À plus tard, Rachel.

BAY FIT signe à un bagagiste, qui chargea les valises sur un chariot en bordure du trottoir et les conduisit aux enregistrements. Après avoir pianoté sur le clavier pendant quelques minutes, le bagagiste lui rendit sa carte d'identité, ainsi que son billet d'avion. Bay lui donna vingt dollars et se dirigea vers la sécurité, où on le questionna dans tous les sens et le palpa d'une manière qui lui donna presque le sentiment de se faire violer. Tout ça parce qu'il avait du parfum dans son sac. Il passa finalement la sécurité, après avoir volontiers cédé son parfum et éliminé la grande menace de sentir bon, et alla à la recherche d'un endroit où dîner.

Il trouva un restaurant vide faiblement éclairé près de la zone de départ et, parce qu'il ne voulait pas être reconnu, choisit une petite table au fond. Il avait un grand désir de solitude et un grand besoin de temps pour réfléchir. Les événements des derniers jours pesaient lourd sur lui. Pas seulement le fait d'avoir vu son personnage en chair et en os, mais leurs rencontres et leurs interactions avaient remis sa sexualité en question. Rien que ça, c'était suffisant pour l'envoyer pour toujours dans la solitude, mais il avait plus en tête. Quelque chose le tracassait toujours, lui avait donné mal à la tête toute la journée. Était-ce une chose qu'il avait dite durant les interviews ? Ou peut-être une chose que les journalistes lui avaient dite ? Il n'arrivait pas à se souvenir, mais il était déterminé à trouver le fin mot de cette histoire. Peut-être qu'un verre de vin, de quoi manger et un peu de calme aideraient.

Quand le serveur apparut, Bay commanda un burger, des frites et du vin rouge.

Alors qu'il sirotait son vin, il reconnut que durant chaque seconde de la journée, il n'avait pensé qu'à peu de choses en dehors de King. Comment cet homme avait-il pu le toucher autant en si peu de temps ? Était-ce King ? Ou ce que King représentait, le fait qu'il se posait désormais des questions sur sa sexualité ? À nouveau, la question le tracassa. *Est-ce que je suis gay ?*

Bay n'avait jamais songé qu'il pouvait être gay. Mais d'un autre côté, il n'avait jamais songé qu'il pouvait être hétéro non plus.

Il s'était toujours simplement vu timide, introverti et intello. Ça ne le rendait pas hétéro ou gay. Mais il ne pouvait pas ignorer son attirance pour King. Leur première rencontre, quand King lui avait fait des avances, semblait tellement sortie de nulle part, il n'avait pas été préparé. Et la façon dont il avait rejeté ses avances, c'était sans doute pour ça que King était revenu. Il présumait que King n'était pas souvent rejeté, et celui-ci avait dû le voir comme un gros défi.

Au début, peut-être. Mais il n'avait pas eu cette impression quand ils avaient passé plus de temps ensemble. Surtout durant la partie de poker. King avait semblé apprécier être son rencard. Est-ce que rencard était le bon mot ? Non. Escort était plus approprié, mais ne convenait pas non plus parce que King lui avait rendu son argent. Il ne comprenait toujours pas. En dehors du fait que King avait dit qu'il avait aimé, au moins le temps d'une soirée, appartenir à quelqu'un. Est-ce que ce sentiment valait huit mille dollars ?

Bay décida que quelque chose de plus profond guidait les actions de King. Il imaginait qu'avec les professions qu'il s'était choisies, avoir une relation devait être difficile. Il fallait être un homme fort et assuré pour avoir une relation avec un acteur porno et un escort. Cependant, même en sachant cela, il soupçonnait que King avait de sérieux problèmes avec l'intimité. Il était étrange qu'un escort ait des problèmes avec l'intimité, mais plus il y pensait, plus il se disait que c'était ça. Comment un escort pouvait-il séparer son travail de sa vie personnelle ? Bay devinait que les deux apportaient du plaisir à King, mais l'un était purement physique, et l'autre était à la fois physique et émotionnel. Puis comprenant, ça le frappa comme un mur de briques. *C'est l'argent ! Tant qu'il était payé, tu n'étais qu'un travail.*

Au début, King était payé pour le séduire. Et il avait fait de son mieux pour réussir ça. Pour l'argent. Et chaque fois qu'ils étaient ensemble, si Bay avait accepté les avances de King, ils auraient été intimes. Mais une fois que King n'était plus payé et avait rendu son argent à Bay, il n'était plus d'accord et avait repoussé Bay.

Cela devait signifier quelque chose. Avait-il rendu son argent parce qu'il commençait à sentir un lien émotionnel avec Bay ?

Pendant qu'il mangeait son burger, Bay n'arrêtait pas de penser à ça. Sa seule conclusion, c'était que quelque chose avait changé entre eux. Ce n'était pas une grande révélation. Mais le simple fait de rendre l'argent signifiait que Bay n'était plus un client et qu'il était devenu autre chose pour King. Il en était certain. La question était... *quoi* ?

Bay termina son vin, s'essuya le coin des lèvres et posa la serviette sur la table. Le serveur apparut pour enlever son assiette vide et Bay commanda un second verre de vin. En s'écartant de la table, il se demanda quand les autres clients du restaurant étaient arrivés. L'endroit était bondé et il n'avait remarqué personne qui entrait ni s'installait. Il passa une jambe sur l'autre et but une gorgée de vin.

Avec un problème identifié, un autre prenait le relais. La même chose qui l'avait tracassé toute la journée lui revint en tête. En buvant son vin, il revécut sa journée, en commençant par la première interview, mais il avait parlé à des centaines de gens. Comment pouvait-il se rappeler de chaque conversation ?

OK. Commence par les interviews.

La première avait eu lieu tôt dans la matinée, et vu les circonstances de la nuit précédente, Bay n'était pas vraiment là. Mais, il se souvenait que Jessica avait commencé en disant que Jack Robbins était un homme sexy. Il fouilla un peu plus dans ses souvenirs tout en tapotant légèrement ses doigts sur la table. *Oh, oui !* Puis elle a demandé si Jack avait été inspiré de lui-même ou de sa vie. Quelle blague. *Oh !* Et s'il inventait les histoires dans sa tête ? C'était plutôt ça. Bay prit une autre gorgée de vin et regarda sans le voir le dos d'un couple assis près de lui. Qu'avait-il dit ensuite ? Il écouta les tapotements de ses propres doigts. Comment il écrivait et où ? Ouais. C'était venu ensuite. Et quelque chose sur les histoires qui prenaient vie seules ?

Ça lui revenait doucement. Le problème, c'était que c'étaient là des questions de base. Bay pouvait y répondre dans son sommeil. Que s'était-il passé ensuite ?

La question qu'elle lui avait posée l'avait surpris. Il avait vraiment dû y réfléchir pour y répondre. *Réfléchis, Bay.* Puis la lumière se fit dans son cerveau. « *Est-ce qu'il vous a déjà déçu avec le chemin qu'il a choisi de prendre ?* »

Bingo !

La dernière partie de la question et sa réponse étaient ce qui l'avait tracassé toute la journée. *Il est évident que je pensais à King quand j'ai répondu.* Mais le plus intéressant, c'était ce dont il se souvenait ensuite. Jessica avait dit qu'elle, en tant que lectrice, faisait instinctivement confiance à lui et Jack. Elle avait dit qu'ils semblaient être le type d'hommes à savoir exactement ce qu'ils voulaient dans la vie. Et qu'ils feraient n'importe quoi pour l'éviter s'ils ne le voulaient pas. *C'est ça !*

Si King avait raison et que Jack et Bay étaient la même personne, ce dont il doutait sérieusement, alors peut-être qu'il était temps que, comme Jack, il se décide à faire ce qu'il avait envie de faire. Il ne savait pas exactement ce que cela signifiait pour King et lui, mais il voulait vraiment explorer l'attirance qu'il ressentait pour lui. Personne ne lui avait jamais fait ressentir ça. Ça devait bien signifier quelque chose. Le lien qu'il avait senti avec King, qu'il soit alimenté par Jack Robbins ou non, était réel.

Bay réalisa que King lui manquait déjà et prit sa décision ici et maintenant. Quand il serait à New York, il chercherait à le joindre. Il supplierait s'il le devait, mais il voulait du temps pour comprendre. La réponse était peut-être simplement que King était un escort et ne faisait que son travail, mais l'émotion et les larmes dans ses yeux la veille racontaient une autre histoire et Bay voulait en découvrir le fin mot.

Finalement, avec un plan en tête, Bay se sentit un peu mieux. Il regarda sa montre et paniqua. *Oh, merde !* Son avion devait déjà se préparer à décoller et il devait y aller. Il laissa de l'argent sur la table et quitta le restaurant, traînant sa valise derrière lui. Il n'y avait personne quand il arriva pour embarquer, à bout de souffle, courant le long du terminal. Il montra son billet et sa carte d'identité.

— Heureux de vous voir, M. Whitman, dit l'hôtesse. Vous êtes assis en 4B. Veuillez vous y rendre.

Elle scanna son billet et le lui rendit avec un signe de la main en direction de l'appareil.

Alors qu'il entrait dans l'avion, Bay chercha un compartiment libre pour sa valise à roulettes. Il trouva une place près du 3C, la rangea et ferma la porte. Quand il se tourna et regarda sa place libre, il se figea tout à coup. L'homme en 4A regardait par le hublot, la tête contre le plexiglas. Même sans voir son visage, Bay reconnut ses larges épaules. King Slater.

XV

Du COIN de l'œil, King vit quelqu'un debout dans l'allée fouiller dans les compartiments, mais il ignora le désir de se tourner pour sourire et saluer son compagnon de siège. La dernière chose qu'il voulait, c'était discuter de la pluie et du beau temps. Sa journée avait été plus longue qu'il l'avait prévu, et il était véritablement épuisé, mentalement et physiquement. Il prévoyait de tirer sa couverture sur sa tête dès qu'ils auraient décollé et, avec de la chance, dormir jusqu'à New York.

King ferma les yeux et soupira. Le tournage au parc avait pris trois fois plus de temps que prévu à cause des gens qui venaient profiter du soleil et des températures agréables. Ils avaient dû tourner scène après scène quand les gens passaient ou qu'un ballon se trouvait dans le champ, alors ils avaient finalement dû demander aux gens de partir L'heure du déjeuner était passée quand ils avaient enfin terminé. Et, à cause de ça, la séance photo avait été repoussée à dix-sept heures, et avait pris plusieurs heures. King était arrivé à l'aéroport avec à peine assez de temps pour rendre sa voiture de location, se précipiter pour passer la sécurité et arriver à la porte d'embarquement avant qu'ils ouvrent.

L'hôtesse l'avait regardé bizarrement pendant qu'elle prenait son billet, et King sentait désormais d'autres yeux posés sur lui. Des yeux familiers, cette fois. Les cheveux sur sa nuque se dressèrent pendant qu'il cédait à la curiosité, se tournait lentement et clignait des yeux, stupéfait, en voyant Bay Whitman qui le regardait. *Merde, il est beau !* fut la première pensée de King. Il portait toujours le même costume gris que pour son interview télé, sauf que sa chemise était désormais déboutonnée au niveau du col et sa cravate défaite, ce qui lui donnait l'air plus décontracté. Mais il y avait autre chose. Son visage exprimait des signes de lassitude, et King était presque certain d'en être responsable. Peut-être pas intentionnellement, mais il était tout de même responsable.

Dès que le choc de voir Bay fut passé, la crainte remplaça tous les autres sentiments qu'il ressentait.

— Qu'est-ce que tu fais ici ? demanda King, par défaut d'avoir autre chose à dire.

— Ravi de te voir aussi, dit Bay en se glissant sur son siège.

King soupira.

— Désolé. Je suis juste surpris de te voir.

— Moi aussi, dit Bay avec un faible sourire. Tu m'as dit que tu prenais l'avion juste après le tournage dans le parc.

La chaleur monta au visage de King.

— En toute honnêteté, je n'ai pas dit « juste après », j'ai dit « après », et techniquement, eh bien… on est après.

Bay mit sa sacoche sous le siège devant lui et regarda King.

— Si tu le dis.

King savait que c'était un euphémisme pour dire « va te faire foutre », et il savait qu'il le méritait. Il avait laissé Bay penser qu'il partirait après le tournage, mais il avait eu de bonnes raisons à ce moment-là. King allait s'excuser quand l'hôtesse approcha.

— Voulez-vous quelque chose à boire, M. Whitman ?

Avant que Bay puisse répondre, elle s'agenouilla près du siège, regarda autour d'elle et se rapprocha.

— Je suis une grande fan. J'ai lu tous vos livres et je les ai tous adorés.

Bay sourit.

— Merci beaucoup, je suis heureux de l'entendre. En fait, j'ai un exemplaire dans mon sac. Je serai heureux de vous le dédicacer avant qu'on arrive.

Le regard de l'hôtesse s'éclaira et elle se leva.

— Vraiment ?

— Ce serait un plaisir.

La femme regarda à nouveau King et à son expression, il sut qu'elle avait fait le rapprochement. *Et nous y revoilà.*

Elle lui fit un large sourire et dit à voix basse :

— C'est de là que je vous connais. Jack Robbins. Je savais que je vous avais vu quelque part.

King sourit et posa un doigt sur ses lèvres.

— Chut…

Elle hocha la tête, se couvrit la bouche de la main et regarda Bay. Ce dernier lui fit un signe du doigt et elle se pencha à nouveau.

— Oui. Il a servi de modèle pour mes romans de Jack Robbins, mais il n'est pas aussi habitué que moi à avoir de l'attention et il est nerveux quand les gens le reconnaissent.

Elle se tourna à nouveau vers King et il hocha la tête.

— Motus et bouche cousue, assura-t-elle.

Elle regarda furtivement autour d'elle, puis fit signe qu'elle fermait ses lèvres.

— Je prendrai un Dewar's Black Kavel et de l'eau, dit Bay.

— Un autre Tanqueray et tonic, s'il vous plaît, ajouta King.

L'hôtesse hocha la tête.

— Tout de suite, messieurs.

— Merci de l'avoir fait partir, dit King. Il y a une très grande chance pour qu'un des stewards soit gay et me reconnaisse également. Tu n'as vraiment pas besoin d'un scandale impliquant Jack Robbins et une star du porno/escort.

Bay se mit à rire.

— Tu as raison. Mais ce serait très intéressant, non ?

— Donc, dit King. Tu m'as surpris à contourner la vérité, mais pourquoi es-tu sur ce vol ?

— Je suis enregistré sur ce vol depuis le début.

— Marrant. Je ne savais pas.

— Tu n'as jamais posé la question, répondit Bay en récupérant sa sacoche sous le siège.

Il fouilla et sortit un stylo et un exemplaire de son dernier roman. Il le signa à l'arrière, le tourna et le proposa à King.

— Signe devant.

King ne bougea pas. Il se contenta de l'observer.

— Tu es sérieux ? Je croyais qu'on était d'accord sur le fait que tu n'avais pas besoin d'un scandale.

— Oh, allez. Ça la rendrait heureuse, et de plus, ça l'empêchera d'aller en parler aux autres. Imagine qu'elle aille parler à l'un des stewards dont tu parlais ?

King souffla et leva les yeux au ciel, mais prit le livre. Il l'étudia, toujours impressionné de voir comme le modèle lui ressemblait. Une nouvelle fois, il sentit une pointe de culpabilité devant la malhonnêteté de prétendre être celui qu'il n'était pas, mais il la chassa. C'était la dernière fois, et c'était pour éviter une scène. Il écrivit le nom de Jack Robbins en bas de la couverture et rendit le livre à Bay.

— Voilà.

— Merci.

Quand leur hôtesse revint, elle ouvrit des serviettes en tissu et les étendit sur leur plateau.

— Je reviens avec les verres.

Quand elle s'éloigna, Bay glissa le livre sous la serviette et attendit. Quand elle revint, il chuchota :

— Il y a une tache sur ma serviette.

— Oh, non, dit-elle en la regardant.

Il prit le livre caché sous la serviette et les lui donna. Elle accepta et sentit de toute évidence l'objet caché en dessous. Il lui fallut une seconde, mais elle sourit et lui fit un clin d'œil.

— Je vous apporte tout de suite une autre serviette, monsieur.

King prit une gorgée de son verre. Les bulles du tonic lui picotèrent la gorge, mais le liquide délicieux glissa avec facilité. Il reposa le verre.

— Bien joué, dit-il en regardant Bay.

— C'est un petit tour facile, dit Bay. Surtout quand tu veux éviter d'attirer la foule.

— Dis-moi quelque chose, demanda King. Si tu es si mal à l'aise avec ton rôle d'auteur célèbre, pourquoi tu fais ça ?

Bay ne répondit pas tout de suite. Il remua sa boisson avec son doigt, semblant chercher sa réponse avec prudence.

— La réponse simple : parce que je dois écrire, dit-il. C'est non seulement mon exutoire créatif, mais c'est aussi comme ça qu'une personne comme moi expérimente la vie. C'est notre façon d'être entendus.

King reprit son verre et avala une nouvelle gorgée.

— Qu'est-ce que tu faisais avant d'être célèbre ? Si ça ne te dérange pas que je pose la question.

— J'ai toujours écrit, expliqua Bay. Mais, crois-le ou non, avant que je devienne célèbre, j'étais rédacteur publicitaire et correcteur. Je travaillais chez moi et payais mes factures en écrivant des publicités et des trucs marketing pour une agence publicitaire et je corrigeais des articles de journaux.

— Je vois, dit King. Quand as-tu commencé à écrire de la fiction ?

— Comme j'ai dit, j'ai toujours écrit de la fiction. Ce que je ne trouvais pas mauvais, je l'auto-publiais. Le reste est toujours caché dans mon ordinateur et ne verra jamais la lumière du jour.

— Ça se vendait bien ?

— J'ai vendu quelques copies ici et là, mais jamais assez pour gagner grand-chose. Jusqu'à…

— Les romans de Jack Robbins ?

Bay hocha la tête.

— Un peu après avoir sorti *Rendez-vous galant en Thaïlande*, mon premier roman de Robbins, quelqu'un de Random House l'a lu, a aimé et m'a contacté pour savoir si je serais intéressé pour qu'ils les rééditent, avec de nouvelles corrections et une nouvelle couverture. J'ai bien sûr sauté sur l'occasion sans imaginer que ça aurait du succès. Je veux dire… je n'aurais jamais imaginé que tant de gens liraient mon travail. Je ne pensais vendre que quelques centaines d'exemplaires et que ça serait tout.

— Ce n'est apparemment pas ce qui s'est passé, dit King.

— Nope.

— Je suis désolé de n'avoir jamais lu ton travail avant, mais je le ferai. Je veux dire… J'ai été un peu absorbé par mon propre succès de mauvais goût. Loin de ton statut, mais pas trop minable dans mon monde.

Bay leva son verre pour porter un toast.

— À notre succès.

King trinqua avec lui et prit une gorgée.

— Qu'est-ce qui plaît autant dans ton travail, à ton avis ?

— J'ai entendu dire qu'une des choses qui plaisaient dans mon travail, c'était que je prenais soin de bien faire mes recherches. Dans mes romans, il est important que le lecteur ait une idée précise d'un lieu grâce aux détails décrits dans la scène. J'utilise tout ce que j'ai à disposition, je recherche des images, des livres d'Histoire, des guides touristiques, Internet, etc. Je remets tout en ordre dans ma tête pour une scène, comme si je m'y trouvais, et je le décris. Oh, merde. Je ne sais pas. Tu regrettes sans doute ta question.

— Non ! Continue, dit King. C'est très intéressant.

Bay sembla rassembler ses pensées, puis continua.

— Eh bien. Chaque tome de Robbins a lieu dans un endroit assez exotique. Quand j'avais la vingtaine, que je sortais enfin de l'école et que mes phobies étaient à leur paroxysme, j'ai fait énormément de recherches pour chacun de mes romans. C'était une bonne chose de vérifier les faits avant, mais c'était aussi une manière pour moi de quitter mon appartement sans avoir besoin de le faire réellement…

— C'est ce que tu voulais dire par « la manière dont quelqu'un comme toi expérimente la vie », l'interrompit King.

Bay hocha la tête.

— OK, désolé. Continue.

— Donc, quand j'ai fini mes recherches sur un endroit, j'ai l'impression d'y avoir déjà été.

King lui désigna le front.

— Je n'imagine même pas toutes les connaissances stockées là-dedans.

Bay eut un faible sourire.

— Durant les rares occasions où mon père était sobre et lucide, à se sentir paternel, il disait : « si tu connais peu de choses sur beaucoup de choses, tu auras toujours de quoi contribuer à la conversation ». Le truc, c'est que je ne quittais jamais mes quatre murs, alors je n'avais aucune chance de partager quoi que ce soit avec qui que ce soit.

— Et maintenant, tu le partages avec le monde, dit King.

— Je suppose.

— Et maintenant tu es là, à partager ton histoire, et tu as l'air bien.

— La vérité, c'est que j'ai 340 jours par an pour me préparer aux quatre semaines où je vais devoir faire la promotion, expliqua Bay. Et parce que je prends la personnalité de Jack Robbins, je peux sourire, le supporter et jouer mon rôle. Mais une fois terminé, je retourne chez moi jusqu'à la prochaine sortie.

King fit signe à l'hôtesse pour leur commander une autre tournée. Cela faisait presque une heure qu'ils volaient et il aimait écouter la voix douce et apaisante de Bay. Ce dernier s'ouvrait à lui sur ses problèmes personnels et, pour une raison inconnue, ça le rendait heureux.

Le dîner fut servi peu après et, avec un peu d'encouragement, Bay en raconta plus sur sa carrière, comment il avait surpassé ses peurs et comment il avait été terrifié pendant des mois avant sa première tournée promotionnelle. En fait, Bay expliqua qu'il avait bien failli annuler la tournée entière et laisser Random House le poursuivre en justice juste pour éviter d'y aller. Et c'est alors qu'il avait eu l'idée de prendre l'identité de Jack.

Quand ils eurent terminé de dîner, l'hôtesse leur enleva leur plateau, les lumières baissèrent et tout le monde s'installa pour le reste du vol. King sourit et se tourna vers Bay.

— Alors, on en était où ?

— Eh bien, je pense que tu allais me raconter ce que j'ai dit hier soir pour que ça te conduise aux bords des larmes et ce que j'ai fait pour te faire fuir la chambre sans explication, répondit Bay.

Aïe ! C'est un coup en traître. Le sourire de King s'effaça et il regarda par le hublot vers les ténèbres. *Comment je vais expliquer ça ?*

King reçut un petit coup de coude dans le flanc et il se tourna vers Bay.

— Ce n'est pas drôle quand les rôles sont inversés, pas vrai ?

L'assurance de King Slater fondit d'un coup et il était presque certain de sentir la peur suinter de ses pores. Il regarda à nouveau par le hublot.

Bay posa une main sur son avant-bras.

— Regarde-moi.

King se tourna lentement.

— Il m'a fallu un moment, mais j'ai compris.

Une vague de nausée traversa King. *Et voilà, mec. Ton secret n'est plus.*

— Compris quoi ? demanda-t-il sans reconnaître sa propre voix.

— C'est à cause de l'argent.

— Laisse-moi… attends ! Quoi ? bégaya King.

— Écoute, King. Quand tu es payé, tu es prêt à tout. Tu m'as pourchassé sans te fatiguer et, quand j'ai résisté à tes avances et que tu as découvert pour Jack Robbins, tu m'as puni en me mettant dans une position très inconfortable et m'as forcé à te regarder coucher avec un autre homme. Et tu as adoré ça.

Les remords remplacèrent sa peur en moins d'une seconde. *Il a raison. C'était injuste.*

— Tu as raison, et je suis désolé.

— Ne le sois pas, dit Bay. C'était le King Slater prétentieux et toujours aux contrôles qui m'a remis à ma place parce que je n'étais pas honnête avec lui. Je comprends.

— Mais c'était mal de te faire ça, dit King.

Il toucha le bras de Bay.

— Je suis vraiment désolé. Au début, *j'étais* simplement King Slater et je te remettais à ta place, mais plus tard j'ai pensé que je t'aidais peut-être.

— M'aider ? En quoi ?

— J'ai pensé que tu avais du mal à comprendre ta sexualité et que voir de près deux hommes coucher ensemble t'aiderait.

Le silence tomba entre eux après ces paroles de King.

Bay, regardant droit devant lui, répondit :

— Peut-être que ça a aidé. Je ne sais pas. Mais ce que je sais, c'est qu'hier soir quand tu m'as rendu ton argent, tu ne travaillais plus. Tu m'as donné envie d'explorer mon attirance pour toi. Mais… quelque chose avait déjà changé entre nous. Est-ce que c'était juste le défi ? Une fois que je n'en étais plus un, l'attirance a semblé te quitter.

Le silence tomba à nouveau entre eux. Bay se tourna vers King et le regarda dans les yeux.

— Allez, King. J'ai été très honnête avec toi. J'ai répondu à tes questions aussi sincèrement que possible, et je pense que tu me dois au moins une explication.

— Je te dois quoi ? siffla King, assez silencieusement pour ne pas être entendu par les autres passagers. La nuit où on s'est rencontrés, je n'étais qu'un escort qui allait au travail. C'est tout. Puis j'ai frappé à ta porte et ma vie a fait un salto arrière. Où était cette prétendue honnêteté quand tu as oublié de mentionner que tu étais célèbre et que j'étais le portrait craché de ton personnage ?

King se tourna à nouveau.

— Oui, je n'ai pas été entièrement honnête quand nous nous sommes rencontrés, admit Bay. Mais j'ai dit la vérité…

— Quand tu as été pris sur le fait, rétorqua King.

Cette fois, Bay se détourna. Quand il le regarda à nouveau, il semblait encore plus épuisé. King ressentit de la peine pour lui, mais il ne voulait pas avoir à expliquer pourquoi il ne pouvait pas avoir de relation avec lui.

— OK. Tu as gagné, dit Bay en soupirant. Et on peut en rester là. Mais pour ton information, je suis désolé de ce que j'ai pu faire qui t'a offensé ou ennuyé. Je vais tenter de dormir, maintenant.

Bay allongea son siège, croisa les bras sur son torse et ferma les yeux.

King se tourna vers le hublot et se maudit silencieusement, sa vie et lui. Il appuya à nouveau la tête contre le plexiglas froid et ferma les yeux, laissant les vibrations et le vrombissement du moteur le bercer dans une transe. Comment avait-il pu laisser ça se produire ? Durant ces derniers jours, il avait laissé Bay Whitman se glisser dans sa peau, une chose qu'il n'avait permise à aucun être humain depuis bien longtemps.

Évite les complications, King. C'était la première chose qu'il avait apprise durant son rétablissement, et il avait réussi à le faire avec succès, jusqu'à maintenant.

Il a raison. Je lui dois une explication. Mais comment ?

King se concentra sur le noir tout en tentant de déverrouiller son esprit et réfléchir clairement. Il s'était attaché à Bay. Il n'avait aucun doute sur ça. Comment ? Ou, plus important, *quand* avait-il laissé tomber ses barrières ? C'était arrivé de façon si subtile qu'il ne l'avait même pas remarqué. Ça ne lui ressemblait pas. Depuis qu'il avait commencé son rétablissement, il avait fait si attention. Mais quelque chose en Bay le faisait se sentir en sécurité. D'une étrange façon, ils avaient beaucoup en commun. Même si tous leurs points communs semblaient dysfonctionnels. Leurs incertitudes.

Leur manque d'assurance. Leur capacité à se cacher derrière une fausse personnalité. *Tu as besoin d'une réunion, King. Si tu vas à une réunion, tout ira mieux.*

PLUS TARD, King fut tiré de ses propres pensées par un petit gémissement qui échappa à Bay. King bascula son siège, se pencha en arrière et tourna le visage vers Bay. Leurs visages n'étaient qu'à quelques centimètres l'un de l'autre et King étudia son compagnon de vol. Dans le sommeil, ses muscles faciaux semblaient plus détendus et le poids qu'il portait sur les épaules semblait moins lourd.

S'il rêvait, King espérait que c'était de beaux rêves, pas des mauvais causés par ses actes. Quitter sa suite aussi vite avait clairement blessé Bay, mais il semblait en paix là, presque enfantin, avec un visage poupon qui fit sourire King. Pendant un long moment, il le regarda dormir.

Quand Bay ouvrit doucement les yeux, il semblait toujours si jeune et adorable que King voulait passer les bras autour de lui et le tenir. Ce désir le surprit. Ce n'était pas sexuel, c'était émotionnel. Quelque chose qui n'avait rien à voir avec le sexe. *Cela* n'était pas arrivé depuis, eh bien… un très long moment.

Il sembla que Bay mit du temps à revenir au présent, mais quand ce fut fait, il sourit.

— Salut, dit-il.

King sentit le besoin pesant de dire la vérité. Avant qu'il puisse y réfléchir, il dit subitement :

— Je suis un ancien sex addict.

Il regarda rapidement autour de lui pour vérifier si personne en première classe n'avait bougé, ou pire, entendu. Il soupira de soulagement en voyant qu'ils dormaient tous. Il appuya sa tête sur son dossier et ferma les yeux, frustré.

— Merde, dit-il à voix basse.

Il regarda Bay.

— Ce n'est pas comme ça que je voulais le dire.

XVI

BAY ENTENDIT les mots, mais ne comprit pas au début. *Est-ce que King vient de me dire que c'est un sex addict ? Qu'est-ce que ça veut dire ?*

Il était certain qu'il avait l'air d'un lapin pris dans les phares d'une voiture, mais c'était aussi ce qu'il ressentait. Des tas de questions traversaient son esprit.

Il sortit de sa propre tête et étudia King. Son visage affichait une douleur évidente, mélangée avec du soulagement et ce qui ressemblait à de l'attente. Bay sentit que cet instant pouvait tout changer entre eux, et la manière dont il réagirait ou ce qu'il dirait pourrait entraîner ou détruire une amitié, mais il ne connaissait presque rien aux addictions au sexe. Il n'en savait que ce qu'il avait vu à la télé ou en ligne. Il se dit qu'il devait y avoir un programme en douze points, comme pour les alcooliques, mais il n'en était pas sûr, il était aveugle sur ce coup.

— Dis quelque chose, le supplia King. S'il te plaît, Bay.

Le tremblement dans sa voix toucha Bay. Il décida que le mieux serait d'être honnête.

— J'aimerais. Mais je veux être sûr de dire ce qu'il faut.

— Il n'y a pas de bonne ou mauvaise réponse, expliqua King. Dis-moi ce que tu ressens.

Ce que je ressens ?

— Pour commencer, je suis un peu surpris que tu sois en réadaptation. Tu as toujours l'air si fort et assuré.

King grogna.

— Peut-être que mon assurance est un jeu.

Il marqua une pause avant d'ajouter :

— Comme toi.

— Peut-être ? Mais tu es très doué à ça.

— Et toi aussi.

— OK. Tu as raison, dit Bay. Je n'ai pas beaucoup d'expérience dans le sujet, mais à première vue, on dirait que le travail que tu as choisi n'est pas ce qu'il y a de mieux pour un ancien sex addict.

— C'est là où tu te trompes, expliqua King. C'est le meilleur endroit pour moi.

Bay pencha la tête.

— Comment ça ?

King marqua un silence avant de répondre.

— L'addiction au sexe n'a rien à voir avec l'alcool ou la drogue. Ils peuvent arrêter totalement d'en prendre, ou en tout cas essayer, mais l'addiction au sexe est différente. C'est comme l'addiction à la nourriture. Tu ne peux pas arrêter de manger, et tu ne peux pas arrêter d'avoir des rapports sexuels. Il faut trouver un moyen de modérer son comportement.

— OK, dit Bay. Mais je ne comprends pas comment coucher avec plein de types modère ça.

— C'est précisément le but, dit King. Parce que rien dans ce sexe n'est pour moi. Ce n'est pas pour mon plaisir. C'est pour le leur. C'est toujours pour leur plaisir. Rappelle-toi, ces types m'appellent. Ils me paient. Et c'est mon travail. Et les vidéos… c'est le plus difficile. Il n'y a rien de romantique à ça. C'est du travail. Un travail difficile.

Une lumière s'éclaira dans la tête de Bay.

— C'est pour ça que quand tu m'as rendu mon argent et que je t'ai embrassé, tu ne l'as pas supporté et as fui.

King soupira.

— Ce n'était plus le travail.

Il se tourna vers Bay.

— Tu dois savoir que je n'ai pas embrassé de type ni ai eu de rapport sexuel pour *moi* depuis plus de trois ans. L'acte serait ce qu'on appelle un déclencheur et pourrait faire s'effondrer mes murs. La manière que j'ai de le modérer, c'est de ne jamais faire ça pour moi. Et toi… tu étais pour moi.

Bay se sentait flatté et coupable tout à la fois.

— Je suis désolé, dit-il. Je ne savais pas.

— Je sais ça, admit King. Et j'aurais dû te le dire au lieu de fuir, mais j'ai eu peur.

— L'autre nuit quand on apprenait à se connaître et que tu as fait mention de tout le sexe que tu avais eu, j'ai demandé si ça avait commencé après ton affaire d'escort, et tu as répondu « et avant ». Tu parlais de l'addiction. C'est ça ? J'ai senti que tu évitais un sujet.

— Ouais. Et la même nuit, je t'ai dit que j'avais été un gosse dégingandé et empoté, et qu'on me harcelait sans cesse. Quand j'étais adolescent, j'avais une très mauvaise image de moi, mais vers vingt-cinq ans j'ai commencé à faire du sport et à gagner en muscles, et les hommes ont commencé à me remarquer. Être attirant n'était pas une chose à laquelle j'étais habitué, et l'attention était comme de l'oxygène offerte à un homme qui se noie.

— C'est là que tu as commencé à avoir beaucoup de rapports sexuels ? demanda Bay.

King hocha la tête.

— Je ne savais pas gérer cette attention. Je veux dire... la ville est pleine de mecs canons, et ils me voulaient *moi*. Alors pourquoi pas ? Tout était nouveau, et c'est devenu une obsession de voir avec combien d'hommes je pouvais coucher. Et au milieu de tout ça, je suis devenu accro au sexe, et je ne le savais même pas. J'ai tout perdu à cause de ça.

— Tout ?

— Durant cette période folle, j'ai eu ma première relation amoureuse, et j'ai tout foutu en l'air.

— Je suis désolé, dit Bay.

— Non, ce n'est rien. Tout ce qui m'est arrivé à l'époque a fait de moi ce que je suis aujourd'hui. Je suis loin d'être parfait, mais je suis bien. Comme tu as dit une fois, je sais qui je suis. Je lutte pour avoir de l'assurance, mais je pense que la plupart des gens sont dans ce cas. Je suis sur la corde raide tous les jours de ma vie, à trouver l'équilibre entre ce que je suis et qui je suis, et j'ai fait un très bon travail.

— Quand as-tu réalisé que tu avais un problème ?

— Mes meilleurs amis sont intervenus, expliqua King. Je suis allé à ma première réunion, et dès la première demi-heure, j'ai compris qu'ils avaient raison. J'ai continué à aller aux réunions, et j'ai commencé à voir un psychiatre pour m'aider à découvrir pourquoi j'agissais de cette manière.

— Et alors ? demanda Bay.

King soupira.

— J'ai réalisé qu'avoir beaucoup de rapports sexuels était devenu mon identité, et que je ne savais plus qui j'étais sans ça.

Bay hocha la tête.

— Et de là, tu as pu arranger ça ?

— J'ai pu commencer à vivre avec ça, dit King. Il faut beaucoup de temps pour arranger ça, mais comme j'ai dit plus tôt, tu modères. Et un jour, il y *aura* du sexe pour *moi*. Quand ce temps viendra, ce sera fondé sur la confiance émotionnelle, le respect et une passion saine. La guérison est différente pour tout le monde. Pour moi, pour le moment, ça veut dire plus de pulsion compulsive. Je fais mon travail, satisfais mes clients et rentre chez moi.

Bay posa la main sur le bras de King.

— Merci d'avoir partagé ça avec moi. Je dois dire que je suis impressionné par la manière dont tu gères ta guérison.

— Merci, dit King. J'y travaille dur.

— Mais tu sais, il y a une chose qui m'a surpris pendant que je t'écoutais parler.

— Quoi ? demanda King.

— L'addiction au sexe n'est pas une question de sexe.

King sourit.

— Ce n'est pas du tout une question de sexe. C'est beaucoup de facteurs. C'est le vide dans notre vie et notre façon de le remplir, avec de l'alcool, de la drogue ou du sexe. C'est une question d'éviter l'intimité avec ceux que tu aimes tout en te liant avec des étrangers que tu imagines sûrs. Il faut du temps pour tout comprendre. Il faut du temps et de l'aide pour différencier le bon du mauvais.

King se tourna et regarda à nouveau par le hublot.

— King. Regarde-moi, s'il te plaît.

Quand King se tourna et que leurs regards se croisèrent, ses yeux brillaient de larmes contenues.

— On dirait que tu as été pris dans un tsunami et t'en es sorti juste avec la tête hors de l'eau. Je sais qu'on s'est rencontrés il n'y a que quelques jours, mais je me sens fier de ce que tu as accompli, et j'ai encore plus de respect pour toi. Mais surtout, je sens un lien fort avec toi. Je ne veux pas que l'amitié que nous construisons prenne fin.

King lui fit un vrai sourire.

— Qui aurait pu imaginer ça ? fit-il. Un auteur de best-sellers hétéro et une star du porno gay/escort deviennent amis.

Le mot « hétéro » attira l'attention de Bay. En se basant sur sa toute nouvelle attirance pour King, il avait conclu qu'il devait être bisexuel. Et après tout ce que King venait de partager avec lui, il était temps de mettre fin aux secrets entre eux. Il s'éclaircit la gorge.

— Eh bien, pour être honnête, King, si on se fie à l'attirance que j'ai pour toi, je ne sais pas exactement ce que je suis, mais en tout cas je ne suis pas *hétéro*.

King ne parut pas surpris.

— Je sais ça, dit-il. Mais j'allais te laisser le comprendre seul.

131

— J'étais très confus au début, admit Bay. Je n'ai jamais été attiré par personne avant, et le fait que tu sois un homme rendait ça encore plus perturbant, mais pour être honnête, je l'ai compris assez tôt. J'avais simplement peur de l'admettre, même à moi-même. Je voulais que tu le saches.

— Je pense que tous les gays ou les bisexuels ont traversé ce que tu traverses, le rassura King. Et... on expérimente exactement ce que tu traverses. Tu es juste en retard sur eux.

— C'est comme penser que tu es Américain toute ta vie et découvrir que tu es né dans un autre pays, dit Bay. Ça me laisse perplexe.

— N'y pense pas trop, suggéra King avec un sourire encourageant. Tu n'as jamais été attiré par un autre homme avant ?

— Jamais, admit Bay. Mais pour être honnête, je n'ai jamais vraiment été attiré par les femmes non plus, ni par personne. Je veux dire, je remarque les personnes attirantes, hommes ou femmes, mais les deux femmes avec qui j'ai été me sont plus ou moins tombé dessus et j'ai suivi le mouvement. Avec toi, l'attirance était différente. Ça m'a pris par surprise, mais c'est réel et sincère.

Le sourire de King disparut.

— Bay, je suis un sex addict, acteur porno et escort. Qu'est-ce que j'aurais à t'offrir ?

— De l'amitié, pour commencer, dit Bay. Mon nombre d'amis se résume à mon assistante Rachel, mon éditeur Jamie et ma publicitaire Samantha.

— Vraiment ?

— Je t'ai dit que je ne sors pas beaucoup.

— Ne te sens pas mal, avoua King. J'ai trois très bons amis et beaucoup de connaissances.

— Vraiment ? Vu ton travail, j'aurais cru que tu avais des amis absolument partout.

— Nan. Par expérience, la plupart des types dans le milieu ne sont pas dignes de confiance, alors je reste au loin.

Les lumières s'allumèrent et la sonnerie familière annonça une annonce de l'hôtesse, qui leur apprit leur approche de JFK.

Bay tendit la main.

— Amis ?

King pouffa et lui serra la main.

— C'est tout ce que j'ai à offrir.

132

— Hé, tu habites où ?

— Dans le centre. 56ième ouest. Et toi ?

— Lincoln Square. 63ième ouest.

— On n'est pas loin, mais je t'aurais plutôt imaginé dans l'Upper East Side, le taquina King.

— Oh, alors tu crois que je suis un snob ? demanda Bay.

Sans laisser à King le temps de répondre, il eut une idée.

— Hé, tu veux partager un taxi ?

— J'ai un rendez-vous à sept heures, répondit King, mais c'est près de mon appartement, alors bien sûr. Partageons un taxi.

XVII

BAY ÉTAIT de retour à la maison, entouré de la sûreté et la sécurité de son bureau sombre qui ressemblait plus à un placard, là où ses pensées et ses mots se transformaient en général en histoires. Mais pas aujourd'hui. Les deux premiers jours après son retour, il ne s'était concentré que sur ses recherches sur les addictions sexuelles. Il avait lu au moins deux fois tout ce qu'il pouvait trouver sur Internet et il était impressionné de voir toutes les informations qu'il pouvait trouver.

Il apprit que la plupart des hommes et des femmes rejoignaient les Sex Addicts Anonymes et n'avaient au début aucune idée de comment en guérir. Ils s'occupaient d'abord du problème qui les avait conduits aux réunions : leur comportement compulsif, dangereux et souvent illégal ; et avec de la chance, ils en apprenaient plus là-bas. Il avait également appris que chez les SAA, ils développaient des « cercles » qui définissaient le type de comportement qui faisait d'eux des sex addicts. Le « cercle interne » représentait les comportements qu'ils ne referaient jamais – comme l'alcool pour les alcooliques, la drogue pour les drogués, le hamburger pour les boulimiques. S'ils replongeaient, ils recommençaient à compter. Ils apprenaient à éviter les déclencheurs et les situations où ils risquaient de replonger. Il était surpris d'apprendre que beaucoup de ces hommes et femmes étaient mariés ou dans une relation sérieuse. Leurs vies étaient dysfonctionnelles, ils le savaient. Cependant, une fois qu'ils avaient demandé de l'aide, ils étaient prêts à passer des mois, voire des années, aux réunions en 12 étapes, en thérapies individuelles et chez des psychologues de couples s'ils voulaient sauver leur relation.

Une fois qu'il eut tout mémorisé sur les addictions au sexe, il tenta finalement d'écrire. Il regarda son écran, encore et encore. Et encore. Rien. Au lieu de ça, il tapa donc le nom de King dans la barre Google et ce qu'il trouvait titilla sa curiosité. Il regarda, regarda et... regarda. La plupart du temps jusqu'au petit matin. Tout ce qui pouvait le distraire de l'envie de décrocher le téléphone et d'appeler King. Et en parlant de déclencheurs, plus il regardait, plus il avait envie de le voir en personne. Mais il ne pouvait pas être le déclencheur de King. Ce dernier avait été très clair sur ça.

Ce qui s'était passé à Vegas était bien arrivé, mais King l'avait mis dans la confidence et désormais, il connaissait ses difficultés, et il était de sa responsabilité de l'aider à aller de l'avant. Alors il ne restait plus qu'Internet. Une fois que Bay eut vu tous les films qu'il pouvait sur King sans avoir à s'inscrire sur un site de pornographie, il les regarda à nouveau.

Jour après jour pendant trois semaines, il s'asseyait dans son bureau sombre, qui n'était éclairé que par la lueur de l'écran de son ordinateur qui était comme un phare sur ses doigts, à appeler les mots, à les encourager. Malheureusement, aucun mot ne vint. Les mots qui venaient en général si vite que ses doigts avaient du mal à suivre. Et ce qu'il écrivait, il le réécrivait avant de finalement l'effacer. À ce moment-là, il reprenait le processus du début. Quand la tentative suivante échouait également, il renonçait et regardait du porno, puis allait au lit.

Depuis qu'il était revenu de Las Vegas, tout ce qu'il avait réussi à faire, c'était découvrir le porno gay, s'éduquer sur les addictions au sexe et, de manière assez ironique, à se masturber sans cesse sur les vidéos de King.

Agité et se traînant à cause de ces semaines d'inactivité et incapable d'écrire, Bay appuya ses coudes sur les accoudoirs de son fauteuil en cuir et posa le menton sur ses doigts entrelacés comme s'il priait. Vu qu'il avait été incapable de se concentrer sur quoi que ce soit qui se serait rapproché d'une histoire, le mois lui avait donné assez de temps pour réfléchir à ce qui lui était arrivé et à sa sexualité de manière générale. Après avoir regardé beaucoup de porno gay, qu'il avait étonnamment apprécié, il en était venu à la conclusion qu'il était bisexuel. Et étrangement, ça ne le dérangeait pas. Mais King Slater était une tout autre histoire.

King lui avait téléphoné deux fois durant ces dernières semaines, juste pour le saluer disait-il. Ils avaient parlé un peu de tout et de rien, mais King ne lui avait pas proposé de se voir. Bay ne pensait pas que c'était à lui de le faire, parce que le fait qu'il soit passé si près de saboter sa propre guérison pesait encore lourd sur sa conscience. Il ne voulait pas être le déclencheur que King avait si clairement défini. Finalement, King avait appelé et suggéré un dîner et le cœur de Bay avait raté quelques battements. Il avait répondu oui sans hésitation. Et ça le conduirait où ça le conduirait.

Leur rendez-vous était pour ce soir. Un rendez-vous ? C'était un rendez-vous, ou juste deux amis qui partageaient un repas ? Plus le jour approchait, plus Bay était nerveux. À quoi devait-il s'attendre ? Est-ce que King serait le même homme qu'à Vegas, ou est-ce qu'il serait différent ?

Bay n'avait pas quitté son appartement depuis son retour, et en général il aimait l'isolement que son cocon lui offrait – un endroit où il pouvait se cacher et faire ce qu'il faisait de mieux. Vivre la vie d'un autre. Mais pour dire la vérité, pour la première fois, il se sentait devenir fou. Était-ce parce qu'il avait eu un avant-goût de ce qu'était la vraie vie et en voulait désormais plus ? La réponse était un bon gros « peut-être ».

Durant ces trente derniers jours, il avait réfléchi aux événements qui étaient arrivés avant son retour et avait réalisé que Las Vegas l'avait changé. Et ce n'était pas de façon subtile. Il voulait de vrais changements dans sa vie. Quand et comment cela était-il arrivé ? Et, plus important, il avait décidé qu'il voulait que King fasse partie de ces changements. Cependant, entre vouloir et avoir, il y avait tout un monde. Est-ce que King serait d'accord si Bay voulait plus ? Dans l'avion, King avait dit n'avoir rien à lui offrir, c'était donc probablement un non à cette question.

Malgré tout, s'il y avait la moindre chance pour qu'un jour, King ait quelque chose à lui offrir, il attendrait. Merde, il avait été seul toute sa vie, il pouvait attendre que King mette de l'ordre dans la sienne. Combien de temps cela prendrait ? D'après ce qu'il avait lu sur les addictions au sexe, il fallait en général un an avant que les choses commencent à aller mieux, mais King y avait passé trois ans. Peut-être que sa profession faisait qu'il avait besoin de plus de temps. Bay était certain que ça compliquait les choses. Ce qui conduisait à un nouveau point. Est-ce que le travail de King ne le dérangeait pas ? Si par une lubie des dieux, King et lui commençaient à se voir, est-ce qu'il pourrait supporter que son petit ami couche avec d'autres hommes ? Il le faudrait bien. C'était comme ça qu'il avait rencontré King, il ne pouvait pas lui demander de renoncer à son travail. Il devrait lui faire confiance pour garder ses émotions séparées, ce qui n'était pas trop différent de ce qu'il faisait maintenant.

Bay devait se reprendre. Pas seulement pour ce soir au dîner, mais tout aussi important, pour la séance de dédicaces au Barnes & Noble à Union Square dans une semaine. Et c'était du sérieux. Son éditeur, ainsi que DreamWorks Pictures, seraient là pour annoncer de façon officielle que Jack Robbins allait être porté sur grand écran, réalisé en plus par Rob Offernan. Et pour ça, Bay serait au-devant de la scène.

KING AVAIT décidé d'inviter Bay à dîner une heure avant de passer l'appel. Il avait débattu avec lui-même pendant un moment, mais avait finalement décidé que c'était maintenant ou jamais. Il avait choisi un petit restaurant italien du nom de *Brasso56* plus loin dans la même rue que son appartement. Ce n'était pas luxueux, mais calme, intime, et la nourriture était délicieuse. Bay devait le retrouver là et comme King était déjà prêt, au lieu de prendre un taxi, il décida de marcher. Pendant qu'il descendait la 56ième Ouest, il se prépara mentalement à revoir Bay. Des papillons dansaient dans son ventre quand il pensait à toutes les possibilités effrayantes, mais il était décidé et il comptait aller jusqu'au bout.

Depuis son retour, il s'était concentré sur son travail et sur son rétablissement, qui avait failli dérailler à cause de Bay Whitman. Ainsi qu'à lire les romans de Bay Whitman. Il avait commencé par *Midnight Run*, le livre qu'il avait acheté à Vegas, puis avait lu tous les livres qu'il avait écrits. Ils étaient bons. Très bons, et King pouvait comprendre son succès.

Rapidement après son retour, et à sa propre surprise, King avait commencé à refuser les demandes d'escort. D'abord une ici et là, puis au bout d'un moment, toutes les demandes. Il n'avait pas besoin d'argent pour le moment, et étrangement, ça ne l'intéressait plus.

Il n'avait pas pensé à grand-chose en dehors de Bay. Cet homme avait perturbé toutes ses résolutions et savoir qu'il n'était qu'à quelques pâtés de maisons ne faisait qu'empirer les choses. Bay était un déclencheur, et ça le terrifiait.

Ils ne s'étaient pas revus depuis leur retour, surtout parce que King avait besoin de temps pour se reprendre en main, et heureusement Bay n'avait pas suggéré qu'ils se voient. King ne voulait pas retomber dans ses vieilles habitudes. Il avait besoin de se reprendre. Il était allé tous les jours aux réunions des SAA et avait vu son parrain au moins deux fois par semaine. Il avait désespérément besoin des réunions pour ne pas perdre pied et elles l'aidaient. Lors de sa première rencontre avec son parrain, King lui avait raconté tout ce qui s'était passé à Vegas, et depuis ce jour ils n'avaient pas vraiment parlé d'autre chose. Ce que son parrain lui avait dit après leur dernière rencontre était loin d'être ce à quoi King s'attendait : il avait poussé King hors du nid. Il lui avait dit qu'il était prêt et lui avait rappelé qu'il était en rémission depuis trois ans. Il était temps d'essayer. Les paroles de son parrain résonnaient encore à ses oreilles. « *Tu as fait ce qu'il fallait faire. Il est temps de voir si ça a marché.* »

Le programme en 12 points n'empêchait jamais un addict de coucher avec des gens, il changeait simplement sa manière d'agir et ses pensées sur le sexe. Cependant, au début, son parrain n'avait accepté de le voir qu'avec réticence parce que King avait dit vouloir parler de ses problèmes, mais il ne pouvait pas renoncer à son travail pour ça. Son parrain lui avait expliqué que c'était une situation peu commune et qu'ils allaient devoir prendre un jour à la fois. Au début, il lui avait imposé une limite au nombre d'escorts et de films qu'il pouvait prendre ou faire, et l'avait averti que s'il montrait les moindres signes de ne pas prendre ça sérieusement ou faisait plus qu'il en avait le droit, King devrait renoncer à son travail ou se trouver un nouveau parrain. King n'avait jamais oublié. Son parrain lui avait cependant assuré que s'il respectait les conditions, ils y travailleraient ensemble. C'était apparemment ce qu'ils avaient fait.

— Les vieilles habitudes ont la vie dure, marmonna King pour lui-même, toujours incertain.

Mais j'ai fait ce que j'avais à faire.

La question qui ne cessait de lui revenir, c'était de savoir s'il pouvait faire confiance à Bay pour faire un tel pas. Bien que celui-ci ait du mal à comprendre sa sexualité, King était certain que jamais il ne ferait intentionnellement quelque chose qui le blesserait, mais si King laissait tomber sa garde et que Bay décide qu'il ne voulait pas ou ne pouvait pas être associé à une star du porno ? Ou, pire encore, et s'il se passait quelque chose entre eux ? Est-ce que Bay pourrait accepter ce qu'il faisait pour vivre ? Il fallait un homme très fort et confiant pour accepter le style de vie de King, et d'après ce que Bay avait lui-même dit, il n'était aucun des deux. Est-ce que King pourrait abandonner son travail ? Il semblait avoir plus de questions que de réponses et cela le terrifiait.

Bay et lui avaient discuté plusieurs fois depuis leur retour, et chaque fois qu'ils avaient parlé, Bay avait semblé excité de recevoir son appel, bien qu'un peu réservé. King présumait qu'il respectait ses limites et lui laissait l'occasion de faire le premier pas, alors après son dernier rendez-vous avec son parrain, il l'avait fait. Et quand King lui avait demandé de dîner avec lui, Bay n'avait pas semblé avoir la moindre hésitation, ce qui lui avait donné de l'espoir. Il verrait comment ça se passerait et prendrait sa décision sur la suite.

Quand King arriva, Bay était déjà installé à une table pour deux, portant un col roulé noir et ce qui ressemblait à un jean noir. Comme il ne l'avait pas encore vu, King l'étudia. Il semblait plus décontracté et détendu qu'à Las Vegas, mais n'en était pas moins à couper le souffle. C'était un homme séduisant et le noir mettait ses traits en valeur.

Bay le repéra, lui fit un large sourire, se leva et lui adressa un signe de la main. King se dirigea vers lui, cherchant la meilleure démarche possible. Quand il tendit la main, Bay l'accepta avant de le prendre dans ses bras.

— C'est bon de te revoir, dit Bay, semblant sincère.

King recula et le regarda à nouveau.

— Tu es superbe. Le noir te va très bien.

Bay lui fit un sourire idiot.

— Tu dis la même chose que mon styliste, mais je suis certain que si ça ne tenait qu'à moi, je ressemblerais à un clown. Je n'ai jamais eu de vrais goûts vestimentaires.

Bay s'assit et King l'imita.

— Eh bien… on ne devinerait jamais en te voyant.

— Ne testons pas cette théorie, le taquina Bay. Et regarde-toi. Tu n'es pas mal non plus. Le vert fait étinceler tes yeux, et je dois dire que cette chemise te met bien en valeur.

Bay tendit le bras et fit un signe vers le biceps de King.

— Tu trouves ? demanda King en lissant le devant de sa chemise.

— Oui. Oh, et j'espère que ça ne te dérange pas, mais j'ai commandé une bouteille de vin.

— C'est parfait. Merci.

Quand le vin arriva, King s'adossa à sa chaise et étudia Bay pendant que son compagnon de dîner inspectait l'étiquette et que le sommelier ouvrait la bouteille. Il donnait une apparence calme, décontractée et assurée, mais King le connaissait assez bien pour voir que, sous la surface, il était nerveux. Ils n'avaient passé que quelques jours ensemble à Las Vegas, mais ces jours avaient été intenses et il avait vu le meilleur et le pire de Bay. Savoir qu'il n'était pas le seul avec des papillons dans le ventre l'aidait à se sentir mieux.

Le sommelier versa un peu de vin dans le verre de Bay, qui le goûta et hocha la tête. Le sommelier remplit le verre de King, puis celui de Bay, avant de s'éloigner. Bay leva son verre.

— Santé. C'est bon de te revoir.

King trinqua avec son vis-à-vis et hocha la tête. *Jusqu'ici tout va bien.*

— Oh, et, avant que j'oublie, dit Bay. Samedi prochain à treize heures, j'ai un rassemblement au Barnes & Noble d'Union Square. Mon éditeur et un représentant de DreamWorks seront là pour annoncer que *Vengeance à Monte-Carlo* sera le premier de trois romans de Jack Robbins à être porté sur grand écran. Dis-moi que tu viendras.

— Est-ce sage ? Vu que je lui ressemble.

— Oh, ça, dit Bay. Mince, on est déjà tombé d'accord sur le fait que ta ressemblance avec Jack n'est qu'une coïncidence, et de plus, tu es mon ami et je tiens à toi. Je te veux dans ma vie.

King sourit.

— OK, alors. Je serai là.

Il me veut dans sa vie.

DURANT LE dîner, la conversation fut tranquille et facile entre eux. Bay mena la discussion et King l'écouta attentivement pendant qu'il devenait agité et amusant en décrivant son syndrome de la page blanche et sa frustration à ce sujet. Mais quelque chose semblait ne pas aller avec Bay. King voyait une subtile différence en lui. Il n'arrivait pas à mettre le doigt dessus, mais c'était là. Ce n'était pas mauvais, juste là.

Alors que le dîner avançait, King prêta une attention particulière au comportement de Bay. Il était bien la même personne qu'il avait appris à connaître à Vegas, mais il y avait une pointe d'une autre personne. Est-ce que le vrai Bay Whitman commençait à se mêler à la personnalité qu'il affichait en public ? D'après Bay, cette personne n'existait pas, mais King savait qu'elle devait être là. Il décida qu'il appréciait ce mélange. Bay était toujours un peu « Jack » dans ses gestes et maniérisme, mais c'était peut-être une habitude. Cette part de lui peu familière avait de l'esprit mélangé avec un peu de sarcasme, et était amusante et bien plus détendue. King décida qu'il appréciait encore plus ce nouveau Bay.

C'était à son tour de raconter à Bay ce qui lui était arrivé dans *sa* vie.

— Eh bien, j'ai finalement lu tes livres, dit King en posant un bras sur le dossier de sa chaise.

Le sourire de Bay dévoilait son ravissement.

— Lesquels ?

— Tous.

— Vraiment ?

King opina fièrement.

— Oui. Et tu es très doué.

Bay se pencha et lui serra la main.

— Je ne sais pas quoi dire. Merci.

— Ne dis rien. Dépêche-toi juste de sortir *Assassinat en Argentine*. J'ai hâte de voir ce que Jack prépare.

140

— Il est terminé et corrigé, dit Bay. Demain, je demanderai à Rachel de t'envoyer une copie.

— Sérieusement ? Ce serait génial.

— Pas de souci.

King se mit ensuite à lui parler de ses réunions quotidiennes, des films qu'il avait tournés, et du temps passé avec son parrain. Aucun détail, bien sûr, pas encore. Mais à l'instant où il avait vu Bay assis à leur table, il avait su qu'il allait tenter le coup.

Pendant qu'ils dînaient, King attendit avec espoir que Bay lui donne le feu vert pour parler d'eux, au lieu de quoi Bay parla nerveusement du théâtre de New York, de Las Vegas et d'un tas d'autres sujets. Pour quelqu'un qui ne quittait jamais son appartement, Bay connaissait beaucoup de choses sur nombre de sujets. Quand King lui fit remarquer, Bay accusa ses recherches.

— Ah, oui, dit King. Je me souviens que tu me disais faire des tonnes de recherches. Tu as une pléthore de savoir.

Bay rit.

— Ouais, malheureusement la plupart ne sert à rien.

Après le dîner, ils burent tranquillement du porto et partagèrent un morceau de gâteau au chocolat tout en appréciant un silence dans leur conversation qui était étonnamment agréable. Durant le dîner, Bay n'avait pas mentionné ce qui leur était arrivé à Vegas, et King commençait à penser que Bay avait décidé qu'il ne voulait pas explorer leur relation et évitait le sujet.

Les espoirs de King commençaient à s'effacer, mais Bay prononça alors son prénom. Et quelque chose dans la manière dont il le dit attira l'attention de King. Ce dernier le regarda avec anticipation.

— Ouais ?

— Tu te souviens comme j'ai dit aimer faire des recherches ?

King hocha la tête.

— Quand je suis rentré de Vegas, j'ai fait beaucoup de recherches sur les addictions au sexe, expliqua-t-il. Je voulais savoir tout ce que je devais savoir.

King haussa un sourcil.

— Et... ?

— J'en comprends bien plus maintenant. J'en ai plus appris sur les déclencheurs et sur le fait que tu ne devrais jamais te mettre dans une situation potentiellement dangereuse. Et la dernière chose que je voudrais serait de ruiner ça ou affecter ta guérison.

— Je sais ça. Je t'en suis reconnaissant.

— Mais… reprit Bay avec hésitation en le regarda par-dessous ses sourcils. Est-ce que je suis un déclencheur ? Je suis dangereux ?

King soupira.

— Oui. Tu es un déclencheur. Et tu es potentiellement dangereux pour moi.

Bay en fut visiblement très déçu.

King posa la main sur celle de Bay.

— Mais tu es un déclencheur et un potentiel danger pour lequel je suis prêt à prendre le risque.

Bay tenta de retirer sa main, mais King la tenait fermement.

— Non. Je ne peux pas te laisser faire ça, bégaya Bay. Je sais que si tu fais une erreur, tu devras tout reprendre du début. Tu es arrivé si loin… je ne veux pas risquer ça.

— Mince, tu as fait tes recherches. Mais, Bay, ce n'est pas à toi de décider.

Bay le regarda.

— Bien sûr que si, dit-il fermement.

Il retira sa main de celle de King, leva sa serviette et la posa sur la table. Il s'écarta pour se lever.

— Attends, dit King. Je ne voulais pas dire ça comme ça. Assieds-toi et écoute-moi.

Bay hésita, puis se rassit finalement et le regarda.

— OK. Je t'ai déjà dit que j'avais vu mon parrain au moins trois fois cette semaine. Mais je ne t'ai pas dit de quoi on a parlé.

— Ce n'est pas confidentiel ? l'interrompit Bay. Tes conversations entre ton parrain et toi, je veux dire.

— De son côté, oui, expliqua King. Je peux dire de quoi nous avons parlé si je le veux, mais pas lui. Bay, ce n'est pas l'important.

— Alors qu'est-ce qui est important ?

— Le fait qu'il pense que je suis prêt pour la prochaine étape. Pour avancer. Avec quelqu'un… avec toi.

Bay sembla pâlir d'un coup.

— Quoi ? demanda-t-il, surpris.

— Le but d'un sex addict est de trouver une sexualité saine, dit King. Sans ça, quel serait l'intérêt d'une guérison ? Ça fait si longtemps que je suis le programme. J'avais peur de me jeter à l'eau. Je veux dire… je me suis habitué à la norme.

Bay baissa les yeux.

— Je ne comprends pas.

— Voilà l'important, dit King. Je veux voir où ça peut aller entre nous, et j'ai le feu vert de mon parrain. La vraie question est : est-ce que *toi*, tu veux prendre ce chemin avec moi ?

Bay comprit apparemment ça. Il sourit et prit la main de King.

— Oui. Je le veux. Je veux dire… je pense tout le temps à toi. Je suis resté à distance parce que je ne voulais pas…

— J'avais compris, dit King. Et tu n'imagines même pas combien j'apprécie. Mais c'est bon. Vraiment.

Bay regarda à nouveau la table.

— Qu'est-ce qui ne va pas ? demanda King.

— Je sais ce que je veux, dit doucement Bay. Si tu tentes ta chance avec moi, il se passera quoi si je fous tout en l'air ?

King pouffa.

— Je ne m'inquiète pas pour ça. Merde, c'est moi qui ai le plus de risques de tout foutre en l'air.

— Je m'inquiète. Je n'ai aucune idée de ce que je fais. Si je fais quelque chose de mal ? Je veux dire… j'ai regardé tes vidéos. Je sais *quoi* faire, c'est juste que je ne l'ai jamais fait avant.

Il a dit qu'il avait regardé mes vidéos ? La première pensée de King fut que Bay l'avait roulé. Qu'il savait depuis le début qui était King et se jouait de lui.

King se leva et sa chaise tomba en arrière.

— Tu as regardé mes vidéos ? Quand ?

Bay sembla surpris et se leva également.

— Je suis désolé. Pendant mon syndrome de la page blanche, je pensais à toi et j'étais curieux.

King baissa la voix et regarda le petit restaurant. Désormais, tout le monde les regardait. Mais King s'en fichait, pour le moment, il avait besoin de réponses.

— Quand ?

— Quand je suis rentré de Vegas, dit Bay. Pourquoi ? C'est important ?

King jura dans sa barbe, sentant la gêne l'envahir. Il releva sa chaise et se rassit. Pourquoi avait-il pensé ça ? Il savait bien que Bay ne se moquait pas de lui.

Bay se rassit également, mais à son expression, il devinait qu'il pensait à toute vitesse. King comprit qu'il faisait le lien et comprenait ce que King avait pensé.

— Attends ! Tu penses toujours que je savais qui tu étais quand on s'est rencontrés à Vegas ? Et que je me moque de toi ?

— Non, je ne crois pas ça.

King tendit la main et tenta d'attraper la sienne, mais Bay s'écarta et posa les mains sur ses jambes.

— Oui, j'y ai pensé une seconde, mais j'avais tort. Honnêtement. Je suis nerveux et un peu effrayé.

Bay se pencha en arrière et croisa les bras sur sa poitrine.

— Par moi ?

— Pas exactement.

— Alors quoi ?

— Tu ne savais même pas que tu pouvais être gay jusqu'à récemment, dit King. Je prends un risque. Mais si tu n'aimes pas ? Si tu ne m'aimes pas ?

L'expression de Bay s'adoucit.

— King, souffla-t-il. Tu as raison. Je ne sais pas ce que je fais là, mais je sais que si le sexe ressemble un tant soit peu au fait de t'embrasser, alors tu n'as pas à t'inquiéter de quoi que ce soit.

King sourit. Il voulait vraiment donner un avant-goût à Bay, mais alors qu'il regardait autour d'eux dans le restaurant, il vit que les gens les observaient à nouveau avec intérêt.

— J'ai vraiment envie de t'embrasser. On pourrait partir d'ici ?

Bay hocha la tête. Il fit signe au serveur et King prit l'addition avant lui.

— Je m'en occupe.

Il posa de l'argent sur la table.

— C'est le moins que je puisse faire après avoir sauté aux conclusions. Maintenant, allons-y.

XVIII

UNE FOIS à l'extérieur, loin du regard indiscret des clients, King regarda autour d'eux et poussa Bay dans une ruelle. Il le coinça contre le mur et Bay lut le désir et le besoin dans son regard. King sourit brièvement et pencha la tête pour poser ses lèvres sur les siennes.

Le cœur de Bay s'accéléra pendant que la langue chaude de King pressait ses lèvres avant de se glisser entre elles. Elle bougea contre la sienne et Bay s'agrippa à la nuque de King pour l'attirer à lui. Il le voulait plus près. Il avait besoin de lui plus près. King mit fin au baiser et le regarda dans les yeux.

— On va chez moi.

Il prit la main de Bay et ils se précipitèrent, courant presque, le long de la rue jusqu'à son immeuble. King fit un signe de tête au portier et conduisit Bay vers les ascenseurs. Il pressa le bouton d'appel et attendit. Puis, comme s'il ne pouvait attendre plus longtemps, il secoua la tête, jura et conduisit Bay vers la cage d'escalier. Une fois à l'intérieur, King monta les marches en métal deux par deux, Bay sur les talons. Quand ils furent au premier étage, King s'arrêta à nouveau pour le presser contre le mur. Il tira sur son col roulé et lui embrassa le cou. Bay pencha la tête pour lui donner un meilleur accès et il le suça, mordilla et lécha. Le corps entier de Bay frissonnait de plaisir. L'érection de son amant se pressa contre la sienne. Seules les fines couches de vêtements séparaient leur besoin mutuel. Bay avait vu les films de King et il savait ce que ce dernier avait à lui offrir.

Une vague de peur l'envahit. Est-ce qu'il pourrait satisfaire King ? Ou, pire, est-ce qu'il serait à la hauteur avec l'expérience de King au niveau sentimental ? Puis, alors que King s'écartait et l'entraînait à sa suite jusqu'à l'étage suivant, il réalisa à quel point il était ironique que *lui*, Bay Whitman, se trouve dans une cage d'escalier à embrasser une star du porno/escort. Bay, le nerd introverti, était exactement ce que Jack aurait prétendu être pour une conquête. Mais il n'était pas Jack, et King n'était pas une femme. Il réalisa tout à coup qu'il n'avait pas été Jack de toute la soirée. Il avait été surtout lui-même, et cette révélation le choqua encore plus.

Encore six étages, et ils étaient déjà à bout de souffle, en partie parce qu'ils étaient montés vite, mais surtout parce qu'ils s'étaient arrêtés à chaque étage pour s'embrasser comme un couple d'adolescents. Quand ils arrivèrent enfin à l'étage de King, ce dernier sauta la marche jusqu'à la porte et lutta avec la serrure, puis quelques secondes plus tard ils entraient dans son appartement. King claqua la porte pour la fermer, et le reste du monde resta enfin à l'extérieur.

King tira sur le pull à col roulé de Bay, l'extrayant de son jean, et le fit passer par-dessus sa tête. Il se pencha, couvrit l'un des tétons de Bay avec sa bouche et le mordit légèrement avant de le lécher doucement. Bay rejeta son visage en arrière et agrippa l'arrière de la tête de King comme s'ils avaient fait ça un millier de fois. La légère douleur mélangée avec le plaisir et la chaleur était une sensation que Bay n'avait jamais expérimentée avant, et il réalisa vite qu'on pouvait en finir accro. *Oh, merde ! King ! Comment il gère ça ?*

Bay repoussa doucement King.

— Ralentis un peu, chuchota-t-il.

King lui adressa un regard interrogateur.

— Tu vas bien ?

— Oui. Mais je m'inquiète pour toi. Est-ce que *tu* vas bien ?

— Oh que oui. Merde, c'est tellement bon, mais…

— Mais quoi ?

— Pourquoi tu as arrêté ? J'ai fait quelque chose de mal ?

Bay le tira à lui et l'embrassa avec force avant de se retirer.

— Non. Tout va bien. Si bien. Mais je veux ralentir. Tu prends toujours soin des autres. Pour la première fois depuis ta rémission, je veux prendre soin de toi. Je n'ai aucune idée de ce que je fais, mais je veux essayer.

Quand King ouvrit la bouche pour parler, Bay était certain qu'il allait protester, alors il le coupa.

— C'est important pour moi.

King acquiesça. Il prit Bay par la main et le guida vers le salon, qui était grand pour les critères de New York et décoré avec soin, avec une petite cuisine d'un côté et une porte que Bay présumait conduire à la chambre de l'autre côté. King leva les bras.

— Je suis tout à toi, dit-il. Profite.

Bay se frotta les mains et sourit de façon malicieuse. Non, pas malicieuse, plutôt étourdie. Il avait écrit que des femmes étaient rendues étourdies parce qu'elles étaient avec Jack Robbins, mais il n'avait jamais expérimenté ça lui-même. C'était un sentiment puissant, intoxicant et un peu submergeant. King s'offrait à Bay, qui pouvait lui faire tout ce qu'il voulait.

La peur et l'appréhension remplacèrent l'excitation. *Je commence par où ? Je fais quoi ?* Bay s'éclaircit la tête de tous ces parasites, s'approcha de King et se permit pour la première fois de sa vie de se laisser guider par ses sens, par le désir et le besoin. Les « comment » et « quand » viendraient en temps voulu. Une petite voix dans sa tête lui parla. « *Fais ce que tu as vu King faire dans ses vidéos. C'est un bon moyen pour commencer.* »

King lui fit un sourire. Bay garda son regard sur lui pendant que ses mains se posaient instinctivement sur la chemise émeraude de King. Ce dernier lui attrapa les poignets et les tint là.

— Attends. Avant qu'on aille plus loin, je veux que tu saches que je suis négatif au VIH et en très bonne santé. Je prends du Truvada en prévention du VIH et grâce à mon travail, je suis testé pour le VIH et les autres IST tous les trente jours avec les tests ARN et p24. Ce sont les plus précis. Et je me protège avec tout le monde.

Bay posa son front contre la poitrine de King.

— Je ne sais pas ce que ça veut dire, et je me sens idiot parce que je n'ai même pas pensé à demander.

King lui prit le visage entre ses mains et le poussa doucement jusqu'à ce qu'ils se regardent dans les yeux.

— Tu n'es pas idiot. Tu n'as pas d'expérience.

Il l'embrassa.

— Je voulais juste que tu le saches.

— Merci.

King hocha la tête.

— Maintenant, on fait quoi ?

— Je crois que j'allais faire ça.

Bay défit chaque bouton de la chemise de King. Il la retira de son pantalon, la fit glisser de ses épaules et la laissa tomber au sol. Il rompit le contact visuel et regarda vers le bas. Comme il s'en souvenait, le torse de King était bronzé, large et musclé. Il passa les mains sur sa peau nue, douche et chaude au toucher. Il fit comme King lui avait fait, il couvrit un de ses tétons et imita les mouvements. Il mordit doucement, suça et lécha. King gémit et Bay espéra que c'était un bruit de plaisir et non de douleur. Il eut sa réponse quand King pressa l'arrière de sa tête, le forçant à y aller plus franchement.

Bay embrassa un chemin jusqu'au cou de King. Il enfouit son visage là, lui lécha et taquina sa peau douce et chaude. King pencha la tête et Bay en profita. Il respira le parfum entêtant de King et son odeur musquée naturelle tout en passant les lèvres sur sa pomme d'Adam, qu'il suça, mordilla et lécha un peu plus.

Les gémissements de King se firent plus intenses, ce qui conduisit Bay à faire plus et à le faire mieux. Des deux mains sur le torse de King, Bay le poussa jusqu'à ce qu'ils arrivent au canapé. Il le poussa encore et il tomba sur le siège avec un bruit sourd.

King le regarda, surpris, et Bay se contenta de sourire. Il s'agenouilla à ses pieds, lui retira ses chaussures et lui massa doucement les pieds, comme King lui avait fait. Quand il leva les yeux, King avait la tête sur le dossier du canapé et ses yeux étaient fermés.

— Tu vas bien ? demanda Bay. Si tu veux que j'arrête...

— Non ! s'exclama King. N'arrête pas. Ça fait tellement longtemps que je n'ai pas expérimenté de vrais sentiments. De vraies émotions. C'est si bon.

Bay remonta et s'assit sur King, l'embrassa et passa les mains dans ses cheveux. C'était presque comme si un autre avait pris possession de son corps. Il n'aurait jamais imaginé être un jour là, dans cet endroit, avec un homme comme lui. Mais il était là.

L'érection de King se pressa contre ses fesses, ce qui le terrifia et l'excita. Dirigé par le désir pur, Bay gigota. King ouvrit les yeux sous la surprise et Bay sourit et l'embrassa. Sans se détacher de ses lèvres, Bay se leva sur ses genoux juste assez pour pouvoir passer la main entre eux, attrapa King à travers son pantalon et pressa son sexe. King gémit dans sa bouche et Bay resserra sa prise avant de bouger la main de haut en bas et de répéter le mouvement. Ses gestes le surprenaient lui-même.

Avec le besoin pressant de goûter à nouveau sa peau, Bay glissa un peu plus et prit l'autre téton de King dans sa bouche. Ce dernier haleta et s'agrippa à sa nuque pour rapprocher sa bouche. Bay traça le contour avec sa langue, mordit légèrement et apaisa à nouveau la morsure en le léchant. King gémit à nouveau et le son donna envie à Bay d'aller plus loin. N'importe quoi pour faire plaisir à King, un homme qui donnait tant de plaisir aux autres, mais qui se l'interdisait depuis si longtemps.

Bay glissa ensuite du canapé et se mit à genoux, s'installa entre les jambes de King et les écarta. Il entendit vaguement son prénom, mais l'ignora, conduit par une force qu'il n'avait encore jamais expérimentée.

Quelque chose de plus grand que lui. Il n'était pas sûr de ce que c'était parce que rien n'était comparable aux émotions qui le parcouraient. Le besoin et la détermination de lui faire plaisir étaient dominants dans son esprit. Il défit le bouton de son pantalon, descendit la fermeture Éclair et tira sur le caleçon pour exposer l'érection de King.

Bay l'avait vue durant le tournage et sur Internet, mais la voir de près, l'avoir juste devant son visage, rendait ce qu'il allait faire très réel. Mais ce fut loin de l'arrêter.

Son érection droite et fière, King dans toute sa gloire était une sacrée vue. Bay remarqua la perle blanche de liquide qui se forma sur le bout et instinctivement, il la lécha. King hoqueta et se raidit et cette réaction intoxiquait Bay. Il voulait entendre d'autres sons comme ça, il en avait besoin.

Savourant le goût peu familier, Bay décida que l'amer, le sucré et le salé allaient bien ensemble. L'essence de King sur sa langue était comme un aphrodisiaque qui l'excitait et lui donnait un immense pouvoir. Il ferma les yeux et, nerveusement, prit King dans sa bouche. Bay n'avait eu aucune idée du goût qu'aurait King, mais la réalité ne le déçut pas du tout. Sa peau était chaude et soyeuse, et quand Bay baissa la bouche, il sentit un arôme qu'il ne pouvait qu'attribuer à King. Son propre parfum unique. Il réalisa ce que ça pouvait être d'être addict à quelque chose. Cette signature, cet arôme qui était purement King.

— Oh, Bayyy, gémit King.

Bay abaissa et remonta sa bouche encore et encore, mais tout à coup, King l'arrêta. Il passa les mains sous ses aisselles et le redressa.

— Arrête, souffla King.

Bay paniqua. *C'est comme à Las Vegas. King n'est pas prêt, je suis allé trop loin. À quoi je pensais ?*

Bay se leva.

— Je suis vraiment désolé, King. Je suis allé trop loin.

— Non, bébé, dit King en se levant, son pantalon tombant au sol.

Bay recula et, quand King fit un pas en avant, son pied se prit dans son pantalon et il tomba dans les bras de Bay. Ce dernier le rattrapa et ils se retrouvèrent face à face.

— Ce n'est pas toi, bébé. J'allais jouir. C'était si près et si rapide, je ne voulais pas… je voulais que ça dure.

Bay soupira de soulagement.

— Je pensais…

— Je suis désolé. J'aurais dû être plus clair. Tu fais tout ce qu'il faut.

King se libéra de son pantalon, enleva ses chaussettes, prit Bay par la main et le conduisit dans la chambre. Il l'embrassa profondément et s'attaqua à sa ceinture. Quelques secondes plus tard, King mit fin au baiser et tomba à genoux. Il tira sur le jean de Bay, défit ses chaussures et les enleva, puis termina par ses chaussettes. En l'attrapant par les chevilles, il lui souleva l'un après l'autre les pieds et lui enleva son jean et le jeta sur le côté.

Bay se sentait mal à l'aise de rester là, nu, mais pas assez pour fuir ou tenter de se cacher. Il voulait ça. Il voulait King. Quand King se redressa sur ses genoux et le prit dans sa bouche, Bay entendit une symphonie dans sa tête, tous les instruments jouant en même temps. Il tomba dans un nouveau monde qui l'émerveilla. C'était donc ça qu'il avait raté toute sa vie.

King le relâcha et se leva.

— Tu es beau, souffla-t-il. Ton corps, ton esprit. Tu es parfait en tous points.

Bay rougit, mais King ne lui laissa pas le temps de se reprendre. Au lieu de ça, il le poussa en arrière jusqu'à ce que ses cuisses touchent le lit. Avec une poussée de sa grande main, il renversa Bay sur le dos avant de grimper sur lui. Il pressa ses lèvres contre les siennes dans un baiser urgent et profond et Bay sentit son érection pulser entre eux. Voulant que l'acte soit pour King plus que pour lui, Bay redressa un genou, poussa et King se retrouva sur le dos d'un mouvement fluide. Ce dernier rit, les yeux grands ouverts de surprise.

Bay lui sourit.

— C'est pour toi, tu te souviens ?

King l'attira à lui, passa les bras autour de son corps et le serra avec force. Bay se libéra finalement et glissa une nouvelle fois pour le prendre dans sa bouche. Il fit ce qu'il avait vu sur les vidéos et monta et descendit sur sa longueur tout en utilisant une main pour jouer avec ses bourses et caresser la peau douce au-dessous. Quand Bay leva les yeux, ceux de son amant étaient fermés et son bras reposait sur son front. Il gémissait.

Bay faisait peut-être ça depuis des heures ou quelques minutes, il l'ignorait et s'en fichait. Pour la première fois de sa vie, il se sentait véritablement en vie. King se raidit, lui prit la tête et le retira de lui. Il grogna son prénom, prit son propre sexe dans sa main et se masturba. Le liquide chaud et épais gicla sur le visage et la bouche de Bay. Ce dernier se lécha les lèvres, puis King le prit sous les bras et le tira jusqu'à ce qu'ils soient face à face. King le regarda dans les yeux avec une expression indéchiffrable avant de l'embrasser avec force. Il frissonna et trembla pendant encore quelques minutes, et Bay resta avec lui, à lui caresser les cheveux, l'embrasser et le tenir.

Quand King rouvrit les yeux, il sourit.

— C'était incroyable, Bay. Tu as dû regarder beaucoup de films.

— Quelques-uns, s'amusa Bay. Mais beaucoup m'est venu naturellement. C'est comme si j'avais attendu cet instant toute ma vie. C'était si naturel.

King l'embrassa à nouveau avant de le faire basculer sous lui.

— Et ce sera bientôt encore mieux.

King se repositionna et prit le membre de Bay entre ses lèvres. La chaleur de sa bouche l'enveloppa et lui envoya des vagues de plaisir dans tout le corps. King faisait quelque chose avec sa langue qui rendait Bay proche de la jouissance, mais il voulait plus. Comme si King pouvait sentir qu'il y était presque, il relâcha son membre.

La chaleur lui manqua jusqu'à ce que King repousse ses jambes et lèche la peau entre ses fesses et ses bourses et il fut à nouveau perdu. La zone était si sensible que ses nerfs le picotaient comme s'ils étaient électrisés. Quand King passa la langue sur son entrée, Bay se figea. C'était une zone si personnelle, mais l'intrusion envoya des vagues de plaisir à travers son corps. Il repoussa sa gêne de son esprit, s'agrippa aux draps et se laissa aller. Quand King entra la langue, la symphonie dans sa tête reprit de plus belle. S'il avait cru qu'il avait les nerfs en feu juste avant, ce n'était rien comparé à ça.

Sa main allait et venait sur son membre pendant que sa langue chaude et humide taquinait son entrée, le conduisant presque à l'orgasme avec toutes ces sensations.

L'orgasme de Bay monta doucement en lui. Il se raidit et courba le dos et la bouche de King fut à nouveau sur son sexe, l'encerclant pendant que tout allait de plus en plus haut. Quand il se mit à jouir, cela dura plus longtemps et plus fort que tous les orgasmes qu'il avait eus dans sa vie et King le suça jusqu'à la fin. Quand il eut aspiré tout le liquide, King remonta sur son corps.

— C'était bien ?

Bay n'arrivait pas à parler. Les larmes picotaient ses yeux, mais il refusait de les laisser s'échapper. Il acquiesça et King pouffa de rire.

Quand Bay put à nouveau parler, « 20/20 » quitta ses lèvres avant qu'il ait pu se retenir. *D'où ça sort, ça ?*

King rit, ravi.

— Si tu trouves que c'était bien, attends le second round.

BAY OUVRIT les yeux sous le soleil le plus éblouissant qu'il ait vu. Celui-ci se déversait à travers les baies vitrées et les rayons illuminaient les particules de poussière qui dansaient dans l'air. Le long corps ferme de King était pressé contre son dos, un bras posé autour de sa taille, et il lui tenait fermement la main. King ronflait légèrement et c'était un bruit apaisant.

S'il mourait à cet instant, il serait plus heureux qu'il ne l'avait jamais été de sa vie. Il se demanda à nouveau comment ça avait pu lui arriver en l'espace d'un mois. Passer d'apparemment hétéro à peut-être bisexuel, jusqu'à de toute évidence gay, en trente jours devait être un record, mais ça ne faisait que prouver que les gens n'étaient pas toujours ce qu'ils semblaient être, y compris lui. En public, il n'était jamais qui il semblait être, mais personnellement, il n'était pas non plus qui il pensait être. Cependant, il ne voulait pas tenter le diable avec trop de questions. Il savait qu'il aurait bien assez de temps plus tard pour analyser tout ça.

— Je peux t'entendre réfléchir, dit King. Pitié, dis-moi que ce ne sont pas des regrets.

Bay lui serra la main.

— Jamais de la vie. Et toi ?

— Non, monsieur. Je crois que je vais avoir besoin de voir mon parrain, pour parler de certaines émotions, mais aucun regret non plus. En fait, je trouve que je vais même très bien.

King le relâcha et s'étira.

— Quelle heure est-il ?

Bay regarda sa montre.

— Sept heures passées.

Il n'était jamais resté après avoir couché avec quelqu'un, alors il ignorait ce qu'il était censé faire.

— Est-ce que je dois partir ? demanda-t-il à voix basse.

King se serra contre lui, son érection entre ses fesses. Bay se demanda brièvement ce que ça ferait de l'avoir en lui. Sam avait semblé apprécier, ainsi que les autres partenaires de King dans ses vidéos.

— Bien sûr que non. Je tourne à onze heures. J'essaierai de voir mon parrain avant, et si tu veux on pourra déjeuner ensemble.

Il tourne. Bay sentit un élan de jalousie. *C'est son travail, Bay. Tu le savais depuis le début.*

— Bay ?

— Oui, oui. J'adorerais ça.

— Alors c'est bon, dit King. On a encore une heure ou deux avant de devoir y aller, et je sais comment on va pouvoir passer le temps.

King roula sur le dos et Bay se tourna pour se coller à lui. Leurs lèvres se rencontrèrent dans un baiser renversant et c'était le bonheur complet, mais le film de King restait toujours dans l'esprit de Bay. Ils auraient sans doute dû en parler avant, mais il était désormais trop tard. Bay ferma les yeux et décida de repousser ces pensées pour plus tard.

Il regarda King.

— Voyons ce que je peux faire pour ce truc dur que je sens contre ma cuisse.

XIX

DEUX HEURES plus tard, King raccompagnait Bay en bas de la rue. Il le serra avec force avant de le mettre dans un taxi. Il se lava puis prit un taxi à son tour pour aller rejoindre son parrain à leur café habituel. Sur le chemin, beaucoup d'émotions le traversaient en même temps, mais il se sentait surtout en vie. Pour la première fois depuis bien longtemps, il se sentait entier et normal. Pourtant, une appréhension tenace le poussa à regarder les trottoirs et les voitures, prêtant particulièrement attention aux hommes séduisants qu'il pouvait croiser. À sa grande surprise, il n'avait aucun désir de coucher avec eux. *Ce doit être bon signe.*

Quand King arriva au café, son parrain était déjà là, et sans hésitation il se glissa sur le siège, lui disant bonjour et commença à parler. C'était comme si sa bouche avait sa propre volonté, les mots sortaient avec facilité sans qu'il n'ait à y réfléchir. King réalisa qu'il était un paquet d'émotions alors qu'il décrivait sa soirée avec Bay. En deux jours, il était passé du doute sérieux vis-à-vis de la suggestion de son parrain de laisser place à ses sentiments pour Bay, à la nervosité pour lui et Bay, à l'optimisme prudent au restaurant, jusqu'au bonheur complet.

Pendant qu'ils parlaient, son parrain lui assura que tout ce qu'il ressentait était normal pendant sa guérison. La plupart des émotions qu'il ressentaient étaient portées par la peur – la peur de replonger, de se faire à nouveau confiance et de faire confiance à sa guérison, mais surtout la peur d'avoir enfin de l'espoir.

King savait qu'il avait raison. Cet homme avait déjà tout traversé lui-même et avait survécu avec l'aide de sa femme qui le soutenait et une bonne compréhension de ses démons. Maintenant, avec de la chance, King aurait Bay pour l'aider à avancer dans ce nouveau territoire. Si tout allait bien. Mais même si Bay ne restait pas, King pouvait y arriver seul. Il se sentait plus fort.

Quand il dit au revoir à son parrain et reprit un taxi, il regrettait d'avoir à tourner en fin de matinée. C'était stupide et irrationnel, mais il voulait être avec Bay. Pas pour le sexe, même si ça ne serait pas une mauvaise idée, mais il voulait vraiment apprendre à le connaître. Il voulait retrouver le lien émotionnel qu'ils avaient partagé hier soir. Un lien qu'il ne s'était pas permis de développer depuis des années. Pourtant, King tenta de se mettre en garde. Il tournait des films pour adultes et était escort. C'était son travail. Est-ce qu'une vraie relation était possible ? Il ne connaissait Bay Whitman que depuis un mois, mais pourrait-il supporter que Bay aille chaque jour coucher avec d'autres hommes pour le travail ? L'idée qu'un autre puisse toucher Bay le rendait malade, alors il connaissait la réponse à cette question.

En ajoutant les propres appréhensions de Bay et sa situation personnelle, lui demander de s'impliquer avec un homme qui faisait ce travail, c'était beaucoup demandé. Aucun de ses amis dans le milieu n'avait pu avoir de relation sérieuse. Comment pouvait-il croire qu'il le pouvait ? Il décida que dès que le tournage serait terminé, il irait chez Bay et ils auraient cette discussion. Il était inutile d'aller plus loin avec ça sans avoir une discussion ouverte, honnête et directe. S'ils avaient été deux adultes responsables, ils auraient fait ça avant de coucher ensemble, mais une fois qu'ils avaient commencé hier soir, tout était allé bien trop vite pour qu'ils pensent à s'arrêter.

L'idée de devoir quitter Bay à cause de sa carrière lui brisait le cœur, mais Bay méritait une personne avec qui il se sentirait en sécurité. Si le travail de King ne lui offrait pas cette sécurité, il ne pouvait pas en bonne conscience aller plus loin.

LE TOURNAGE fut très gênant et épuisant, mais King fit de son mieux. Le réalisateur ne cessait de couper, changer de position, reprendre, couper à nouveau, changer d'angle, reprendre, et King en avait marre. Ce n'était rien de nouveau pour lui, et il prenait en général bien les instructions, mais aujourd'hui ça l'énervait.

Quelque chose n'allait pas chez lui. Il était mal à l'aise, comme s'il faisait quelque chose d'inapproprié ou de mal, comme s'il le trompait. Pourtant, c'était stupide. Non ? Bay savait ce qu'il faisait pour vivre. C'était comme ça qu'ils s'étaient rencontrés, après tout. Peut-être que c'était parce qu'ils n'avaient pas abordé le sujet depuis qu'ils avaient couché ensemble. Avec de la chance, une fois qu'ils en auraient parlé, tout redeviendrait comme avant. Quel que soit ce « avant ».

Quand le tournage fut terminé, King se lava, s'habilla et appela Bay.

— Salut, mon beau, dit Bay avec bonne humeur.

— Désolé. J'ai dû me tromper de numéro.

— Très drôle.

— J'ai fini. On déjeune toujours ensemble ? demanda King.

— Bien sûr. J'ai attendu ça toute la matinée. Pourquoi tu ne viendrais pas ici, on décidera ensuite ce qu'on fait ?

— Parfait, mais je vais encore avoir besoin de ton adresse.

Bay lui donna l'adresse et le numéro de l'appartement, puis lui dit que le portier l'attendrait.

— On se voit bientôt.

King raccrocha et héla un taxi. Il donna l'adresse et s'installa, réfléchissant à comment aborder le sujet.

— On est arrivés, dit le conducteur avec un fort accent indéfini, tirant King de ses pensées.

King leva les yeux. Ils étaient en effet arrivés. *Eh bien, c'était rapide.*

Après avoir payé, King étudia le bâtiment. Il était impressionnant et Bay se trouvait au vingt-deuxième étage. *Il doit avoir une superbe vue.*

Le portier lui tint la porte ouverte.

— King Slater, je viens voir Bay Whitman.

— Oui. Il vous attend, M. Slater.

King prit l'ascenseur jusqu'à l'étage de Bay et regarda les numéros sur le panneau au mur, qui lui indiquèrent d'aller à droite. Il descendit tout le couloir, lisant les numéros sur la porte, et sonna.

Il entendit des bruits de pas et Bay ouvrit la porte.

Chaque fois que King le voyait, il se rappelait à quel point il était beau. Et le plus attirant encore, c'était que Bay n'avait aucune idée de son effet dévastateur.

— Salut, toi, dit Bay. Entre.

Bay ferma la porte, colla King contre elle et l'embrassa avec force.

— Ça fait des heures que j'attendais de faire ça, dit-il, à bout de souffle.

— Moi aussi, dit King, et il le pensait vraiment.

Bay le prit par la main et le conduisit dans l'appartement.

— Bienvenue dans mon humble demeure, le taquina-t-il.

— Humble demeure ? répéta King en regardant autour de lui. Mince, Bay !

Devant lui se trouvait un énorme salon, avec une terrasse tout aussi grande et une immense baie vitrée. Le salon faisait sans doute deux fois la taille de l'appartement de King. À droite se trouvait une cuisine tout équipée, et à gauche les toilettes.

— Je n'ai pas besoin d'autant de place, expliqua Bay. Mon éditeur m'a fortement recommandé que je prenne un appartement assez grand pour accueillir quelques membres de la presse et autres gros bonnets à chaque nouvelle publication.

— Vraiment, dit King en regardant autour de lui, ébahi.

Il vit un bureau aux pieds en griffes positionné dans un angle qui faisait face à la terrasse.

— C'est ici que tu écris ?

— Oh, non, dit Bay. J'écris là.

Bay le conduisit dans la chambre, qui était aussi impressionnante que le salon. King chercha un bureau, mais n'en vit pas.

— Tu écris au lit ?

— Non, idiot, dit Bay en ouvrant une porte. Il y a deux dressings ici.

King regarda à l'intérieur. Tous les vêtements de Bay étaient aussi soigneusement rangés qu'ils l'avaient été à Vegas. Les chaussures alignées par couleur, les chemises pliées et visibles à travers des tiroirs en verre.

Bay ouvrit une seconde porte et pointa du doigt.

— J'écris ici.

King passa la tête. La pièce devait faire deux mètres cinquante sur trois mètres. Il y avait un petit bureau, une lampe, un ordinateur portable et une imprimante.

— Mince. Tu ne plaisantais pas quand tu disais ne pas aimer les distractions.

Bay sourit, penaud.

— Non pas que l'absence de distraction m'ait beaucoup aidé dernièrement.

King fronça les sourcils.

— Toujours rien, hein ?

— En fait, c'était bien mieux ce matin, dit Bay. Je pense que je vais dans la bonne direction. Et ça a beaucoup à voir avec toi.

— Moi ? répéta King, surpris.

— Indirectement, expliqua Bay. Quand je n'avais aucune vie, aucune distraction, et vivais à travers Jack, il n'y avait rien pour me distraire et j'écrivais comme si je vivais sa vie, mais maintenant que tu es là, je dois apprendre à fonctionner comme tous les autres écrivains qui ont des distractions et ont besoin de différencier la réalité de la fiction.

— Mais je ne veux pas être une distraction, dit King.

Bay lui serra la main et lui embrassa la joue.

— Tu n'y peux rien. Mais tu es une bonne distraction.

— Comment ça ?

— Avant toi, ce que j'écrivais était ma vie, qui se trouvait aussi être mon travail. Mais grâce à *toi*, je veux séparer les deux maintenant, et je vais devoir apprendre à faire ça.

— Je crois que je comprends.

King se tut un instant.

— Hé, tant qu'on est à parler travail, je pense qu'on a besoin de parler du mien.

Bay sembla tout à coup inquiet.

— OK.

— On peut aller s'asseoir dans le salon ?

— Oh, mince, fit Bay. Si on doit s'asseoir, ça doit être grave.

King prit son visage entre ses mains et l'embrassa doucement.

— J'espère que non, mais il faut qu'on en parle.

— Viens, dit Bay en le dirigeant vers le salon.

Ils s'installèrent côte à côte sur le canapé et Bay sentit le regard de King sur lui.

— Je crois qu'on aurait dû avoir cette conversation hier soir au dîner, commença King. Mais… je me suis emporté.

Bay lui adressa un regard entendu.

— Je crois que j'ai une idée d'où tu veux en venir.

— Vraiment ?

— Tu veux probablement savoir si, après ce qui est arrivé hier soir, ce que tu fais pour vivre ne me dérange toujours pas.

King hocha la tête.

— Ça nous affecte tous les deux.

Bay se leva et fit les cent pas.

— Je peux être entièrement honnête ?

— S'il te plaît, dit King.

— Si c'était mon choix ? Sûrement pas ça. La dernière chose que je veux, c'est que mon petit ami couche avec d'autres hommes pour vivre. Et je vais sans doute être jaloux et furieux.

L'estomac de King fit un salto.

— Mais… continua Bay. C'est ton travail. C'est ce que tu fais, et je le savais depuis le début. Je vais faire de mon mieux pour garder ma jalousie sous contrôle.

King se sentit immédiatement soulagé.

— Je suis désolé. Je sais que ça ne va pas être facile.

— Facile ? C'est un euphémisme. King, tu as devant toi un homme qui a très peu d'assurance et d'amour-propre. Il va me falloir beaucoup d'efforts pour m'empêcher de tuer quelqu'un.

King tendit la main, attrapa celle de Bay, le tira à lui et l'embrassa. À la fin du baiser, Bay s'écarta.

— Je ne peux pas te demander de quitter ton travail, pas plus que tu peux me demander de quitter le mien. Tu vas devoir être sincère avec moi. Il ne peut pas y avoir de secret entre nous.

— Eh bien, c'est l'idée. Je veux que tu saches que je n'ai fait aucun travail d'escort ces dernières semaines.

— Pourquoi ?

— Je ne sais pas. J'essaie encore de comprendre. Ça ne me semblait pas juste. Pour le moment, mes finances vont bien et je fais toujours les films, mais si je dois reprendre l'escort, je promets de t'en parler avant.

— La seule chose que je vais demander, et je réalise que c'est tout nouveau et qu'on n'a aucune idée d'où ça va nous mener, mais s'il te plaît, n'utilise jamais ça contre moi, demanda Bay.

— Comment ça ?

— Par exemple, si on se dispute et que tu es furieux contre moi, s'il te plaît, n'utilise pas ton travail d'escort pour m'ennuyer ou me blesser. Si tu utilises ça contre moi, je ne pourrai plus jamais te faire confiance. Et bizarrement, je te fais confiance.

— J'en suis heureux, dit King avant de froncer les sourcils. Mais je ne suis pas vindicatif.

— Je ne pense pas que tu le sois, le rassura Bay. Mais je veux mettre cartes sur table. Être honnête.

— Tu as dit que j'étais ton petit ami, dit King avec un sourire.

— Vraiment ? C'est sorti tout seul. Je suis désolé.

— Ne le sois pas. Ça me plaît.

— Je ne suis pas assez naïf pour penser que ce sera facile ou parfait, admit Bay. Mais je veux voir s'il y a quelque chose entre nous.

— Moi aussi.

King pencha la tête et l'embrassa à nouveau. Il s'écarta et le regarda dans les yeux.

— J'ai un petit ami. Qui l'eût cru ?

— On est deux, dit Bay en pouffant. Avoir un petit ami est épuisant. Et si on mangeait, maintenant ?

— Déjà fatigué de moi ?

— Jamais de la vie. Plus vite on aura mangé, plus vite je pourrai te montrer que je ne suis pas lassé de toi.

— Je n'oublierai pas cette promesse.

XX

Quand ils revinrent du déjeuner, repus et heureux, Bay prit King par la main.

— J'ai des projets pour toi. Suis-moi.

Bay le conduisit dans la chambre et désigna le lit.

— Assis, dit-il avant de retirer ses chaussures.

King leva un de ses sourcils dans un geste familier, mais fit comme demandé.

— Je crois que j'aime le Bay Whitman qui donne les directives.

— C'est pour toi, dit Bay.

— Non, attends. Je croyais que la nuit dernière était pour moi ?

— Elle était censée l'être, expliqua Bay, mais ça ne s'est pas déroulé comme prévu. Notre libido a tout gâché.

— Allez, Bay…

Bay s'approcha et posa un doigt sur ses lèvres.

— Chut. Détends-toi et laisse-moi faire, s'il te plaît.

Bay avait tout prévu. Il était inexpérimenté, mais il avait regardé beaucoup de porno gay le mois dernier, il avait beaucoup appris, et il allait mettre ce savoir à exécution. Il avait fait un détour en chemin pour acheter le nécessaire.

King sourit.

— Eh bien, puisque tu demandes si gentiment. Mais, je ne veux quand même pas que tu en fasses une habitude, je te préviens.

— OK, ce sera la dernière fois.

King sembla déçu.

— Tu n'as pas à aller jusque là. Peut-être une fois de temps en temps.

— Chut.

Bay lui sortit le tee-shirt du pantalon. King leva les bras pour l'aider à le retirer et le vêtement termina sur le sol, aux pieds de Bay. Ce dernier lui lissa les cheveux, qui lui tombaient dans les yeux et lui embrassa le sommet du crâne avant de, doucement, le pousser.

— Maintenant, couche-toi et détends-toi.

King obéit.

Bay, toujours sur lui, lui défit sa ceinture, ouvrit les boutons un à un et ouvrit son jean pour exposer le caleçon noir en coton.

Se souvenant des mouvements qu'il avait vus dans les vidéos de King, Bay avait l'intention de tous les copier. Il voyait que King était déjà dur et il avait hâte de s'y mettre.

Il plaça ses mains sur le lit de part et d'autre des cuisses de King pour se retenir et se baissa lentement. Le caleçon de King toujours en place, il passa sa langue sur la longueur et lécha à travers le coton. Puis il mordit doucement la bosse qui prenait du volume et passa les dents de haut en bas. Cela fit hoqueter King, ce qui encouragea Bay à continuer.

Il le mordilla encore quelques secondes avant de s'agenouiller aux pieds de King. Il lui retira ses bottes et les jeta sur le côté. Puis il attrapa son jean et le fit glisser sur ses hanches, ses cuisses, ses pieds, enleva les chaussettes et posa le tout sur la pile de vêtements.

Il se releva et passa son sweater par-dessus sa tête, avant de remarquer que King l'observait d'un air intense. Bay voulait lui faire son spectacle, alors il défit son jean et se dandina doucement en le retirant avant de se débarrasser de ses chaussettes.

— Remonte un peu sur le lit, s'il te plaît.

King planta un talon dans le matelas et se poussa pour remonter vers la tête de lit.

Bay grimpa sur le lit et chevaucha l'érection de King en se demandant une nouvelle fois ce que ça ferait de l'avoir en lui.

Interrompant ses pensées, King tendit la main, prit le visage de Bay en coupe et le tira à lui. Leurs lèvres se rencontrèrent dans un baiser haletant et, sans la moindre hésitation, Bay plongea la langue dans sa bouche tout en passant les doigts dans ses cheveux. Puis il se retira et se redressa sur ses genoux.

— Tourne-toi, demanda-t-il doucement.

King se retourna sous lui et en quelques secondes il fut sur le ventre, les bras croisés sous la tête. Bay se pencha pour prendre une bouteille dans la table de nuit. Il l'ouvrit, puis déversa de son contenu dans ses mains avant de les frotter vigoureusement. Il posa ensuite les mains sur les épaules de King et passa le liquide désormais chaud sur ses larges épaules. Il commença à masser, appuyer, défaire les nœuds durs de King jusqu'à ce que celui-ci ronronne comme un chaton. Il continua, prêtant particulièrement attention à sa nuque comme il avait vu faire un masseur sur une vidéo. Puis, quand il eut couvert toutes les épaules de King, il glissa et commença à masser le bas de son dos.

Il descendit encore plus, glissa un doigt dans le sous-vêtement de King et, avec l'aide de ce dernier qui se redressa, le lui enleva. Bay se versa encore de l'huile sur les mains, la réchauffa et lui toucha les fesses. Il enduisit et massa les deux globes, descendit jusqu'à l'arrière de ses cuisses et remonta à nouveau. Il glissa les doigts dans la raie de King et effleura son entrée, ce qui arracha un gémissement à son amant, avant de descendre à nouveau. Il massa les chevilles et les pieds de King, puis pressa ses muscles.

— Tu peux te tourner encore ? demanda Bay une fois que tout le dos de King fut couvert et sa peau transformée en soie avec l'huile.

King se retourna et ses yeux verts étincelants croisèrent ceux de Bay avec une lueur de reconnaissance. Bay eut du mal à détourner le regard. Il prit pourtant à nouveau la bouteille d'huile et ouvrit le bouchon. King le lui prit des mains et regarda l'étiquette.

— De l'huile de massage ? Tu masses souvent les gens ?

— C'est la première fois. J'ai acheté ça et d'autres trucs en rentrant chez moi ce matin. C'était bien ?

— C'était parfait, dit King en lui rendant la bouteille.

— Comme j'ai dit, j'ai regardé beaucoup de porno le mois dernier. Et j'ai l'intention de faire tout ce que j'ai vu.

— Tout ?

— Tout.

King lui adressa un sourire séducteur pendant que Bay lui mettait de l'huile sur le torse avant de le masser. Il se concentra sur ses tétons, les contourna, les pinça, puis les frotta du pouce. Bay referma finalement la bouteille et la posa sur la table de chevet. Il embrassa le ventre de King, descendit, jusqu'à être face à face avec sa longueur impressionnante. Il y frotta son menton, espérant que sa barbe d'un jour apporterait stimulation et plaisir à son amant. Un frémissement et un gémissement lui signalèrent qu'il avait réussi, alors il continua. Il baissa la tête et prit les bourses de King dans sa bouche, les fit tourner comme il avait vu dans les films, puis taquina le dessous du bout des doigts. King s'agitait beaucoup et Bay était ravi de voir qu'il faisait bien les choses.

Bay repoussa ses jambes, exposant son entrée, et y passa la langue doucement. King s'accrocha aux draps, le dos courbé, et gigota.

— Bayyy, c'est trop bon, souffla-t-il.

Désormais guidé par un instinct qui surpassait les leçons apprises en vidéo, Bay contourna son entrée avec la langue et passa le bout à l'intérieur. King se tendit, se détendit, et se tendit à nouveau à chaque tentative. La langue de Bay retourna à ses bourses, puis plus haut, et il le prit dans sa bouche. Il tenta de le prendre en entier, mais s'étouffa à mi-chemin et recula. Dirigé par son désir et sa volonté, Bay détendit sa gorge et tenta à nouveau, déterminé à y arriver.

Comme s'il avait fait ça toute sa vie, Bay réussit à ouvrir sa gorge et King se glissa entièrement à l'intérieur. Son amant confortablement glissé dans sa gorge, son nez se trouvait dans ses poils pubiens. C'était une sensation étrange, mais pas déplaisante. King courba à nouveau le dos et siffla.

— Merde, Bay.

Bay se retira, passa sa langue autour du gland et l'engloutit à nouveau. Cette fois, il n'hésita pas, il faisait des mouvements rapides et tirait des grognements et des gémissements de King. Quelques secondes plus tard, King lui prit le visage entre ses mains.

— Bay, arrête !

Il se figea. Pourtant, quand il leva les yeux, King le dévorait du regard et il adora cette expression.

Une fine couche de sueur recouvrait le front de King, il n'était plus aux contrôles, il était plein de désir, suppliant et vulnérable. Bay n'avait jamais vu une expression s'approchant de ça dans les vidéos de King, ce qui fit gonfler son cœur de fierté, et rater quelques battements au passage. Bay Whitman, timide et introverti, avait conduit King Slater, star du porno et escort, à un point jamais vu auparavant. Ou en tout cas, pas depuis longtemps.

— Tu me rends fou. Et je vais bientôt jouir.

King le prit par les aisselles et le tira pour qu'ils soient face à face. Il le tint fermement en place d'une main dans le dos et lui attrapa la tête de l'autre. Quand leurs bouches se rencontrèrent cette fois, leurs langues étaient affamées, leurs mouvements désespérés, remplis de besoin et d'envie. Quand ils s'arrêtèrent pour respirer, King siffla :

— Dégage ton caleçon.

Bay le baissa sur ses genoux et King termina le travail avec les orteils avant de jeter le vêtement à travers la chambre. Dans un seul mouvement que Bay n'aurait jamais cru possible, King le souleva et les fit tourner pour que Bay soit désormais sous lui.

King sourit de victoire et s'attaqua au cou et aux épaules de Bay – mordillant, embrassant, mordant et léchant. Il se glissa et le prit dans sa bouche. Bay pouvait sentir son érection plus dure qu'elle ne l'avait jamais été, le désir de King s'infiltrait en lui et lui donnait l'impression d'être véritablement désiré. Comme si King avait besoin de lui.

Pendant que King faisait de grands mouvements, accélérait et le prenait plus profond, Bay lui prit la tête entre ses mains, suivant les mouvements comme s'il était celui qui les imposait. King s'arrêta et lui prit les jambes, les repoussa et exposa son entrée. Après la nuit dernière, Bay savait ce qui arriverait ensuite et tremblait déjà d'anticipation. Il soupira et trembla quand King lui offrit ce qu'il voulait. La langue de King le taquina et le titilla, entra en lui, et il en voulait plus.

— King !

Celui-ci leva les yeux.

— Je veux savoir ce que ça fait de t'avoir en moi, le supplia-t-il.

Les yeux verts de King s'assombrirent. Une autre expression avec laquelle Bay n'était pas familier traversa son regard. Était-ce de la déception ?

— Non, pas de préservatif.

Bay sourit, soulagé.

— Dans le tiroir.

L'expression de King se fit plus intense quand il sortit le tube de lubrifiant et la boîte de préservatifs.

Il versa du liquide sur ses doigts et taquina l'entrée de Bay très lentement. Quand il glissa un doigt en lui, c'était étrange et envahissant, mais pas inconfortable. King bougea lentement son doigt, entra, sortit, et en quelques secondes Bay s'habitua à la sensation. Puis King fit quelque chose avec son doigt et le sexe de Bay tressauta. Une explosion se fit dans sa tête.

— Oh, putain. Fais encore ça.

King fit comme demandé et souleva Bay du lit. Il tenta de toucher son sexe, mais King chassa sa main.

— C'est à moi, grogna-t-il.

Pendant que King bougeait son doigt en Bay, il masturbait également sa longueur. Bay avait l'impression qu'il pourrait s'envoler du lit. Il n'avait jamais expérimenté quoi que ce soit d'identique. La seule comparaison qu'il trouvait était son premier orgasme à treize ans, et c'était bien loin de ce qu'il ressentait maintenant.

Son entrée le brûla un court instant quand King ajouta un second doigt. Mais à nouveau, en quelques secondes, son corps accepta l'intrusion et le plaisir l'envahit.

Après quelques minutes, Bay était sur le point de jouir.

— Maintenant, King ! Je ne tiendrai pas longtemps.

King ouvrit un préservatif et l'enfila, puis se positionna devant l'entrée de Bay. Il sentit la pression de King, qui attendit un instant. Puis encore de la pression, et une autre pause. Bay sentit un pincement et une douleur qui le poignarda. Il faillit fuir le lit quand King entra et son érection retomba. Ce n'était pas du tout ce à quoi il s'était attendu.

— Respire, souffla King. Et pousse.

Bay relâcha le souffle qu'il retenait et fit comme King demandait. Ça faisait un mal de chien, mais il voulait ça. Il avait besoin de ce lien. Pour lui et pour King.

Le temps passa, la douleur resta, jusqu'à devenir lointaine. King bougea et il sentit à nouveau la douleur, mais elle n'était plus aussi intense. C'était plus comme un étirement. Quand King bougea à nouveau et poussa plus loin, la sensation fut totalement différente. Ce n'était plus vraiment de la douleur, plutôt une impression d'être rempli. Quand King fut entièrement en lui, Bay s'agrippa à ses cuisses.

King se retira, la sensation s'apaisa, mais quand Bay le guida à nouveau en lui, la sensation fut moins étrangère. Il guidait les mouvements de King, qui le laissa imposer le rythme. En quelques minutes, Bay put accélérer la cadence et rencontrer les mouvements de son amant. La douleur s'était muée en plaisir et son sexe était à nouveau dur. King le masturba tout en donnant des coups de hanches et tout semblait plus intense. La sensation de King qui se glissait en lui et le pompait en même temps le fit à nouveau planer.

— Tu es beau, chuchota King.

Bay ouvrit les yeux et l'expression de King était désormais identique à ce qu'il avait vu la nuit dernière. Il était fou de joie de voir qu'il pouvait conduire King à de telles émotions. Un homme qui avait apporté du plaisir à des centaines d'hommes, et Bay *lui en* apportait. La main de King accéléra et il plongea plus vite en Bay.

— Bay ! Oh, putain !

King rejeta la tête en arrière et ferma les yeux tout en le prenant encore et encore. De son côté, l'orgasme de Bay remontait de ses orteils, grimpait dans ses jambes et tourbillonnait dans son échine, puis explosa

166

et le premier jet de sperme le frappa au menton avec une force que Bay n'aurait jamais cru humainement possible. King donnait désormais des coups de hanches frénétiques et Bay suivit le mouvement. King plongea en avant, le masturbant toujours en rythme. Le second jet de Bay atterrit au centre de son torse, et le troisième sur son ventre. Quelques secondes plus tard, King s'effondrait sur lui, le souffle erratique, mais embrassant ses lèvres, son visage et son cou. Il lécha le sperme sur le menton et son torse et l'embrassa à nouveau. Bay sentit son propre goût sur la langue de King, et ce rappel de l'acte fit à nouveau tressauter son membre.

C'était tellement merveilleux qu'il ne pouvait presque pas le supporter. Son cœur battait à tout rompre, sa tête lui tournait, et maintenant qu'ils avaient terminé, son cul lui faisait mal. Il se sentait submergé, mais d'une excellente façon. King l'avait conduit au bord du précipice et l'avait ramené en toute sécurité. King rampa à côté de Bay, passa les bras autour de lui et le regarda.

Yeux dans les yeux, King semblait le scruter à la recherche de quelque chose. Bay espérait transmettre son admiration, sa compassion, son ravissement, son affection – le mélange complexe qu'il ressentait.

King dut lire tout ce qu'il ressentait, et plus encore, parce qu'il sourit et son regard redevint normal, aussi étincelant que Bay l'adorait. King raffermit sa prise et, pour Bay, c'était comme rentrer à la maison. Quelles qu'aient été les inhibitions de Bay, elles avaient disparu, et pour la première fois de sa vie, il se sentait en sécurité.

XXI

LE SAMEDI matin, King et Bay étaient entrelacés comme ils l'avaient été chaque matin depuis une semaine. Bay dormait, la tête sur le torse de King alors que celui-ci se prélassait dans la chaleur du soleil matinal qui baignait son visage. L'intimité de ces instants tranquilles commençait à lui être précieuse.

La semaine avait filé en ce qui lui semblait être quelques heures. King était allé à ses réunions tous les jours et avait vu deux fois son parrain autour d'un café, où il s'était épanché comme un adolescent amoureux pour la première fois, mais il n'arrivait pas à s'en empêcher.

Bay et lui avaient passé chaque soirée et chaque nuit ensemble depuis leur dîner, et King avait de plus en plus besoin de sa compagnie. Pas de manière sexuelle, ce qui le surprenait, mais surtout de manière intime. Ouais, le sexe était bon. Merde, il était fantastique. Mais c'était les instants comme celui-ci, le calme entre deux relations sexuelles, qu'il commençait à chérir le plus.

Par deux fois, ils étaient allés au lit peu de temps après le dîner, s'étaient enlacés, embrassés, avaient parlé, ri, et avant de comprendre ce qui se passait, s'étaient réveillés dans les bras l'un de l'autre comme ce matin. C'était ce que King commençait à adorer. Son esprit rationnel lui disait que c'était fou. Un homme de son âge et à son stade de sa vie qui s'amourachait d'un autre homme. Ridicule. Mais la proximité et la complicité qu'ils commençaient à partager étaient comme une drogue. Ça le terrifiait et l'excitait à la fois. Mais tant que Bay partageait son enthousiasme, King voulait profiter de ça, aussi longtemps que ça durerait.

Durant la semaine, King avait continué les films, mais il devenait de moins en moins patient avec ce milieu de manière générale. Les vidéos avaient toujours été ce qu'il préférait le moins dans le travail, mais c'était nécessaire pour que son nom et son visage restent connus, au moins pour maintenant. Si Bay avait un problème avec son travail, il ne le montrait pas, ne le disait pas, et n'agissait pas de manière agacée, ce dont King lui était reconnaissant. Mais il n'avait accepté aucun travail d'escort et n'en avait pas envie. C'était tous les deux son travail, mais si l'un était une nécessité, l'autre lui semblait mal désormais.

Il devait se rendre dans un bar gay à Manhattan en milieu de semaine et avait convaincu Bay de se joindre à lui. Il l'avait aussi convaincu de rester à l'écart et d'éviter les caméras pendant que King signerait les autographes et traînerait avec ses fans. Il aurait été heureux de présenter Bay comme étant son petit ami, mais ça n'aurait probablement pas été bon pour Bay. Si et quand ils décideraient d'aller plus loin, ou de ne pas se cacher, Bay aurait des comptes à rendre à son éditeur.

Quant à Bay, il assurait à King que le troisième livre de la trilogie, *Découverte à Paris*, se présentait bien. Il écrivait chaque jour, plus que le quota qu'il s'imposait pour garder un équilibre entre la distraction bienvenue que représentait King et les obligations qui venaient avec sa vie. Après, que son éditeur aime ou non, ce serait une autre histoire, mais il écrivait quand même.

Le réveil sonna et King frappa rapidement le bouton de répétition pour laisser quelques minutes de sommeil de plus à Bay. Pour être honnête, il n'avait pas envie de bouger. Heureusement, Bay bougea puis se recroquevilla à nouveau contre son torse.

Aujourd'hui, Bay avait ses dédicaces et sa conférence de presse au Barnes & Noble. King l'avait entendu au téléphone avec Rachel, son éditeur et des représentants de DreamWorks durant la semaine, et il semblait que tout avançait à Hollywood. Bay avait semblé un peu nerveux et hésitant à chaque appel, mais King avait fait de son mieux pour lui assurer qu'il méritait tout ça et faisait un excellent travail. Pourtant, tout comme il avait convaincu Bay de rester à l'écart durant ses dédicaces, King allait rester à l'écart, très à l'écart, durant les siennes. Bay voulait vraiment qu'il vienne et il voulait le soutenir, ce qui expliquait pourquoi il venait, mais la ressemblance entre lui et Jack Robbins était saisissante et il ne voulait pas que quoi que ce soit assombrisse le succès de Bay.

Le réveil sonna à nouveau, le tirant de ses pensées. Avant qu'il puisse taper sur le bouton, Bay se pencha et l'eut avant lui. King lui embrassa la tête.

— Tu es réveillé, souffla-t-il.

— Ouais. Depuis un moment déjà, mais je voulais rester comme ça, à écouter les battements de ton cœur.

— Il bat bien ?

— Il est parfait.

Bay pencha la tête et tendit les lèvres, ce à quoi King répondit par un long baiser pour lui dire bonjour, et son amant posa à nouveau la tête sur son torse.

— Aujourd'hui est ton grand jour, dit King.

— Ne me le rappelle pas, dit Bay en enfouissant son visage contre son torse.

— Je te l'ai dit, lui assura King, tu vas être génial.

— Tu veux dire que Jack va être génial. Aujourd'hui, je vais avoir besoin de sa personnalité pour m'en sortir.

— Je crois que tu te trompes. Mais tu as le droit de faire ce que tu veux pour t'en sortir.

Bay soupira.

— Merci.

King lui embrassa à nouveau le sommet du crâne.

— Quel est ton emploi du temps ?

— J'ai le rassemblement à dix heures trente, le déjeuner avec DreamWorks à onze heures trente, la conférence à treize heures, et les dédicaces juste après.

— Ça va être une longue journée.

— Je sais. Mais dis-moi que tu viendras.

— Si tu veux que je sois là, je serai là.

— Je le veux. Oh, et une voiture vient me chercher à neuf heures trente. Je te déposerai chez toi et tu pourras me retrouver au Barnes & Noble à treize heures. J'ai dit à Rachel que tu venais, mais que tu voulais faire profil très bas. Elle t'attendra pour que tu n'aies pas à faire la queue.

King resserra sa prise sur lui.

— Merci.

Il regarda le réveil.

— Même si j'aimerais rester comme ça toute la journée, il est huit heures passées. Tu ferais mieux de bouger.

Bay grogna.

— Encore quelques minutes.

King pouffa et planta un doigt dans ses côtes.

— On se lève, monsieur.

— Noooon, geignit Bay.

King commença à s'attaquer à toutes les zones de son corps qu'il savait chatouilleuses et Bay commença à se débattre comme un poisson hors de l'eau.

— Ce n'est pas juste, haleta Bay.

Pourtant, en un clin d'œil, Bay chassa les couvertures d'eux et se mit à califourchon sur King pour se venger. Après plusieurs minutes des assauts de Bay, King en eut assez.

— OK ! OK ! Je me rends, dit-il, haletant avec force. Tu es plus fort que tu en as l'air.

— Tu n'as pas intérêt de l'oublier.

Bay passa la main derrière lui, prit son érection matinale en main et serra. Le sexe de King tressauta sous la caresse et Bay commença à le masser.

Fermant les yeux, King inspira profondément, appréciant la sensation. Il se souvint ensuite qu'ils n'avaient pas le temps pour ça. Bay devait s'habiller. Il lui prit la main, la porta à ses lèvres et l'embrassa. Il fit de même avec son autre main.

— Même si j'adorerais voir où ça nous conduirait, il faut que tu te prépares.

— Rabat-joie.

— Hé, j'y perds moi aussi !

— Très bien.

Bay l'embrassa rapidement, descendit du lit et dans toute sa gloire, alla dans la salle de bain. King le regarda, fasciné de voir comme Bay avait pris confiance en lui depuis qu'ils étaient rentrés de Vegas. Il devenait véritablement lui-même et King était impressionné.

Il entendit le jet de la douche et Bay passa la tête par la porte avec un sourire idiot.

— Tu te joins à moi ?

King sourit et le pointa du doigt.

— Bien essayé, mais on n'a pas assez de temps pour ce que je te ferais si je me joignais à toi.

Bay fronça les sourcils et lui fit un doigt d'honneur avant de disparaître dans la salle de bain.

King se leva, fit le lit et remit ses vêtements de la veille. Il traversa la cuisine avec ses chaussures à la main, lança la cafetière et prit le journal devant la porte de Bay. Quelques minutes plus tard, il était sur la terrasse, à boire son café et lire le journal. Il s'arrêta quand il vit une annonce : « Bay Whitman signera des exemplaires de son dernier roman de Jack Robbins, *Vengeance à Monte-Carlo*, au Barnes & Noble. Aujourd'hui à quatorze heures. »

Sur la page suivante, la rubrique divertissements affichait une histoire sur Bay et la conférence de presse, durant laquelle on s'attendait à avoir officiellement l'annonce de l'adaptation cinématographique longuement attendue des romans de Jack Robbins. Le journaliste racontait que ses sources affirmaient que *Vengeance à Monte-Carlo* serait le premier de trois films signés par Bay. Il décrivait le personnage comme un mélange de James Bond et Jason Bourne et présumait que le film ferait un carton au box-office.

King mit le journal sous son bras, versa une tasse de café à Bay et alla dans la chambre. Il s'arrêta quand Bay sortit du dressing ressemblant au mannequin de GQ le plus canon qu'il ait pu voir.

— Pas mal !

Bay tendit les bras et tourna sur lui-même.

— Tu aimes ?

Il portait un costume trois-pièces bleu marine un peu brillant. Sa chemise était bleu clair avec le col blanc et sa cravate était dorée avec des diagonales bleues.

— Oh que oui, dit King en lui tendant son café. Tu es superbe.

— Merci. Encore une fois, on peut remercier mon styliste.

— Au fait, dit King en tendant le journal à Bay. Quelqu'un a parlé de ta conférence de presse.

Bay prit une gorgée de café et survola l'article.

— Oh, ça. Je savais que ma publicitaire allait faire fuiter quelques informations hier pour attirer un peu d'attention. Apparemment, c'est la procédure.

King haussa les épaules.

— Qui l'eût cru ?

Le téléphone sonna et King s'assit au bord du lit avant de le tendre à Bay.

— Allô ? OK, merci. On descend tout de suite.

Il raccrocha et embrassa King au passage.

— Notre voiture est là.

— J'ai juste à me brosser les dents et mettre mes chaussures, ça prendra une minute.

Quand King sortit de la chambre, Bay se tenait devant le miroir, figé, les bras le long du corps et les yeux fermés.

— Tu vas bien ?

Bay ouvrit les yeux et le regarda.

172

— J'invoque juste un peu de force pour me préparer à aujourd'hui.

King approcha derrière lui, passa les bras autour de sa taille et lui embrassa le cou.

— Tu vas être fantastique. Sois simplement toi-même.

Bay rit.

— Là, ça serait vraiment quelque chose, dit-il avec sarcasme.

King resserra sa prise.

— Ce serait *vraiment* quelque chose. D'une bonne manière, je pense.

— J'en doute sincèrement.

Bay se tourna.

— Tu es prêt ?

— Yep.

Bay prit sa sacoche en cuir sur la table de l'entrée.

— Allons-y et finissons-en.

PENDANT QU'ILS roulaient, King remarqua que Bay n'était pas lui-même. Il semblait s'être retiré dans un endroit lointain et cela l'inquiétait.

Il posa une main sur sa cuisse et Bay sursauta avant de se tourner vers lui pour lui offrir un faible sourire.

— Tu vas bien ?

Bay opina.

— J'essaie juste de me préparer mentalement.

— Parle-moi, dit King en lui prenant la main.

Le visage de Bay exprimait la gêne, peut-être même la honte, mais il ne dit rien.

— S'il te plaît, Bay.

Il soupira.

— Tu vas trouver que c'est pathétique.

— J'en doute, mais laisse-moi juger de ça.

— OK, mais ne dis pas que je ne t'ai pas prévenu, dit Bay. Normalement avant de quitter mon appartement pour une de ces apparitions publiques, j'ai ce mantra où je deviens Jack. Je prends son assurance, sa démarche et son maniérisme. C'est pour ça que tant de gens pensent que Jack est basé sur moi. Aujourd'hui, j'ai du mal à faire cette transition. Je n'arrive pas à entrer dans la tête de Jack.

King réfléchit à ce que Bay disait et ne répondit pas tout de suite.

— Tu vois ? Je t'ai dit que c'était stupide.

— Non, ce n'est pas stupide. Ce n'est pas vraiment nécessaire, mais ce n'est pas stupide.

— Oh, je pense que c'est nécessaire.

— Tu n'as jamais pensé que tu prenais peu à peu de l'assurance et que tu n'as plus besoin de te cacher derrière Jack ?

Bay rit.

— Ris tant que tu veux. J'ai fait attention à toi, et ces derniers temps quand nous sommes en public, je vois de moins en moins Jack et de plus en plus celui que je pense que tu deviens. C'est subtil, mais c'est là.

— King. Je ne peux pas faire ça sans Jack. Je vais devoir interagir avec des tonnes de gens aujourd'hui. Je vais devoir faire la conversation, écouter ce qu'ils ont à dire, signer mon nom des centaines de fois, et si ce n'est pas assez, je dois essayer de charmer les producteurs de chez DreamWorks. Je ne peux pas faire ça seul.

Il poussa un autre lourd soupir.

— Ça va être une longue journée.

— Je pense que tu te trompes, dit King. Mais c'est à toi de prendre cette décision.

La voiture se gara le long du trottoir devant chez King. Le conducteur sortit et, profitant qu'il fasse le tour du véhicule, King se pencha et l'embrassa.

— Tu vas y arriver, et je serai là à treize heures pour t'encourager. Si tu es bloqué ou as besoin de soutien, tu n'auras qu'à me regarder. Je serai là.

Bay hocha la tête et sourit. Il se pencha, embrassa King sur la joue et s'écarta quand la portière s'ouvrit.

King sortit de la voiture et passa la tête par la portière ouverte.

— Souviens-toi de ce que j'ai dit.

Bay opina et King ferma la portière.

XXII

KING SE lava le visage, se changea et courut presque les sept pâtés de maisons jusqu'au centre social où avaient lieu les réunions pour les addictions au sexe. Quand il entra dans la salle, son groupe habituel était déjà là et assis en cercle. Il avait choisi ce groupe en particulier parce que même s'il était une personne spirituelle, il n'aimerait jamais les églises. Il ne croyait pas aux religions organisées et ce groupe se concentrait plus sur une « puissance supérieure » que sur un « Dieu ». Comme Dieu était mentionné par deux fois dans les douze étapes, ce groupe utilisait des synonymes comme des « bonnes directions disciplinées » ou le mot « amour » pour les agnostiques.

Haletant, il s'installa.

— Désolé d'être en retard.

— Aucun problème, dit son parrain, qui était aussi le sous-dirigeant de ce groupe. Installe-toi.

La plupart de ces quatorze hommes et femmes avaient eu un grand rôle dans la vie de King depuis des années, ils étaient comme sa famille. Merde, il les connaissait même mieux que sa propre famille.

Le chef du groupe ouvrit la parole.

— Bonjour, je m'appelle Paul et je suis un ancien dépendant au sexe. Bienvenue à cette réunion des Sex Addicts Anonymes.

Ils se levèrent, se tinrent par la main et récitèrent la prière de sérénité, puis ils prirent une minute pour méditer et permettre à ceux qui priaient de le faire, ou à ceux qui souffraient toujours de prendre force et confiance.

À la fin de la minute, ils se rassirent.

Après avoir lu l'introduction des SAA, ils se présentèrent tous l'un après l'autre par leur prénom et annoncèrent s'ils étaient abstinents ou toujours dépendants au sexe.

Le chef lut ensuite les douze étapes du programme de ce mois en particulier. Il passa ensuite dix minutes à partager son avis sur ça, comment ça s'appliquait à sa guérison, et les encouragea à les appliquer à leur propre vie. Ils racontèrent tous les problèmes ou les événements marquants qui leur étaient arrivés depuis la dernière réunion. Deux membres avaient replongé, ce qui était normal, et ils ne furent pas jugés, mais encouragés et soutenus.

La seule répercussion, c'était un retour à zéro de leur décompte et le retour au début de leur période d'abstinence.

Quand ce fut au tour de King de parler, il se sentit plus assuré que jamais dans sa guérison et il voulait partager ça avec ceux qui n'étaient pas aussi loin dans la leur.

— Pour commencer, je dois dire que je n'ai jamais été aussi bien depuis le début de ma guérison.

Tout le monde sourit, applaudit et sembla vraiment heureux pour lui.

— Comme vous savez, continua King, j'étais terrifié à l'idée de faire l'étape suivante dans ma guérison, mais on sait tous qu'il faut bien se lancer à un moment. Vous savez tous ce que je fais et à quel point ma guérison a été compliquée, mais j'ai fini par faire un avec. Après mes quatre-vingt-dix jours d'abstinence, j'ai été capable de faire la différence entre mon travail et ma guérison, et même si mon travail satisfaisait mes besoins physiques, j'évitais toute intimité personnelle ou émotionnelle. En d'autres termes, je ne couchais que si j'étais payé pour ça.

King leva une main.

— S'il y a des nouveaux aujourd'hui, je suis certain qu'ils pensent que c'est des conneries, mais hé, ça a marché pour moi.

Il y eut d'autres applaudissements.

— Merci, merci.

King s'amusa à s'incliner devant eux avant de se rasseoir.

— Plus sérieusement, je crois que j'ai trouvé une personne qui tient à moi, qui me comprend et m'accepte tel que je suis avec mes défauts. Je viens de découvrir que j'adorais être intime et proche de lui, et croyez-moi ou non, ça n'a rien à voir avec le sexe.

King leva à nouveau la main.

— Ne vous méprenez pas, le sexe est bon. Vraiment bon. Mais c'est sain. Et, plus important, c'est en partie grâce à vous, aux réunions et à mon parrain. Je peux dire aujourd'hui que pour la première fois de ma vie d'adulte, je cherche un véritable lien émotionnel. Le sexe n'est pas en haut de la liste, mais une conséquence de ce lien émotionnel et de cette intimité que nous partageons.

Tout le monde se leva et applaudit à nouveau.

King lutta contre les larmes qu'il avait dans les yeux. Il avait attendu ça pendant des années, et ce jour était venu. Tout ça grâce à Bay Whitman.

Il se leva.

— La raison principale pour laquelle je vous dis ça, c'est parce que si je suis arrivé aussi loin, alors vous pouvez tous y arriver également.

Le groupe l'entoura. Il sentit des bras, des baisers sur ses joues, des tapes dans le dos, et tant de mots de félicitations.

Après que tout le monde eut parlé et quand la réunion arriva à la fin, le chef se leva et lut la Septième Tradition, qui décrivait la manière dont le groupe se soutenait grâce aux contributions personnelles, puis fit passer le panier.

Tout le monde se leva à nouveau pendant qu'il lisait les prières pour terminer la réunion, puis elle se termina.

Quand King s'en alla, il était mieux que jamais. Il décida qu'il aimait ce sentiment et résista à l'envie de sautiller jusqu'à son appartement, sans doute que l'homme immense qui descendait la 56ième ouest trouverait ça un peu étrange. Quand il arriva, il se doucha, mit son plus beau costume et appela un taxi.

Le taxi l'attendait en bas quand il descendit. Quand il arriva à Barnes & Noble, une queue descendait déjà la rue jusqu'à l'angle. Il la doubla et alla directement en tête.

— Je suis un ami de Bay Whitman, il m'a dit de demander son assistante, Rachel, et qu'elle me ferait rentrer.

L'agent regarda autour de lui et, ne voyant apparemment personne à portée de voix et incapable de quitter son poste, il dit à King qu'il allait devoir attendre.

King hocha la tête et une seconde plus tard, la première personne de la file tourna son exemplaire, regarda la couverture, puis regarda King.

— C'est Jack Robbins. Oh, mon Dieu.

Elle se tourna vers King.

— Vous êtes Jack Robbins.

L'agent regarda la couverture, puis King.

— Hé, elle a raison.

King entendit des chuchotis et des petites voix, et les gens commencèrent à le désigner du doigt. Il se tourna vers l'agent de sécurité.

— Vous devriez me laisser entrer avant qu'ils s'énervent.

— Bonne idée, dit l'homme en lui ouvrant la porte.

Une fois à l'intérieur, il vit une grande table. Deux personnes rangeaient des exemplaires de *Vengeance à Monte-Carlo* à l'entrée et au centre de la pièce. Le chaos semblait régner. Les membres de l'équipe couraient dans tous les sens, bougeaient les tables, rangeaient les chaises, arrangeaient le podium sur une scène basse entourée de rideaux noirs en velours.

King regarda sa montre. Il était midi, alors il avait une heure à tuer avant le début des festivités. Il repéra Rachel avec trois personnes devant elle qui fouillait rapidement à travers un porte-documents. Heureusement, elle ne leva pas les yeux, et il passa le périmètre du magasin en direction du café, où il en commanda un et s'installa dans un coin tranquille.

Assis dans son siège, jambes croisées au niveau des genoux, il but tranquillement son café et regarda le chaos organisé qui se déroulait devant lui. Il entendit tout à coup un énorme bruit, presque comme une cavalcade. Il regarda les portes et vit des gens qui se précipitaient pour avoir les meilleures places. Une heure passa en ce qui sembla être une minute, tant il était fasciné par les allées et venues des préparatifs.

King sortit du café et se trouva un coin où Bay pourrait le voir s'il regardait, mais assez loin pour ne pas attirer l'attention. Quelques minutes plus tard, il sourit quand il vit Bay avec trois hommes en costume noir et deux femmes vêtues de manière assez conservatrice. Ils entrèrent par une porte dans un coin, Rachel en tête. La foule applaudit poliment alors que les hommes s'alignaient sur la petite scène.

DÈS QUE Bay passa la porte, il glissa ses mains tremblantes dans ses poches pour ne pas révéler sa nervosité. Il regarda la pièce et prit une profonde inspiration à travers son faux sourire quand il vit King dans un coin au loin, bras croisés sur la poitrine, qui lui souriait.

King hocha la tête et Bay sentit le soulagement l'envahir. Finalement, son faux sourire se transforma en un vrai et grandit. *Dieu merci, il est là !*

Qu'importe combien Bay avait essayé, il n'avait pas été capable de faire sa transformation habituelle. Jack ne venait pas à lui. Toute la journée, il avait eu du mal avec les présentations et politesses avec les gens de DreamWorks, et honnêtement il pensait s'en être bien sorti malgré l'absence de l'assurance de Jack et sa personnalité extravertie. Il avait survécu à la conversation et quand il avait trouvé du temps pour lui, les paroles de King lui étaient revenues en tête. « *Tu n'as jamais pensé que tu prenais peu à peu de l'assurance et que tu n'as plus besoin de te cacher derrière Jack ?* »

Bay entendit son nom, repoussa ses pensées négatives de sa tête et se concentra sur sa publicitaire qui se trouvait sur le podium.

— Mesdames et messieurs, permettez-moi de vous présenter l'auteur de best-sellers, le cerveau derrière les enquêtes de Jack Robbins, j'entends bien sûr Bay Whitman !

Il y eut un tonnerre d'applaudissements.

Bay prit une profonde inspiration. *Jack Robbins ou non, me voilà.* Il s'avança vers l'estrade, fit un large sourire. Il attrapa les structures en bois dans ses mains tremblantes pour les cacher et regarda sa publicitaire.

— Le cerveau ? Vraiment, Meg ? C'est sournois.

Bay regarda la pièce et se baissa par deux fois.

— J'ai peur qu'un type avec une cape arrive ici d'un instant à l'autre pour m'embarquer.

La foule éclata de rire. Bay vit que King souriait d'un air qui voulait dire « je te l'avais bien dit ». Bay lui fit un clin d'œil.

— Sérieusement, je n'arrive pas à croire que tant de personnes soient venues me voir.

La foule rugit.

— Ça va être très amusant.

Bay fit un geste vers les gens derrière lui.

— Je veux dire, les gros bonnets sont venus aussi. Ils ne sont pas mignons ?

Les hommes et femmes derrière Bay s'inclinèrent et rirent de bon cœur.

— Maintenant, écoutez-moi, et ne laissez personne vous dire le contraire. Je promets que je resterai jusqu'à ce que tous les livres soient dédicacés et que plus personne n'ait envie de me parler, ce qui arrivera sans doute au bout d'une minute de discussion avec moi.

La foule rit, mais secoua la tête.

— Bref, j'aimerais vous présenter mon loyal éditeur. Ce sont les personnes de ma maison d'édition qui rendent tout ça possible pour vous et moi. Mesdames et messieurs, applaudissez le vice-président exécutif des relations publiques de Random House, M. Druid S. Gold. Viens par ici, Dru.

Bay lui serra la main et s'écarta.

Pendant que Dru présentait les gens de DreamWorks, Bay soupira de soulagement. Il y était arrivé jusque là. Puis il réalisa que non seulement il s'en était sorti, mais il avait également fait du bon travail. Il regarda à nouveau King. Le sourire de celui-ci voulait tout dire, et il fit mine d'applaudir. Bay hocha la tête pour le remercier. Il aurait tant aimé que King soit là, avec lui. Et il devrait l'être. Il était Jack Robbins, après tout.

Puis Bay eut une idée. Une idée folle. Une idée bizarre qui pourrait fonctionner si King était d'accord.

Quand Bay fut appelé pour rejoindre Random House et DreamWorks, les responsables chargés des relations avec les médias annoncèrent que durant l'automne 2018, ils pourraient voir Jack Robbins en action, en couleurs et sur grand écran, pour le premier de trois films, à commencer par *Vengeance à Monte-Carlo*.

La foule se leva et explosa. Les flashs jaillirent et les journalistes commencèrent à crier des questions.

— Qui jouera Jack Robbins, et qui sera la première femme à le suivre dans ses aventures ?

Le responsable de DreamWorks répondit à la première question.

— Nous n'en sommes qu'au début de l'adaptation cinématographique, alors nous n'avons pas encore passé les castings. Mais…

Il marqua une pause pour l'effet et leva un doigt.

— Nous cherchons des acteurs connus ou des nouveaux à Hollywood. On trouvera le bon. On le jure.

Une femme de la première rangée se leva et désigna King.

— Je crois qu'ils ont déjà trouvé le bon.

Bay vit la surprise sur le visage de King, qui se mua rapidement en gêne. La foule était en effervescence. Des murmures et le nom de Jack Robbins emplissaient la pièce.

— Hé, c'est Jack, dit un type.

Tout à coup, tout le monde dans la pièce, depuis les responsables jusqu'aux invités, avait les yeux fixés sur King. Bay repéra Rachel qui s'approchait de lui et croisa les doigts. Ça aurait pu aller bien mieux s'il avait prévu ça depuis des semaines, et non quelques minutes.

KING REGARDA, horrifié, Rachel qui s'approchait de lui pour lui prendre la main. Il était tellement choqué qu'il en était zombifié et ne tenta même pas de résister quand elle le conduisit vers la scène. Son cerveau lui disait de s'arrêter, mais ses pieds avançaient. *Non, King. Ça ne sera pas bon pour Bay.* Quand il arriva à la scène et y posa un pied, il reprit ses esprits et tenta de reculer, mais Rachel le maintint fermement et le poussa. Il avança pour éviter de tomber et, avant de savoir ce qui se passait, il se tourna et fit face à la foule, désormais tous debout, qui chantait et frappait des mains.

— Jack ! Jack ! Jack !

King regarda Bay, qui souriait et frappait des mains avec les autres invités. Son expression changea. On aurait dit qu'il préparait quelque chose, mais King ne savait pas quoi. Dans tous les cas, il frappait toujours des mains et cela apaisa un peu les inquiétudes de King. Quand il regarda les autres sur scène, ils frappaient également des mains, mais ils avaient la bouche ouverte de surprise.

King regarda à nouveau la foule, eut un faible sourire et haussa les épaules.

— Alors, à qui avons-nous affaire ? demanda Dru à King en le regardant de bas en haut.

King était véritablement perdu. Devait-il donner son vrai nom et prendre le risque qu'une personne le reconnaisse ? La dernière chose qu'il voulait était d'embarrasser Bay ou son éditeur, et ce ne serait pas bon pour les films.

Il regarda Bay et lui lança un regard suppliant. *Je fais quoi ?*

Quand Bay s'approcha, il soupira de soulagement.

— Eh bien, Dru, voici King. C'est un acteur, et j'ai eu la chance de le rencontrer durant ma tournée promotionnelle à Las Vegas. C'était une coïncidence, mais imagine ma surprise quand *mon* Jack Robbins est arrivé à l'une des séances de dédicaces.

C'est quoi ce délire ? Un peu de la vérité. On ne s'est pas rencontrés comme ça, mais j'ai bien surpris Bay en venant à sa séance de dédicaces. À quoi penses-tu, Bay ?

Bay fit un signe de la tête à King, qu'il traduisit par « suis-moi sur ça ». Puis Bay regarda les cadres et la foule.

— Croyez-moi, j'ai été aussi choqué que vous. La ressemblance est frappante, non ? La carrure, les cheveux, les yeux. Il est Jack.

La foule devint à nouveau folle.

— Vous voulez dire qu'il n'est pas le modèle pour les romans de Jack Robbins ? cria un homme.

— Malheureusement, non, dit Bay à la foule. Jack Robbins est né de mon imagination. Uniquement de mon imagination. Et à cause de ça, les couvertures ont été faites par ordinateur avec la description que j'en ai faite. Mais si j'avais connu King à la sortie du premier roman, il est certain qu'il l'aurait été.

Voulant apparemment baisser la pression qui pesait sur King, Bay dit :

181

— On pourrait avoir une autre chaise à la table des dédicaces ? Peut-être que King nous fera plaisir et vous permettra de prendre quelques photos de nous.

Aux yeux de King, Bay semblait être un homme en mission, et il ignorait totalement quel genre. *Qu'est-ce que tu prépares, Bay Whitman ?*

King remarqua que les gens de DreamWorks s'étaient rassemblés et l'étudiaient. Cela le mit mal à l'aise et il commença à se sentir sur le point d'exploser. Il se fichait de ce qui lui arriverait. Il avait trouvé ce travail et il avait vaincu ces démons voilà bien longtemps, mais il ne voulait pas porter préjudice à Bay. Il suffisait d'une seule personne pour prendre une photo et lancer une recherche, et ce serait fini. *Et maintenant ?*

Quand quelqu'un apporta une seconde chaise à la table, Bay fit un clin d'œil à King et ils s'assirent tous les deux.

— Qu'est-ce qui se passe ? demanda King à travers ses dents serrées, souriant toujours.

— Joue le jeu. S'il te plaît ?

King hocha la tête pendant que les téléphones et les appareils prenaient des photos de lui de tous les côtés.

— Tu aurais pu me prévenir, ou en tout cas m'avertir avant que j'arrive ici.

— Pas le temps, dit Bay en tournant la tête des deux côtés pour que tout le monde puisse prendre des photos. Je viens d'avoir cette idée.

— Quelle idée ? demanda King en imitant ses mouvements.

— Je n'en suis pas sûr encore, mais je te le dirai plus tard. Pour le moment, joue le jeu.

King soupira.

— Comme tu veux.

DEUX HEURES plus tard, King avait souri, penché la tête pour les photos et signé le nom de Jack Robbins tellement de fois qu'il avait mal aux joues, au cou et à la main. Bay, étrangement, semblait être dans son élément. Il parla un peu, discuta avec tout le monde, personnalisa chaque livre, et on aurait dit qu'il aurait pu faire ça pendant encore deux heures.

Quand ils eurent signé le dernier livre et pris la dernière photo, Rachel prit le micro et remercia tout le monde d'être venu, puis précipita King et Bay vers la porte par laquelle Bay était entré quelques heures plus tôt. Les responsables de Random House et DreamWorks étaient toujours là, à parler entre eux. Celui qui s'appelait Druid et que Bay avait appelé Dru fut le premier à approcher.

— Bonjour, King. Je suis Dru Gold.

King lui serra la main.

— Enchanté de vous connaître.

— Bon sang, c'est surprenant, dit Dru en regardant tour à tour Bay et King. Vous êtes le portrait craché de la description de Jack. Je vous ai regardé monter sur scène et je n'en croyais pas mes yeux. Avez-vous étudié le personnage ?

— Étudier Jack ? répéta King en riant. Non seulement je n'ai pas étudié Jack, mais j'ignorais que ces livres existaient jusqu'à ce que je rencontre Bay à Las Vegas. Je ne suis pas un gros lecteur.

Dru le dévisageait toujours.

— Je ne m'en remets pas. C'est la chose la plus étrange que j'ai pu voir.

— C'est ce que j'ai ressenti à Vegas, dit Bay. J'étais sous le choc.

— Tout comme moi après avoir lu le premier livre, dit King.

Une responsable de DreamWorks approcha et se présenta.

— Bonjour, King. Je suis Sydney Edelstein. Bay a dit que vous étiez acteur ? Où puis-je voir votre travail ?

Le cœur de King lui tomba dans l'estomac. Il regarda Bay.

— Syd, dit Bay. King est un peu dépassé. Comme j'ai dit, on s'est rencontrés à Vegas et on est devenus amis. Je lui ai demandé de venir ici comme soutien moral. Il n'avait aucune idée de ce qui l'attendait.

— Compris, dit Syd.

Bay leva un doigt.

— King a été acteur de théâtre, mais je suis certain qu'il te laissera voir ce qu'il a fait. On parlera de son travail une autre fois. Est-ce que je peux en conclure qu'il t'intéresse pour le rôle de Jack Robbins ?

— Je pense, oui, dit Sydney. Il a la carrure, l'allure et la démarche de Jack Robbins que j'en avais fait dans ma tête, mais tu es le seul à le savoir vraiment.

— Il a tout et plus encore, dit Bay. J'allais te suggérer de lui parler de toute façon, alors je demanderai à Rachel de préparer quelque chose.

King n'en croyait pas ses oreilles. *Bay veut que je joue Jack. Il perd la tête ?*

— Parfait, dit Sydney. J'attends cette rencontre avec vous, King.

King hocha la tête.

— De même.

King titubait toujours quand ils montèrent à l'arrière de la berline. Bay lui pressa le genou.

— Je te dirai tout quand on sera chez moi.

King opina, mais ne dit rien. Sa tête tourbillonnait.

— Tu t'es bien débrouillé aujourd'hui, dit Bay. Tu as signé presque autant de livres que moi.

— Quoi ? Oh, ouais, c'était bizarre, dit King. Et en parlant de bien se débrouiller, tu as tout déchiré. Tu étais plein d'esprit et très charmant sur ce podium.

— Remercie Jack.

— Ce n'était pas Jack, dit King. Je connais ton interprétation de Jack Robbins. Aujourd'hui, c'était Bay Whitman.

— Non.

King hocha la tête.

— Si.

Bay regarda par la vitre, mais au bout d'un moment il regarda à nouveau King.

— Tu sais, j'ai senti une différence. Je n'ai pas réussi à entrer totalement en mode Jack, mais je me suis bien débrouillé.

— Même plus que bien, dit King. Tu étais Bay Whitman, et tu as été grandiose.

— Si je me suis si bien débrouillé, c'est parce que tu étais avec moi.

BAY OUVRIT sa porte et laissa King entrer. Il le suivit dans le salon et se laissa tomber sur le canapé avec un soupir.

— Je suis épuisé et j'ai mal aux pieds. La journée a été longue.

— OK, ça suffit, dit King en défaisant sa cravate et déboutonnant le haut de sa chemise.

Il tapota les jambes de Bay et lui fit signe de les mettre sur ses cuisses. Il défit ses chaussures, les enleva et les laissa tomber par terre.

— Qu'est-ce qui vient de se passer ?

Bay agita ses orteils et King comprit. Il lui massa les pieds sans jamais le quitter du regard.

— Ce n'était pas prémédité, si c'est ce à quoi tu penses, admit Bay.

— Mais tu as dit à Syd que tu allais suggérer qu'on discute.

— J'ai menti. Je voulais qu'elle ait l'impression que c'était son idée.

— Tu voulais que *quoi* soit son idée ?

— Quand j'étais sur scène, à te regarder au fond de la salle, plus séduisant que jamais, dit Bay en souriant, à mes yeux tu étais Jack Robbins *et* King Slater. C'est là que l'idée m'a traversé. Tu as de l'expérience en tant qu'acteur et on a discuté d'acteurs connus d'Hollywood et d'acteurs moins connus de petits studios. Alors pourquoi pas toi ?

— Moi ? Merde, Bay. Tu sais ce que je fais. Ils n'ont qu'à taper mon nom dans Google et tout est là.

— Et alors ? Je parie que tous les acteurs ont fait des trucs comme ça pour s'en sortir. Des choses qu'ils auraient voulu ne jamais faire.

— Mais ce n'est pas juste pour m'en sortir. Je m'en sors très bien. Et je n'en ai pas honte, Bay.

Bay tourna la tête et jura dans sa barbe.

— Désolé. Ce n'est pas sorti comme je le voulais. Je sais que tu n'as pas honte de ce que tu fais, et moi non plus. Ce que je voulais dire, c'est que pour beaucoup, entrer dans le show-business est un long parcours difficile. Les gens doivent survivre quand ils n'ont rien. Et ils font des tas de choses. Ça finit toujours par ressortir.

King commença à parler, mais Bay le fit taire.

— Laisse-moi terminer.

Il se tut.

— Mais… si on rencontre le studio et que tu leur plais, on leur dira tout directement. S'ils te veulent toujours, peut-être qu'ils pourront trouver un moyen pour faire fonctionner ça. Je veux dire, s'ils le font fuiter eux-mêmes, de la bonne façon, ça pourrait attirer tout un tas d'attention pour toi et le film.

— Je peux parler, maintenant ?

Bay hocha la tête.

— Qu'est-ce qui te fait croire que je veux ce rôle ? demanda King.

— Je n'en sais rien. Mais s'il te plaît, laisse-moi un peu souffler. J'ai eu cette idée pendant que j'étais sur scène et je n'ai pas vraiment eu le temps d'y réfléchir. Tu as de l'expérience comme acteur et tu as dit que tu aimais ce travail, alors je ne voulais pas manquer une opportunité qui se présentait. C'est une belle opportunité.

King sembla y réfléchir.

— Je ne sais pas, Bay. C'est trop bizarre. King Slater sur grand écran ?

— Probablement pas *King* Slater. Tu devras sans doute utiliser un autre nom, mais tu seras toujours toi. Et tu devras probablement abandonner ton travail actuel.

King se tut à nouveau.

— Écoute, dit Bay. Je sais que c'est beaucoup à prendre en considération, et si tu ne veux pas le faire, ça me va très bien. Ça ne changera rien entre nous, on reprendra notre vie. On dira au studio que tu n'es pas intéressé et on n'en parlera plus jamais. Fin de l'histoire. Mais s'il te plaît, écoute ce que DreamWorks a à dire avant de te décider.

King soupira et haussa ce sourcil si familier.

— Pour moi ? supplia Bay.

— Vu tout le mal que tu t'es donné, je crois qu'on pourra les rencontrer. Avec Matthew.

Confus, Bay répéta :

— Matthew ? Matthew qui ?

— Matthew est mon prénom. Matthew King Slater.

— Oh. Matt Slater. Ça me plaît.

Bay posa ses pieds sur le sol et grimpa sur King. Il l'embrassa, puis recula pour le regarder dans les yeux. King souriait et Bay lui sourit en retour, l'embrassa et l'embrassa encore. Le baiser suivant fut tendre, puis profond, tendre, puis fort, et chargé de besoin, le tout en quelques secondes. King lui faisait cet effet. Il lui donnait envie de lui. Il voulait King. Une vie normale. Tout ce que le monde avait à offrir.

Bay se leva et le tira à lui. Il le conduisit dans la chambre, sachant très bien que sa vie changeait à toute allure. Étrangement, il adorait ça.

XXIII

KING ÉTAIT assis, nerveux, dans la salle d'attente des bureaux de DreamWorks Pictures, les jambes croisées, la cheville sur le genou, à regarder Bay tourner en rond.

— Bay, s'il te plaît, assieds-toi. Tu me donnes le tournis.

— Je suis désolé, dit Bay en s'installant à côté de lui. C'est tellement excitant.

King regarda autour d'eux et ne vit personne, alors il se pencha et l'embrassa sur la joue.

— Je sais, mais tourner en rond ne changera rien à ce qui se passera.

Une secrétaire apparut, sortie de nulle part.

— M. Lowenstein va vous recevoir.

King et Bay se levèrent pour suivre la blonde séduisante.

— Baayy ! dit David Lowenstein en le retrouvant au milieu de son énorme bureau. C'est bon de te revoir.

— Toi aussi, dit Bay en lui serrant la main. Et voici King Slater.

David le regarda de haut en bas, les mains sur les hanches.

— King Slater ? King Slater ? D'où je connais ce nom ?

David sembla réfléchir tout en le dévisageant, mais abandonna.

— Enchanté, dit-il pendant qu'ils se serraient la main. J'ai beaucoup entendu parler de vous.

Faible capacité de concentration, pensa King.

La porte du bureau se ferma derrière eux et King regarda derrière lui à deux fois quand il vit Rob Offernan, l'un des plus grands producteurs et réalisateurs d'Hollywood, qui se tenait là.

— Salut, Bay, dit Offernan. Comment ça va ?

— Bien, Rob. Et toi ?

— Je ne me plains pas.

Il n'arrivait pas à croire que Bay connaissait ces gens et leur parlait comme s'ils étaient les meilleurs amis du monde. Aucun signe de Jack Robbins, seulement Bay.

— Rob, voici King Slater.

— Salut, King. On a entendu que des bonnes choses à votre sujet.

187

— C'est flatteur, mais…

— Oh, acceptez juste le compliment, dit Rob avant de s'installer et de les inviter à se joindre à lui.

David s'assit au bord du bureau.

— Alors, vous voulez le rôle de Jack Robbins, hein ?

— Pour être honnête, je n'en suis pas sûr, dit King. Ne vous méprenez pas, je suis très intrigué, mais pour Bay et Jack, il faut que ce soit parfait, et je n'ai pas réellement joué la comédie depuis l'université.

— Il est bien trop modeste, l'interrompit Bay. Je l'ai vu jouer, et il a du talent. Sans parler du fait qu'il est le portrait craché de Jack Robbins.

King sentit le regard de David et Rob sur lui, et ça le rendait bien trop nerveux.

— En effet, dit David avec un sourire en coin. Très séduisant, aussi.

Rob opina.

— Je suis d'accord. Enfin, vous savez. Pas pour le côté séduisant. Même si vous l'êtes. Oh, laissez tomber.

Bay posa un CD sur le bureau de David.

— Voici certaines de ses pièces de théâtre. Regardez, et je suis certain que vous serez impressionné.

À la grande surprise de King, David pressa un bouton, les lumières baissèrent, les volets descendirent et le rideau en velours derrière son bureau s'ouvrit, révélant un grand écran. David s'occupa de quelque chose d'autre, et quelques secondes plus tard le visage de King apparut à l'écran. C'était sa dernière année d'université et il jouait le rôle de Magnus Pym dans une production de NYU, *L'espion parfait* de John le Carré.

La pièce allait et venait entre la chasse à l'homme durant le présent contre Pym, un espion en fuite, et les réminiscences à la première personne de Pym sur sa vie avant et pendant sa fuite.

Dans la pièce, King avait dû mémoriser beaucoup de dialogues, sans personne avec qui interagir à part le public pendant qu'il revivait sa vie en écrivant ses mémoires.

— Tu peux arrêter, dit Rob quinze minutes plus tard. J'en ai assez vu.

— J'avais dit que Bay et Jack méritaient mieux, dit King en se levant. Désolé de vous avoir fait perdre votre temps, messieurs.

— N'importe quoi, dit Rob. Asseyez-vous.

King s'arrêta et obéit.

— J'ai aimé, dit Rob. Malgré ce que certains peuvent penser, ce n'est pas facile à faire.

— Je suis d'accord, dit David.

King n'en croyait pas ses oreilles.

— Je vous ai dit qu'il était doué, dit Bay.

— Il faut un test vidéo, insista David.

King déglutit un rire nerveux devant cette requête. Ils n'avaient qu'à aller sur *Pornhub* et ils pourraient le voir sur écran autant qu'ils le voulaient. Heureusement, il parvint à se maîtriser.

Bay se leva.

— Les gars. Avant qu'on aille plus loin, il y a des choses que vous devriez savoir.

— Comme quoi ? demanda Rob.

Nous y voilà. Le début de la fin.

Bay et King avaient déjà discuté de leur approche. Bay pensait que David serait plus facile parce qu'il était gay. David n'avait aucune idée que *Bay* était gay, mais ça allait changer. Pour répéter les propres mots de Bay, ils avaient décidé de jouer cartes sur table et de voir où ils pouvaient aller. Sauf pour l'addiction au sexe. C'était une affaire privée et anonyme. Les seules personnes qui savaient ça étaient le parrain de King et son groupe de soutien, et ils avaient tous un code éthique à respecter. Il leur faisait confiance à tous et aurait pu leur confier sa vie. Mais si ça faisait surface, ils géreraient ça ensuite.

— Eh bien, dit Bay, pour commencer, King et moi…

Il regarda tour à tour David, Rob et King.

— Nous sommes un couple.

David écarquilla les yeux, mais Rob ne sembla pas broncher.

— Et ? demanda Rob.

— On s'est rencontrés à Vegas. Et pour dire la vérité, c'est une histoire très drôle, dit Bay en riant. Je l'ai gagné à une partie de poker.

— Gagné ? dit David.

Il regarda King et siffla.

— J'aimerais savoir où je peux gagner une partie de poker comme ça.

Bay leur apprit comment ils s'étaient rencontrés et le fait qu'il était un escort gay, et tout ce qui leur était arrivé depuis.

— Voilà qui change totalement les choses, dit Rob. Ça pourrait poser problème pour la suite.

— Il y a plus, dit Bay.

— Je suis également acteur de porno gay, avoua King.

David tapa un coup sur la table.

— C'est de là que je vous connais. Vous êtes *le* King Slater. Je savais que je reconnaissais ce nom. J'ai vu beaucoup de vos derniers films, dit-il avec une touche de sarcasme en battant des cils.

— Attendez, quoi ? dit Rob. Prostitué et star du porno ?

— J'en ai bien peur, dit King en se levant à nouveau. J'apprécie le temps que vous m'avez accordé et je comprends totalement. Ce n'est rien.

— Si je dois vous dire encore une fois de vous rasseoir, je me tire de là, dit Rob.

King s'assit à nouveau.

— Maintenant, écoutez, reprit Rob. C'est une situation très inhabituelle, mais pas inédite. Beaucoup de jeunes acteurs acceptent ces rôles quand ils essaient de percer. Et aucune publicité n'est mauvaise. Vous savez comment ça marche. Malgré tout, ça repousse un peu les limites.

Il regarda David, qui bavait toujours sur King.

— C'est évident que *tu* l'aimes bien.

— Ouais, je l'aime bien, dit David. Mais je ne couche pas avec les petits amis des autres.

Rob leva les yeux au ciel.

— Je ne veux pas dire ça, bon sang.

— Et, oui, continua David, je pense qu'on devrait prévoir un test pour l'écran et parler à quelqu'un des relations publiques. S'ils trouvent un moyen de détourner ça, ça pourra jouer en notre faveur.

Bay sourit et King put voir le soulagement sur son visage.

— C'est génial, dit-il. Écouter, les gars, ce n'est pas un secret que je le veux pour le rôle, et pas parce qu'on sort ensemble, mais parce que je pense qu'il serait parfait pour ça. Dans mon esprit, il est Jack Robbins. C'est ce qui est si bizarre dans toute cette histoire.

Rob regarda King.

— La grande question est, si on peut arranger tout ça, voulez-vous le rôle ?

King regarda Bay dans les yeux sans se détourner. Il pouvait presque y lire ses supplications.

— Si vous pensez que je peux faire l'affaire, je veux essayer.

— Il faudra faire une audition et voir les logistiques avec les relations publiques, dit Rob, mais si tout se passe bien, on pensera à vous pour le rôle.

— C'est tout ce que je demande, dit King.

— Je pense que vous ne le regretterez pas, dit Bay.

Tout le monde se leva, sauf King. Ils le regardèrent bizarrement.

— Je n'étais pas sûr de pouvoir me lever encore.

— J'aime les hommes qui savent suivre les directives, dit Rob.

— Moi aussi, ajouta David avec un clin d'œil.

UNE SEMAINE plus tard, King et Bay étaient dans la même salle d'attente pour voir David. Tout ce que sa secrétaire avait dit, c'était d'être là à dix heures.

Durant toute la semaine, Bay avait été agité. Il avait fait son coming-out à son éditeur, ce qui n'avait pas été si difficile, et leur avait parlé de leur rendez-vous avec David et Rob. Apparemment, les nouvelles circulaient vite, et les relations publiques de DreamWorks et de Random House étaient déjà en contact, à réfléchir ensemble pour voir si ça pourrait fonctionner.

Bay avait accompagné également King à son audition et, sans surprise, King était magnifique sur grand écran. Il *était* Jack Robbins, autant à l'intérieur qu'à l'extérieur, et le test de l'écran n'avait fait que confirmer ses convictions.

Ils attendaient depuis à peine trois minutes quand la secrétaire apparut et les escorta jusqu'au bureau.

— Installez-vous, messieurs, dit David en leur désignant le canapé.

Il s'installa à nouveau sur le coin de son bureau.

— Je suis sûr que vous avez hâte de savoir pourquoi vous êtes là.

— C'est peu de le dire, dit Bay.

— Pour faire court, après avoir beaucoup délibéré, avoir été à des tas de réunions et, pour être honnête, avoir beaucoup bu, dit David, nous pensons avoir un plan en tête où nous pourrons contrôler l'information et la laisser fuiter quand il le faudra.

— Que veux-tu dire ? demanda Bay.

— Je veux dire que nous voudrions proposer à M. Matthew Slater le rôle de Jack Robbins.

Bay sauta sur ses pieds et regarda King, qui semblait ne pas y croire. Puis King se leva à son tour et prit Bay dans ses bras. Ils se mirent à tourner en cercles.

David sourit.

— J'en conclus que vous êtes heureux.

— Oh que oui, dit King. Et je promets que j'y mettrai tout ce que j'ai.

— Je le sais. Ou ma vengeance sera terrible, dit David.

— Jamais de la vie, rétorqua Bay, amusé.

— Bienvenue à DreamWorks Pictures.

ÉPILOGUE

King regarda ses mains tremblantes dans le miroir alors qu'il tentait de nouer son nœud papillon. La première tant attendue de *Vengeance à Monte-Carlo* était enfin là, et King était plus nerveux que jamais. Il sourit, soupira et se détendit un peu quand Bay arriva derrière lui, passa ses bras autour de sa taille et serra.

— Détends-toi, bébé. Tu seras le plus séduisant à la première. Maintenant, tourne-toi et laisse-moi t'aider.

King se tourna et Bay chassa ses mains. Son amant eut un large sourire alors qu'il nouait sans mal le nœud papillon en soie.

Ça faisait un peu plus de deux ans depuis cette première rencontre avec DreamWorks. Il fallait le leur accorder, avec toutes les cartes sur table, ils avaient réussi à s'en sortir et à faire de cette première un vrai succès.

King n'avait toujours aucune idée de combien de pression Bay leur avait mis pour que tout cela arrive, mais si on lui posait la question, Bay niait s'être impliqué. King n'y croyait pas vraiment, mais ça n'avait pas d'importance. La seule chose qu'il pouvait faire pour le remercier, c'était de faire le meilleur Jack possible. Et il espérait avoir réussi ça.

Après leur première année ensemble et leur relation plus forte que jamais chaque jour qui passait, ils avaient, avec l'aide de la publicitaire de Bay, fait leur coming-out. Il y avait eu la réaction négative habituelle de l'extrême droite, mais de manière générale, tout le monde s'en fichait. Ils étaient en 2017, après tout.

Avec l'aide et le soutien de King, Bay avait travaillé dur sur son visage public, et il n'avait jamais cessé de surprendre King avec les avancées qu'il faisait. Chaque jour qui passait, King voyait de plus en plus en public le Bay Whitman qu'il voyait en privé. Bay devenait fort et assuré, comme il aurait toujours dû l'être. Il avait fallu pas mal de psychanalyse pour reconnaître et accepter d'où venaient toutes ses insécurités et comment elles l'avaient forgé, mais il était sur la bonne voie.

King avait depuis longtemps laissé derrière lui son travail dans le porno et l'escort et avait commencé à utiliser son prénom, Matthew Slater, et il avait travaillé très dur pour faire ressortir Jack Robbins de lui-même.

En toute honnêteté, il n'avait pas trouvé ça si dur. C'était vraiment comme si le personnage avait été écrit à son image, alors jouer son propre personnage était plutôt facile.

Après peu de négociations, King avait signé pour trois films avec DreamWorks, et ils étaient déjà en pleine préproduction et prêts à filmer *Meurtre en Argentine*, le second volet de la trilogie, et après sa sortie, ce serait *Découverte à Paris*.

Personnellement, leur vie était solide, mais professionnellement, ça n'avait pas été qu'une partie de plaisir.

Deux jours avant la fuite prévue par le service marketing et les relations publiques sur la partie pornographique de la vie de King, un de ses anciens collègues avait fait une interview avec TMZ et révélé toute l'histoire. Et comme la presse s'en était donné à cœur joie ! Le beau visage de King, ainsi que son corps nu – les parties privées floutées, bien sûr – avaient fait la une de tous les tabloïdes et journaux pendant au moins deux semaines.

Durant les négociations du contrat, King avait suggéré son addiction comme moyen d'expliquer le porno et comment il gérait ça, et le studio avait accepté. Dans l'esprit de King, son addiction était dans l'ombre depuis bien assez longtemps. Il était temps de porter le regard du public sur une dépendance que peu de gens comprenaient ou prenaient au sérieux. Il avait saisi cette opportunité pour s'aider non seulement lui, mais aussi tous ceux qui en souffraient. Ça lui donnait de quoi se redresser, et qui d'autre pouvait soutenir les opprimés ?

Alors, juste après la fuite, ils s'étaient mis en action, et il ne fallut que quelques jours tendus pour parler de l'histoire. King avait commencé à faire des talk-shows, donner des interviews à des journaux de divertissements, et avait réussi à faire sympathiser les journalistes en quelques minutes chaque fois. Bien entendu, les conservateurs de l'extrême droite n'abdiquaient pas facilement, mais ça ne changerait jamais et personne n'espérait que ça arriverait.

Au final, toute cette expérience rappelait à King le scandale des sex-tapes de Rob Lowe. Elles étaient restées environ deux semaines, mais une fois que la grosse histoire suivante était arrivée, c'était tombé dans l'oubli. Et heureusement, un magnat du cinéma s'était fait coincer pour harcèlement sexuel, ce qui avait fait les gros titres et avait détourné l'attention de lui. Ça n'aurait pas pu mieux tomber.

Le portable de Bay annonça un message. Bay se dressa sur la pointe des pieds, embrassa King sur la joue et le sortit.

— La limousine est ici.

Des papillons dansèrent dans le ventre de King, mais il fit de son mieux pour les ignorer pendant que Bay mettait sa veste sur ses épaules.

— Ça va être une nuit super. Je t'aime.

— Je t'aime aussi, répondit King. Et merci de m'aimer.

BAY ET King avancèrent main dans la main le long du tapis rouge, tous les deux vêtus de costumes Versace bleu marine, et s'arrêtèrent régulièrement pour se faire prendre en photo. Quand quelqu'un cria le nom de King, il tira sur la main de Bay et ils se tournèrent et sourirent sous les flashs aveuglants des appareils qui les éblouissaient de tous les côtés.

King serra la main de Bay.

— Nous y voilà.

Bay se pencha et lui chuchota à l'oreille :

— On croise les doigts. Si ça se passe bien, ça aidera pas mal pour *Découverte à Paris.*

Le second film était en préproduction, mais c'était avec le troisième film prévu que les choses devenaient intéressantes. Pour la première fois dans l'Histoire, le rôle principal, dans ce cas Jack Robbins, allait avoir un compagnon masculin. Bay avait convaincu DreamWorks qu'avec les changements récents dans l'acceptation des LGBT+, il était temps de faire une déclaration.

Quand Bay avait d'abord parlé aux studios, ils furent sceptiques. Ils ne pensaient pas que Jack devrait passer d'hétéro à gay du jour au lendemain, et Bay et King ne le pensaient pas non plus. Ils étaient tous d'accord pour dire que cette histoire ne ferait qu'encourager l'idée que l'homosexualité était un choix. Et puisqu'il y avait de nouveaux livres écrits spécialement pour DreamWorks, Bay avait eu une idée qu'il pensait bonne.

Dans le troisième livre, Jack serait sous couverture pour s'infiltrer dans le cercle d'amis d'un couple parisien bien connu qui étaient payés généreusement par l'état islamique pour aider une attaque terroriste sur la tour Eiffel lors du Nouvel An.

Après presque un an, Jack réussirait à s'infiltrer dans le cercle, mais n'aurait toujours aucune information vitale. Quand le séduisant parisien ferait finalement des avances sexuelles à Jack, Jack verrait cela comme une façon de gagner les informations dont il avait besoin et accepterait avec réticence ses avances. En quelques semaines, Jack deviendrait un confident, aurait les informations et le couple serait arrêté. Attention spoilers.

Le meilleur côté de l'idée de Bay serait que quand tout serait terminé, Jack déciderait, contre toute attente, qu'il appréciait cela et déciderait d'assumer sa bisexualité. Gagné !

Finalement, après avoir satisfait à leurs obligations pour la presse et les fans, Bay et King prirent place au centre de la première rangée de la salle. Celle-ci s'assombrit et King prit la main de Bay. Il se pencha et lui souffla à l'oreille :

— Peu importe comment les choses se passent ce soir, on a déjà gagné.

Bay était heureux. King était heureux. Et le plus important, c'était qu'ils étaient entiers et heureux ensemble. Tout était rentré dans l'ordre pour eux, et King serait éternellement reconnaissant qu'un homme qui avait perdu à une partie de poker avait à ce point changé leur vie.

SCOTTY CADE a quitté le monde des affaires en 2004, après vingt-cinq ans passés dans le marketing et les relations publiques pour acheter, avec son mari, une auberge sur l'île Martha's Vineyard 1.

S'il a commencé à écrire peu après avoir appris à lire, il n'a été publié que récemment. Quand il n'est pas à son auberge, vous le trouverez à la proue de son bateau, occupé à rédiger un roman d'amour, avec à ses côtés Mavis, son berger des Shetlands. Scotty est un vrai sudiste : il croit aux engagements, à la fidélité, aussi ses personnages finissent-ils en général bien établis dans une relation solide, même s'il leur faut parfois du temps pour en arriver là. Au final, le héros gagne toujours le cœur de son héros.

Scotty et son mari apprécient tous deux la navigation de plaisance, ils vivent à bord de leur bateau, passent leurs étés à Martha's Vineyard[1] et descendent vers le Sud durant l'hiver.

Site : www.scottycade.com

Facebook @ Scotty.cade.com

Twitter @ScottyCade

Adresse mail pour contacter Scotty : scotty@scottycade.com.

---

[1]   « Vignoble de Martha », île sur la côte sud de Cap Cod, dans le Massachusetts, lieu de résidence d'été de la jet-set américaine et du président des États-Unis.

L'amour en prime

SCOTTY CADE

La nuit avant son mariage, Zander Walsh, ses parents, et son futur mari se font tirer dessus en interrompant un mystérieux cambriolage alors qu'ils rentrent chez eux. Après trois semaines dans le coma, Zander se réveille pour apprendre qu'il est le seul survivant, et que sa vie parfaite s'est effondrée en un instant.

Le bel agent du FBI Jake Elliot enquête sur l'affaire, et il appréhende le tueur –, qui s'échappe rapidement. Après six mois de recherche, Zander et Jake réalisent que le FBI leur fait obstruction… et qu'ils ont lentement tissé un lien indissoluble qui commence à prendre encore davantage d'importance.

Une fois qu'ils s'embarquent dans une quête afin d'appréhender le tueur pour la seconde fois, ils découvrent que cette nuit épouvantable était bien plus qu'un simple cambriolage. Les grosses entreprises et les politiciens peuvent-ils cacher la vérité, ou les recherches de Zander et Jake pour découvrir ce qu'il s'est passé marqueront-elles la fin de leur nouvel amour et de leur vie ?

www.dreamspinner-fr.com

SCOTTY CADE

LE CASSE
DE LA RUE
ROYALE

Les Enquêtes de Bissonet & Cruz, tome 1

Deux tableaux de prix sont volés dans une galerie d'art de La Nouvelle-Orléans et l'inspecteur principal Montgomery Beau Bissonet est chargé de l'enquête. La compagnie d'assurance envoie également un agent, Tollison Cruz, suivre l'investigation. La situation entre les deux hommes est conflictuelle au premier abord : tension, colère et désir mêlés.

L'affaire, qui implique des personnes en vue, doit être traitée avec précaution. Sur ordre du maire, Bissonet est contraint d'accepter Cruz dans son équipe. Peu à peu, ils apprennent à travailler ensemble et se découvrent de nombreux points communs. Au cours d'un déplacement professionnel, ils vivent une nuit torride et inattendue. De retour à La Nouvelle-Orléans, Beau découvre que Tollison lui a caché son passé.

Dans le Vieux Carré, la chaleur estivale fait mijoter secrets, trahisons et vengeances. Beau et Tollison trouveront-ils la réponse aux questions qu'ils se posent ?

www.dreamspinner-fr.com

Par SCOTTY CADE

Une main gagnante

AMOUR
L'amour en prime

LES ENQUÊTES DE BISSONET & CRUZ
Le casse de la rue Royale

Publié par DREAMSPINNER PRESS
www.dreamspinner-fr.com

www.ingramcontent.com/pod-product-compliance
Lightning Source LLC
Chambersburg PA
CBHW022145240626
47153CB00007B/2523